Emilia Pardo Bazán

I0660546

LA PIEDRA ANGULAR

edición crítica
María Luisa Pérez Bernardo

 - STOCKCERO -

Foreword, bibliography & notes © María Luisa Pérez Bernardo
of this edition © Stockcero 2015
1st. Stockcero edition: 2015

ISBN: 978-1-934768-79-2

Library of Congress Control Number: 2015937543

Set in Linotype Granjon font family typeface
Printed in the United States of America on acid-free paper.

Published by Stockcero, Inc.
3785 N.W. 82nd Avenue
Doral, FL 33166
USA
stockcero@stockcero.com

www.stockcero.com

Emilia Pardo Bazán

LA PIEDRA ANGULAR

Indice

Introducción:

La personalidad de Emilia Pardo Bazán es un ejemplo insólito en el ámbito literario español del siglo XIX y comienzos del XX. El éxito y la popularidad que la escritora gozó se debieron no sólo a su inteligencia extraordinaria y a su habilidad, sino también a su diligencia y al vigor con el que llevó a cabo su profesión de novelista y periodista. No hay que olvidar su talento, su conocimiento de varias lenguas modernas, además del latín; su extraordinario saber autodidacta y que además escribió mucho y bien. Ella era una mujer enérgica e incansable, que leía sin cesar; como corresponsal y colaboradora viajaba con frecuencia por España y por Europa; también era conferenciante y miembro de varias comisiones y sociedades. Todo cuanto salía de la pluma de la autora suscitaba inmediatamente la atracción lectora y aún era susceptible de provocar escándalo, tal vez por ser obra de una mujer que pasaba por atrevida en su manera literaria. Doña Emilia había nacido en una posición social privilegiada y materialmente holgada, pero había nacido mujer. Por eso, e incluso por las mismas ventajas sociales de que gozaba, sus aspiraciones a participar activamente en la vida cultural de su siglo venían a ser, si no escandalosas, por lo menos una anomalía, una excentricidad. Su labor tanto en la novela, como en el cuento, o en las crónicas periodísticas fue prolífera, variada y no vale decir que su único móvil fuera el monetario, imprescindible para mantener su independencia. Su polifacética obra está materializada en treinta y ocho novelas, siete piezas teatrales, bastantes poemas, veinte volúmenes de ensayo y crítica, diez libros de viajes, docenas de conferencias y discursos, un millar de artículos periodísticos y dos libros de cocina.

Con esta edición se saca a la luz una obra aún no muy analizada por los críticos *La piedra angular* (1891). Aunque en los últimos veinte años se han llevado a cabo estudios valiosos en torno a Pardo Bazán y a su obra literaria; publicándose múltiples ediciones de sus novelas más relevantes: *Los pazos de Ulloa* (1886), *Cuentos de amor* (1898) *La Quimera* (1905) y *La sirena negra* (1908), todavía hay obras de la escritora gallega que no han sido reeditadas y que son de difícil acceso para aquellos que están interesados en su producción literaria. Efectivamente, esta novela obedece al deseo de Pardo Bazán de analizar un tema que ella consideraba candente; tratando el tema del verdugo en su dimensión profesional y su entorno familiar injustamente marcado por el hecho de ser el ejecutor de la pena de muerte. De acuerdo con las ideas penales en la España de finales del siglo XIX; la ejecución constituía la piedra fundamental, «la piedra angular» del sistema penitenciario tradicional español. Para la edición de esta obra además de incorporar el texto inédito, se ha incluido un estudio preliminar, donde se analiza no sólo la vida y la obra de doña Emilia Pardo Bazán, sino también las doctrinas penales y los estudios de antropología criminal que aparecen expuestos a lo largo del trama. De esta manera, la escritora muestra en su novela la encarnada polémica llevada a cabo por juristas, filósofos, políticos y teólogos que se plantearon el problema de su legitimidad. Se revela por tanto, el largo debate mantenido, interesantes argumentos a favor y en contra, poniendo de manifiesto el estado de la cuestión. Además, se estudia como *La piedra angular* es una de transición; entre la influencia de Emilio Zola y su escuela naturalista, y lo que se conoce como la etapa espiritualista, es decir, tras la publicación en 1887 de *La revolución y la novela en Rusia*.

Criterios de edición:

Se ha seguido aquí el texto de la primera edición de 1891, indicando en el apéndice final las variantes correspondientes a las ediciones publicadas en vida de la autora. Al reproducir la versión primera, se ha adaptado la ortografía y la sintaxis a la norma actual, y se han añadido interrogaciones y exclamaciones de apertura. En estas correcciones se han seguido las normas habituales; lo mismo ocurre en los casos de escritura errónea observables en la primera edición, en los que se ha corregido el texto. Se ha respetado, no obstante, los solecismos que aparecen en boca de un personaje, así como todas las pronunciaciones vulgares, dialectales o procedentes de la lengua gallega, todas las cuales la autora reproduce deliberadamente. En casos en los que dicha realización pudiera afectar al entendimiento de la secuencia, se ha explicado la misma en las notas. En los pies de página, aparte de las citas complementarias de textos de la autora, se añaden resúmenes biográficos de muchos personajes citados que pueden servir a personas no especialistas en la materia.

Vida de Emilia Pardo Bazán:

Varios factores condicionan las preocupaciones culturales de Emilia Pardo Bazán y su temprana vocación literaria. Nacida en La Coruña el 16 de septiembre de 1851, se forma en una familia de noble abolengo, se aficiona a la lectura en la nutrida biblioteca de su padre y compone tempranos poemas[1]. Según la autora, figuraron entre sus primeras lecturas infantiles la *Biblia*, el *Quijote*, la *Ilíada*, etc. De ello nos habla en «Apuntes biográficos» que publicó al frente de su novela *Los pazos de Ulloa*. Tales confesiones suscitaron no pocos irónicos comentarios, privada o públicamente expuestos. Entre los primeros, recuérdese lo que Marcelino Menéndez Pelayo escribía a Juan Valera, en carta fechada en Madrid el 14 de noviembre de 1886:·

> Doña Emilia Pardo Bazán ha publicado el primer tomo de una nueva novela, que no he leído. Pero sí he leído unos apuntes autobiográficos con que la encabeza y, que a mi enteder, rayan en los últimos términos de la pedantería. Dice, entre otras cosas, que cuando ella era niña la *Biblia* y Homero eran sus libros predilectos y los que nunca se le caían de las manos (Baquero Goyanes 4).

Aunque la joven estudia tres años en un colegio francés en Madrid, mientras sus padres residen en la corte, atribuye sus logros intelectuales y literarios a sus propios esfuerzos y a la atracción que los libros ejercían sobre ella. Los trabajos más tempranos de la escritora son además de los poemas escritos entre entre 1865 y 1867, el

---

1   Federico Sainz de Robles en las *Obras completas* de Emilia Pardo Bazán comenta que a la edad de los siete años, escribió sus primeros versos, dedicados a las tropas que regresaban victoriosas a La Coruña de la campaña africana de 1858.

cuento «Un matrimonio del siglo XIX» aparecido en *El Almanaque de la Soberanía Nacional* (1866), la novela inconclusa *Aficiones peligrosas* que fue publicada por entregas en el diario de Pontevedra *El Progreso* (1866) y el cuento «La mina» (1872-1873) que nunca llegó a publicarse. También hay que señalar la composición de varios poemas escritos en espera del nacimiento de su primer hijo, reunidos bajo el título de *Jaime* (1876) y que fueron publicados el mismo año por su eminente amigo, el krausista Francisco Giner de los Ríos.[2]

En 1868 contrae matrimonio con José Quiroga. La ceremonia tiene lugar el 10 de julio en la capilla de las Torres o Pazo de Meirás, residencia de la familia Pardo Bazán.[3] Los recién casados se instalan en Santiago de Compostela para que el marido concluya la carrera de Derecho en la Universidad de Santiago de Compostela. En 1869, al ser elegido diputado su padre, toda la familia se traslada a Madrid. Las primeras vivencias madrileñas se intensifican en los inviernos posteriores pasados en la capital; entra en relación con las tertulias literarias, las veladas del Ateneo, los salones aristocráticos y las sesiones del Congreso. Tras la entrada de Amadeo de Saboya y la Tercera Guerra Carlista (1872-1876), Emilia viaja acompañada de su familia por Francia, Inglaterra, Italia y Alemania.[4] Perfecciona sus conocimientos del inglés para poder leer a Shakespeare y Byron; y el alemán para comprender mejor a Goethe, Schiller, Bürger y Heine, también descubre la música de Wagner y se entusiasma con la literatura

---

2   **Francisco Giner de los Ríos** (1839-1915) fue un pedagogo, filósofo y ensayista español. En 1876 fundó en Madrid la Institución Libre de Enseñanza, de carácter privado, que suscitó su actividad intelectual más fecunda. Se hallaba familiarizado con los más innovadores métodos pedagógicos europeos, gracias a sus viajes y contactos con las escuelas modelo de Bruselas y los sistemas pedagógicos de Gran Bretaña, Francia e Italia. Tuvo el mérito de haber transformado la filosofía krausista en una práctica docente, auténticamente revolucionaria. Giner tuvo una influencia decisiva en toda la vida intelectual española de finales del siglo XIX y primer cuarto del XX. Quizás su mayor preocupación residiera en la Pedagogía: la formación de un hombre nuevo, moralmente íntegro, intelectualmente cultivado.

3   El Pazo de Meirás fue el refugio cultural de Emilia Pardo Bazán. Por el palacio pasaron algunas de las personalidades más destacadas de la época. Tras la muerte de la escritora en 1921, y el asesinato de su hijo Jaime por el Bando Republicano en la Guerra Civil, quedó en manos de su hija Blanca. Al no dejar descendencia, donó el pazo a la Compañía de Jesús. En 1938, las autoridades franquistas ofrecieron la propiedad a Francisco Franco.

4   Tras la proclamación de la Primera República Española en febrero de 1873, muchos monárquicos isabelinos se pasaron al bando carlista, aumentando con la insurrección cantonista. Por el contrario, el golpe de Pavía en 1874 y el pronunciamiento de Arsenio Martínez Campos el 29 de diciembre de 1874, que condujo a la Restauración de la dinastía caída en 1868 en la persona de Alfonso XII, contribuyeron a restar fuerzas a los carlistas, así como el acercamiento al Vaticano del Gobierno español. La familia de doña Emilia tuvo que marchar al exilio en estos años.

francesa. Como bien ha indicado Baquero Goyanes, posiblemente de todas sus experiencias y contactos europeos, el más intenso y persistente fue el de Francia, hasta el extremo de que no hay excesiva hipérbole en considerar que esta nación fue para la escritora gallega algo así como una segunda patria, al menos literariamente considerada (25). Desde su estancia en el balneario de Vichy, en 1870, las visitas turísticas a Francia se repiten; viaja por Inglaterra e Italia y asiste a la Exposición Universal de Viena. En París, conoce a Emilio Zola, a los hermanos Goncourt y a otros escritores, y se familiariza con las traducciones francesas de los grandes novelistas rusos.

De regreso a España, reanuda sus antiguas relaciones. El joven matrimonio, que aún no tiene hijos, hace una intensa vida social y viaja muy a menudo. En Madrid, y sobre todo en La Coruña, organiza veladas literarias en el Pazo de Meirás. La joven, además de elaborar sus novelas y sus libros de crítica, trabaja asiduamente en las principales revistas gallegas, madrileñas y barcelonesas. En las tertulias de la Corte alterna con muchos escritores contemporáneos; mantiene correspondencia con Marcelino Menéndez Pelayo; se relaciona con José Zorrilla; tiene amistad con Emilio Castelar; protagoniza una estrecha relación con Benito Pérez Galdós, a finales de siglo conoce a Rubén Darío y, ya en el XX, recibe el homenaje de los escritores más jóvenes.

Doña Emilia empezó a destacar en las letras durante la última parte de la década de 1870-1880. En 1876, cuando apenas tenía veinticinco años, llamó por primera vez la atención del público con el ensayo: *Examen crítico de las obras del Padre Feijóo*, el cual fue premiado en un concurso literario celebrado en Orense. Harry Kirby afirma que lo más importante del texto es que anuncia temas de interés que se desplegarán y dominarán más tarde en su obra. Se vislumbran, por ejemplo, su religiosidad, su preocupación por el problema nacional, su defensa del feminismo y el progreso y, ante todo, su admiración por las investigaciones científicas del benedictino (Kirby 14).

El triunfo de Orense hizo que la escritora realizara más investigaciones: entre 1877 y 1879 publicó en la prestigiosa revista *La Ciencia Cristiana* un estudio sobre el darwinismo y una larga serie de artículos sobre los poetas épicos cristianos: Dante, Milton y Tasso.[5] Uno de los artículos «Reflexiones científicas contra el darwinismo» era una divulgación científica de las teorías de los partidarios y detractores de Charles Darwin, reflejando un amplio conocimiento de los discípulos del positivismo como Ernst Haeckel y Herbert Spencer.[6] Desde el punto de vista de la joven profesora, el error más grave del científico inglés es la confusión entre especie, variedad y raza, y su negación de la fijeza de la especie con la consiguiente teoría de la variabilidad.

En 1879, después de orientarse brevemente con la novela española contemporánea, publicó en *La Revista de España* su primera obra: *Pascual López. Autobiografía de un estudiante de medicina*. La narrativa agradó a los críticos y, curiosamente, fue traducida casi en seguida al alemán. Durante el periodo 1880-1889 la escritora colaboró en numerosas publicaciones y escribió a la vez sus novelas más célebres. El naturalismo apenas comenzaba a ser discutido en el Ateneo cuando Emilia Pardo Bazán, con voluntad divulgadora, aceleraba el debate con sus veinte artículos de *La cuestión palpitante* (1882-1883) en las páginas de *La Época*. También explicó su interpretación de la nueva escuela francesa en los prólogos de sus novelas, en particular en el prefacio de *Un viaje de novios*. Tras la publicación de esta obra, los prejuicios contra la escritora habían empezado por modificar su propia intimidad, pacta con su marido una separación que le asegurase la libertad de acción necesaria para buscar su emancipación literaria. Pilar Faus ha señalado que José Quiroga se enfrenta a su esposa, y haciendo uso de su autoridad, le prohíbe que siga escribiendo sobre temas de dudosa ortodoxia y moralidad: «Don José pretende poner a prueba la autoridad marital del tradicionalista caballero para que ponga fin a las que considera extravagancias literarias de su esposa. Extravagancias que, por añadidura, ponen en entredicho su catolicismo y su moralidad» (I, 208).

---

5   La revista estaba dirigida por el filósofo Juan Manuel Ortí y Lara. Doña Emilia se codeaba con fray Ceferino González, Navarro Villoslada, el Padre Miguel Mir, el Padre Mendive. En sus «Apuntes autobiográficos» comenta que estos hombres rechazaron las publicaciones de la joven: «Algunos sesudos colaboradores no tragaban ni aún dorada, la píldora que era la colaboradora; el posible demonio femenino no turbaba seriamente sus lucubraciones forzadas y sus sueltos sesteos» (715).

6   **Charles Robert Darwin** (1809-1882) fue un naturalista inglés que postuló que todas las especies de seres vivos han evolucionado con el tiempo a partir de un antepasado común mediante un proceso denominado «selección natural». La evolución fue aceptada como un hecho por la comunidad científica y por buena parte del público en vida de Darwin. La teoría de la evolución atrajo un amplio interés internacional, provocando acalorados debates tanto en la comunidad científica como en la religiosa.

El cuerpo novelístico de doña Emilia se acerca más al naturalista con la publicación de *La tribuna*, novela de protagonismo obrero femenino. Los procedimientos zolescos se reflejan en el detalle descriptivo, en la reiteración de datos físicos, los indicadores fisiológicos y la historia de la pobreza. Esta obra es la primera que asume claramente las nuevas directrices, por la preferencia que la autora muestra en la descripción de los ambientes bajos –una fábrica de tabacos– y de personajes y escenas populares, descritos y dialogados con crudo verismo. El bienio 1886-1887 fue fructífero para la novela. Mientras Galdós escribía *Fortunata y Jacinta*, Emilia Pardo Bazán daba cima al ciclo más ambicioso de su obra narrativa dentro de su concepto naturalista condicionado por la tradición literaria española. La concepción naturalista llega en 1886, con la publicación de *Los pazos de Ulloa*, continuada al año siguiente con *La madre naturaleza*.[7] La primera novela viene a ser un estudio de ambiente, en el que se trae a la luz un paisaje violento, el de una tierra gallega presentada como marco de las más elementales y primitivas pasiones. La obra plantea un enfrentamiento entre dos formas de vida totalmente distintas: las costumbres bárbaras que reinan en el mundo rural y la civilización urbana. Don Pedro Moscoso, a quienes los aldeanos atribuyen el título de marqués de Ulloa, que en realidad no le pertenece, es un auténtico señor feudal, embrutecido por el ambiente e incapaz de dominar sus instintos.

Durante 1887 viaja mucho la escritora: Portugal e Italia, a donde va como corresponsal del diario madrileño *El Imparcial*, para escribir las crónicas del jubileo sacerdotal de León XIII.[8] Estos artículos serían luego recogidos en el libro titulado *Mi romería* (1888). Según Baquero Goyanes fue un escándalo, provocado esta vez por motivos políticos y no literarios o morales: «El hecho de que Emilia Pardo Bazán visitara en Venecia a don Carlos, el pretendiente carlista a la corona española, y de que recogiera la conversación sostenida con él en sus cró-

---

7   *Los pazos de Ulloa* es considerada por la crítica actual como una de las más importantes del siglo XIX en España. Ya en su tiempo, la novela convenció a amigos y enemigos. Galdós la calificó de «obra maestra» y la elogiaron Clarín y Pereda. No fallaron, sin embargo, críticas adversas, porque doña Emilia era figura controvertida, y quienes no pudieron atacar literariamente la novela dirigieron sus dardos a la ideología e incluso a la vida de la autora.

8   **León XIII** (1810-1903) fue un Papa humanista de extensa cultura. Adoptó actitudes conciliadoras con: Italia, Francia, Prusia, Rusia, y Portugal. Su magisterio fue de signo aperturista con su *Rerum Novarum* de 1891. Bajo su mecenazgo resurgieron el neoescolasticismo (1879) y los estudios bíblicos, se promovió la historia científica de la Iglesia y se renovó la Pontificia Academia Físico-Matemática.

nicas, suscitó la irritación de ambas facciones: la liberal y la carlista»
(12). Este episodio político, tendrá su repercusión literaria en el cuento
«Morrión y Boina», que trata de la enemistad entre dos ancianos fa-
náticos, el uno liberal y el otro carlista, personajes que acabarán
dándose muerte mutuamente.

La tendencia naturalista se cierra definitivamente en 1891, con *La
piedra angular*, nueva exploración del mundo urbano coruñés, cen-
trada en la bipolarización entre las zonas habitadas por la burguesía
y el barrio marginado que bordeaba el cementerio. Doña Emilia pone
de relieve el horror ante la desgracia, la miseria y el hacinamiento en
las grandes concentraciones de la capital, como producto de la degeneración, el desorden y la promiscuidad. Además, se presencia la
atención al personaje colectivo, un grupo de hombres dominados por
el temperamento y el medio, y en muchos de los casos degradados y
embrutecidos.

A finales del XIX, su fama era cada vez más sólida dentro y fuera
de España. El éxito de cada uno de sus libros era mayor que el pre-
cedente. Colaboraba asiduamente en *La Ilustración Española y Americana*, en *La Ilustración Artística*, en la *Cultura Española, ABC,* en el
Blanco y Negro, en *Revista de España*; y más tarde en *La Nación* de
Buenos Aires y en el *Diario de la Marina* de la Habana. En 1887 presentó en el Ateneo de Madrid una serie de conferencias tituladas *La
revolución y la novela en Rusia,* que sirvieron para dar a conocer al
lector español los nuevos escritores rusos. En la «Societé des Confe-
rences» de París presentó otra ponencia «La España de ayer y hoy»,
que causó una gran impresión, hasta el punto de lograr que los medios
literarios franceses sintieran la necesidad imperiosa de conocer a
fondo la cultura española y se iniciasen las traducciones de los grandes
autores españoles: Benito Pérez Galdós, José de Echegaray, Armando
Palacio Valdés, Leopoldo Alas Clarín y Pedro Antonio de Alarcón.
En esta presentación la escritora mostró también la cuestión social y
la derrota de España en la Guerra Hispanoamericana (1898); ahondando en su preocupación por el problema nacional.[9]

Emilia Pardo Bazán también escribió innumerables cuentos y novelas breves; fue en realidad, uno de los cuentistas más prolijos que

---

9   Tras la Guerra Hispanoamericana (1898), los escritos de Emilia Pardo Bazán se hacen
     más regeneracionistas. La escritora reacciona contra la descomposición del sistema ca-
     novista, publicando estudios y ensayos que denuncian esta situación. En la colección de
     artículos *De siglo a siglo* (1896-1901*),* se observa el gran patriotismo de doña Emilia y su
     preocupación por el estado de la nación.

ha producido la literatura española moderna. Casi todos los críticos reconocen su posición sobresaliente en este terreno y no pocos afirman, que es éste, tal vez, el aspecto más destacado de toda su producción. Según Harry Kirby, debido a la falta de datos suficientes, no se conoce el número fijo de los cuentos escritos por la condesa a lo largo de su vida, pero cree que existen más de seiscientos. Parece ser que la autora escribía sus relatos con asombrosa facilidad; podía producirlos rápidamente y en muchos casos sin previas indagaciones, los pulía y los revisaba antes de entregarlos a la imprenta (5).

En 1891, la escritora aprovecha la herencia paterna para crear una revista, *El Nuevo Teatro Crítico*, cuyo título supone un recuerdo de admiración por la obra del benedictino gallego Benito Jerónimo Feijóo y Montenegro, amparada tras el título de *Teatro crítico universal*.[10] La publicación aparecía mensualmente, redactada exclusivamente por doña Emilia, y confirmó desde el primer momento las maravillosas facultades de la insigne periodista. La revista abarcaba muchos y variados aspectos: la crítica de libros y de teatro, la biografía, el ensayo histórico, temas feministas, política de actualidad y varias secciones sobre viajes.

También durante esta época la novelista se granjeó cierta malquerencia por parte de sus contemporáneos.[11] Los críticos, que antes la enjuiciaban positivamente, ya en la década de 1890 apenas le dedicaban dos o tres renglones cuando una obra suya salía en la prensa. De acuerdo con Harry L. Kirby: «Sin lugar a duda, la independencia de Emilia Pardo Bazán, su creciente papel de feminista y su triunfo notable en un campo regido tradicionalmente por el hombre irritaban a los críticos» (15). En 1891 su candidatura a la Real Academia Es-

---

10 **Benito Jerónimo Feijóo y Montenegro** (1676-1764) es uno de los hombres más representativos de la Ilustración española. En 1690 tomó el hábito de San Benito en el monasterio de San Julián de Samos. Ocupó diversas cátedras de Teología en Oviedo, de 1721 a 1739, año en que su mermada salud le obligó a retirarse. Su obra es de carácter esencialmente pedagógico y divulgador, encarada principalmente a «deshacer los errores del vulgo». Parece que, a Feijóo le interesaba sobre todo lo positivo, y que en sus escritos se proponía fundamentalmente curar los males de España, que él veía postrada, en especial en el campo cultural. Por lo que se refiere a los medios, es un adelantado —y un producto al mismo tiempo —del espíritu europeo de su siglo.

11 **Leopoldo Alas Clarín** (1852-1901) era, en un principio amigo suyo; incluso escribió el prólogo a la *Cuestión palpitante*. Sin embargo, se fue distanciando progresivamente de la concepción estética de doña Emilia y acabó por dedicarle punzantes sátiras que, en ocasiones, fueron malintencionadas. **Marcelino Menéndez y Pelayo** (1859-1912) también tuvo una primera relación amistosa con la escritora, pero cuando ella le comunicó su deseo de escribir *Historia de las letras castellanas*; el santanderino vio esta publicación como un choque de intereses con su obra *Historia de las ideas estéticas*. Como académico, también Menéndez Pelayo formará parte de aquellos que se opusieron a la entrada de doña Emilia en la Academia, pese a que reconocía los méritos de la escritora.

pañola fue rechazada, con la decidida oposición de Juan Valera.[12] El escritor cordobés publicó *Las mujeres y las Academias (cuestión social inocente)*; donde explicaba que toda «joven sabia» debería enojarse ante la sola idea de querer convertirse en académica. Menéndez Pelayo celebró la aparición de este folleto en una carta dirigida a Valera, diciendo: «Al fin llegó el ensayo, tan racional y sensato en su fondo, como lleno de discreción, chiste y agudeza. Si a doña Emilia, después de leerlo, le quedan ganas de renovar su estrafalaria pretensión, demostrará que no tiene sentido común, además de ser una cursilona» (Baquero Goyanes 14).

En 1892 Doña Emilia formó parte de la Comisión organizadora del Congreso Pedagógico Iberoamericano, donde leyó una memoria titulada «La educación del hombre y de la mujer: sus diferencias». El mismo año empezó a publicarse bajo su dirección la Biblioteca de la Mujer, cuyos primeros volúmenes comprendían obras de sor María Jesús de Ágreda y María de Zayas. En esta colección aparecieron dos ediciones de la directora: *La revolución y la novela en Rusia* y *Mi romería*, un par de estudios biográficos: Madame Maintenon e Isabel la Católica; una vida de la Virgen María, clásicos como *La instrucción de la mujer cristiana* de Juan Luis Vives y, por último, dos libros de contenido feminista: *La esclavitud femenina* de John Stuart Mill y *La mujer ante el socialismo* de Augusto Bebel.[13]

En 1894 escribió *Doña Milagros*, obra que supuso el inicio de un proyectado ciclo titulado *Adán y Eva*, y que fue seguida por *Memorias de un solterón* (1896). Doña Milagros, el personaje que da título a la primera novela, no ha tenido descendencia en su matrimonio, y de ahí que vierta su poderoso instinto maternal en los hijos de un vecino. Especial interés ofrece *Memorias de un solterón*, cuyo personaje prin-

---

12   **Juan Valera** (1824-1905) escritor, periodista y diplomático. Valera fue uno de los promotores de la *Revista de España*, donde se insertaron muchos de sus artículos, como los dedicados a refutar las fórmulas naturalistas de Zola. Entre sus novelas destacan: *Pepita Jiménez, Las ilusiones del doctor Faustino, El comendador de Mendoza, Doña Luz, Juanita la Larga, Genio y figura* y *Morsamor.*

13   **Augusto Bebel** (1840-1913) fue un destacado dirigente socialdemócrata alemán. Militó en las primeras asociaciones que se proponían facilitar la promoción obrera en el campo cultural y social. Bebel se adhirió a la I Internacional en 1866, y difundió por Alemania las teorías marxistas y en 1869 fundó en Eisenach el Partido Obrero Social Demócrata. En la obra *La mujer y el socialismo* (1879) mostró que las relaciones de familia se transforman a tenor de los cambios que sufre el modo de producción, cómo la desigualdad social de la mujer es una consecuencia de la propiedad privada. La aparición de la propiedad privada representa el comienzo de la «humillación» y hasta el desprecio por la mujer. De aquí que la emancipación del género femenino constituya una parte del problema de poner fin a su explotación y a la opresión social.

cipal es Feíta –diminutivo de Fe–, en quien, Emilia Pardo Bazán proyectó no pocos recuerdos de adolescente, cuando el medio que la rodeaba pecaba de incomprensivo, frente a sus deseos de estudio y sus empeños feministas. Sin lugar a dudas, a lo largo de estas novelas se percibe una clara intencionalidad que rebasa el mero cultivo del arte; tratando el tema de la defensa del género femenino y la búsqueda de una «mujer nueva», capaz de luchar para mejorar su situación.

Durante estos años, otra cuestión de interés para ella fue el teatro. La creación dramática siempre había ocupado un lugar central en su pensamiento artístico, como consta de sus innumerables y muy perspicaces reseñas teatrales, en las que demuestra tener un gran conocimiento de la escena española y extranjera. En este sentido, y como bien ha afirmado Montserrat Ribao Pereira, Bazán no sólo escribió dramas, sino que reflexionó sobre sí misma como dramaturga y sobre su concepción teatral, tanto de forma directa como indirecta (15). Hacia finales de siglo presentó cuatro obras en los teatros de Madrid que fueron mal recibidas y la escritora se vio obligada a abandonar definitivamente su afición por este género literario.[14]

Por estas fechas también publicó *La Quimera* (1905), *La sirena negra* (1908) y *Dulce dueño* (1911). Estas obras constituyen un tríptico que confirma los síntomas incipientes de la estética modernista, simbolista y decadentista. De las tres, es quizás *La Quimera* la que evoca con mayor claridad ese contexto decadente, en tanto que se centra en el tema del arte y lo despliega a partir de la experiencia del pintor Silvio Lago, estructura que le ha valido la calificación de *Künstlerroman* o novela del artista.[15] La narrativa muestra la nueva orientación de la escritora, al tomar como tema lo que ella consideraba la cuestión central del arte modernista: la lucha del pintor por lograr la transcendencia en el mundo contemporáneo.

En 1906, el Ateneo de Madrid concedió a la escritora el cargo de la Sección de Literatura, y entre 1910 y 1914 publicó tomos de sus obras en el extenso estudio de *La literatura francesa moderna*: I, «El romanticismo»; II, «La transición»; y III, «El naturalismo». En 1916,

---

14   Emilia Pardo Bazán nos ha dejado siete piezas de teatro, de las cuales estrenó cuatro: el brevísimo monólogo titulado *El vestido de novia* (1898), el cuadro *La suerte* (1904), el drama *La verdad* (1906) y la comedia en cinco jornadas *Cuesta abajo* (1906). Sus tres comedias dramáticas: *Juventud*, *Las raíces* y *El becerro de metal* no llegaron a estrenarse.

15   *Künstlerroman* es un término alemán de literatura que se refiere a las novelas cuyo núcleo es la figura del artista y en la que se narra la evolución y destino de éste. Es una novela de aprendizaje y autoformación que surge durante el siglo XVIII, en el romanticismo temprano, como subcategoría del *Bildungsroman*.

leyó en la Residencia de Estudiantes de la Universidad Central de Madrid una de sus conferencias más importantes: «El porvenir de la literatura después de la guerra». También en este año, el Ministro de Instrucción Pública nombra a doña Emilia, a título excepcional «Catedrática Numeraria de Literatura Comparada de Lenguas Neolatinas». Con ello se producían dos acontecimientos de esperanzadora innovación: la creación de una primera cátedra de Literatura Comparada en la entonces llamada Universidad Central, y el nombramiento de la primera profesora de la universidad española. Pero como tantas veces ha ocurrido en el dédalo de la historia, el proyecto no cuajó; la sociedad no secundaba tantas innovaciones juntas. Pardo Bazán tuvo un alumno excelente, Pedro Sáinz Rodríguez, pero ninguno más. De aquella experiencia frustrada nos ha quedado testimonio de sus lecciones a través de un volumen póstumo, aparecido en 1926: *El lirismo en la poesía francesa.*[16]

El 12 de mayo de 1921 falleció la ilustre escritora en Madrid a causa de un ataque gripal. El día trece toda la prensa hizo eco del triste acontecimiento y, junto a la amplia reseña necrológica, se insertó, con carácter evocador, la glosa de la figura y obra de la condesa de Pardo Bazán. A mediodía del sábado 14 de mayo tuvo lugar la ceremonia del entierro. Tras la presidencia familiar se encontraban: Jaime Quiroga, José Cavalganti, el Presidente del Gobierno, Antonio Maura, el General Weyler, el Rector de la Universidad Central y el Alcalde de Madrid.

EL ECLECTICISMO LITERARIO DE EMILIA PARDO BAZÁN:

El naturalismo aunque nació y se desarrolló principalmente en Francia, influyó de manera decisiva en el resto de la literatura europea, de forma prioritaria en la novela y, como no, en la española durante la segunda mitad del siglo XIX. El representante principal de esta tendencia fue Emilio Zola (1840-1902), autor que dio a sus obras un sello inconfundible al adaptar en ellas los principios deterministas de

---

16 José Manuel González Herrán ha comentado que este texto fue preparado por su secretario Luis Araújo Costa; según este último explica en el prólogo, cuando se dispuso a preparar la entrega pendiente descubrió que la condesa había dejado cinco voluminosos legajos con notas, esbozos y cuartillas redactadas, pero que de ninguna manera podían considerarse complementarios con los precedentes, pues quedaban algunos campos y autores sin tratar.

Hyppolite Taine y de Charles Darwin.[17] La tesis evolucionista de Darwin contribuyó notablemente a afianzar la creencia en el peso de la herencia y a ella se sumaron otras teorías positivistas que arraigaron con fuerza en París. Filósofos como Comte, Taine, Brunetiére convencieron de la necesidad de conocer las ataduras que limitaban toda conducta humana −frente al fatalismo inconsciente de los románticos−, y que podían concentrarse en: raza, momento histórico y medio ambiente. La intención primordial del naturalismo era dotar a la novela de un cientificismo que le permitiese convertirse en fuente de conocimiento de la realidad, de ahí que, partiendo de una base filosófica, emplease el método de la observación, documentación y experimentación, lo que llevó al propio Zola a llamarla «novela experimental» (Bregante 655). El autor de esta tendencia debía crear las condiciones propias de un experimento, o lo que es lo mismo, un escenario que permitiese la objetividad del análisis de situaciones en las que podía apreciarse la evolución individual de los personajes. El resultado final era abordar todos los detalles de la realidad, a menudo con una minuciosidad de laboratorio que, en ocasiones, se convertía en una recreación de sus aspectos más sórdidos. Al naturalista le interesaban las condiciones de vida de sus personajes, las circunstancias sociales que le rodeaban y, sin duda, su fisiología, todo ello a fin de poder estudiar objetivamente el papel del individuo en el medio en el que vivía.

En los años inmediatos a 1880 se va creando un ambiente, que se podría considerar prenaturalista, a medida que la escuela de Zola despierta la curiosidad de los españoles siempre atentos a lo que pasa en Francia. La aparición de estas obras promueve en España, además de la reacción critica mencionada, la producción de una serie de novelas de influjo naturalista, como *La desheredada* (1891) de Benito Pérez Galdós. Eso sí, esta tendencia en España tropieza desde los primeros momentos con ciertos prejuicios, o dicho de otra forma, crea una at-

---

17   **Emilio Zola** (1840-1902) fue un escritor francés, fundador del movimiento naturalista. Propugnó una forma de novelar que no distrajera al lector, sino que le transmitiera las tensiones e inquietudes ideológicas, políticas o económicas que sufría la sociedad. A través de su obra *Le roman experimental* (1880), basaba el naturalismo literario en el modelo del método experimental de las ciencias biológicas. Para el autor, no se trataba de una historia novelesca, sino de encontrar una fórmula científica «A partir de un hecho dado, deducir matemáticamente todas sus consecuencias con perfecta objetividad y veracidad». En sus novelas, Zola pretende trapasar las leyes de la herencia y de la influencia del ambiente como determinantes del comportamiento humano. El escritor había encontrado en la nueva tendencia la posibilidad de explicar su talento. Descubierto el naturalismo, el novelista vislumbró las posibilidades insospechadas para la utilización del nuevo método, y así, surgió la serie de novelas sobre *Les Rougon-Macquart*.

mósfera explosiva en todos los sectores de la vida nacional y acentúa la dicotomía en la esfera literaria entre la hermética a cualquier influencia foránea y la abierta y tolerante con la nueva estética y el espíritu moderno (López-Sanz 23). Conservadores y liberales aparecen de nuevo enfrentados en el esquema social y literario de la época. En ambos casos se aplica al naturalismo una lente que aumenta o disminuye su valoración, según la perspectiva ideológica desde la que se le enfoque. Por ejemplo, Pedro Antonio de Alarcón, identifica la escuela francesa como algo vulgar, indecente, feo, pornográfico y sucio.[18] En contraposición con esta postura, Leopoldo Alas Clarín y Emilia Pardo Bazán son los dos críticos españoles que con más conocimiento de causa defienden esta nueva tendencia literaria. Ambos son conscientes de que el nuevo movimiento, a pesar de envolver un peligro, es un impulso estéticamente benéfico para la literatura patria; de aquí que tomen una actitud más afirmativa que negativa al juzgarlo. Tanto el escritor asturiano como la gallega opinan, no sin cierta razón, que el naturalismo no se reduce a la fórmula estrecha del escritor francés, sino que puede adoptar formas variadas. Se trata de un movimiento a «modo hispano», que se integra en la corriente realista de la literatura española.

Efectivamente, Pardo Bazán publicó a finales de 1881 y principios de 1882, en *La Época*, la novela *Un viaje de novios*, con un prólogo que se hacía eco de las teorías naturalistas, diciendo: «La novela es traslado de la vida, y lo único que el autor pone en ella es su modo peculiar de ver las cosas reales, transposición fiel de la definición del género novelístico dado por Zola; con todo, por prudencia y con sinceridad circunstanciada, pide ser adscrita al realismo español». En 1882, inmediatamente después de la primera traducción del francés al español, nuestra escritora desarrolló sus ideas en una serie de artículos, *La cuestión palpitante*, publicados al año siguiente en forma de libro, con un prólogo de Clarín.[19] Esta obra es un repaso a la historia del género

---

18   **Pedro Antonio de Alarcón** (1833-1891) fue un novelista español que en su juventud formó parte de un grupo de artistas de tendencia revolucionaria y anticlerical. Alarcón pronto abandonó el liberalismo para adherirse a un tipo de novelas de moralidad folletinesca y esquematismo psicológico. Fue un hombre profundamente católico y conservador, que se opuso al naturalismo y a la literatura francesa a la que consideraba una influencia nociva e inmoral. Los tradicionalistas como Pereda, Valera, o Menéndez Pelayo, en un principio arremetieron contra lo que creían una intromisión de lo decadente francés en las sanas costumbres literarias españolas —idealistas costumbres literarias españolas —.

19   La serie de artículos que Pardo Bazán publica en *La Época* (7 de noviembre de 1882-16 de abril de 1883) y el mencionado prólogo de Clarín, que precede a la edición de *La cuestión palpitante*, tienen como objeto orientar la opinión pública, desmintiendo los malentendidos en torno al naturalismo.

novelesco, desde la épica clásica y medieval hasta llegar a la etapa contemporánea, ejemplificada por los autores realistas y naturalistas,
cuyos presupuestos expone y critica. El resultado, como bien ha indicado José María Pozuelo Yvancos, está muy lejos de ser una teori-
zación, sistematización o preceptiva del naturalismo novelesco (519).
No es por tanto, un ensayo de teoría, ni siquiera de un ejercicio siste-
mático y coherente, sino de un conjunto de comentarios sobre los
grandes novelistas franceses (Stendhal, Balzac, Flaubert, Daudet), de
consideraciones sobre los errores y aciertos de la estética naturalista y
es también una reflexión final sobre la brillantez de los novelistas españoles. Ella, que en un principio había querido simplemente intro-
ducir en España la nueva doctrina literaria, explicándola y enmen-
dándola, se encontró en cierta manera convertida en representante de
la escuela naturalista española. Más próxima, en cambio, a los postulados de Zola se manifiesta la autora cuando defiende una concepción
de la novela que sea «estudio social, psicológico, histórico», sin que
por ello tenga intención docente o moralizadora. La escritora, elu-
diendo la intransigencia, se esforzó en distinguir los límites entre el
realismo y la nueva escuela, tomando partido por el primero porque
ofrecía una teoría más ancha, completa y perfecta; conciliando mayor
número de contrarios. Doña Emilia muestra sus reservas, pese a su
decidido apoyo a la nueva estética; cultiva «un naturalismo a la española», es decir, más atento a la forma que a lo ideológico. Busca una
fórmula conciliadora que pueda incorporar los hallazgos de Zola sin
menoscabo de la ortodoxia católica; criticando los excesos y el determinismo de la escuela francesa.

De este modo, la actitud de Emilia Pardo Bazán frente al naturalismo francés estaba marcada por profundas ambigüedades. No cabe
duda la admiración que sentía por la prodigiosa fuerza creadora de
Emilio Zola, y por la amplia libertad artística que éste había sabido
reclamar. Además, muchos de los asuntos escogidos por la nueva escuela le parecían casi impensables dentro del concepto –sin duda bastante idealizado –que ella se había formado de la realidad social española (Round 325). Doña Emilia defiende un estilo literario que nace
de la confluencia y entendimiento de la tradición literaria con las
nuevas corrientes de fuera, dando como resultado una apertura a la

sensibilidad de los nuevos tiempos. Aquí ve con alivio la posibilidad de hallar un equilibrio entre los indecorosos excesos del naturalismo y la embellecida artificialidad del idealismo: su ideal consistía en la combinación de este tipo de realismo de «justo medio», un tanto fácil, con el consciente respeto a la forma artística y con lo que ella denominó «refinamiento». En este sentido, Mariano López-Sanz afirma que los autores españoles intentaban de esta manera asimilar ciertas tendencias de la escuela francesa: «Lo que estos escritores pretendían al aplicar a la novela las nuevas técnicas literarias de importación, era ensanchar las posibilidades de la tradición literaria y sincronizar a España con la hora de Europa, sin sacrificar el carácter y la originalidad propios» (32).

Ahora bien, desde su posición religiosa, que cree en el libre albedrío, en la posibilidad de salvación y rehabilitación del individuo, comprende la negación que entraña esta escuela, que procede del carácter fatalista y del fondo determinista. El naturalismo español descansa sobre unos supuestos filosóficos, religiosos y culturales con los que por necesidad tiene que conformarse; unos supuestos que generalmente resultan contrarios a los de Zola. Si las novelas de éste somete al hombre a un retroceso biológico que lo reduce a la condición de «*bête humaine*»; el naturalismo en España parte de una antropología cuya idea fundamental sostiene que el hombre es un ser fascinante compuesto de realidad física y espiritual.

Efectivamente, a comienzos de la década de los noventa se produce un cambio en los gustos de los escritores y público en España, similar al que ocurre en el resto de Europa. En Francia, a raíz de la publicación de *La tierra* (1887) surge una crispada reacción, «por supremo respeto al arte», entre jóvenes escritores (*Manifiesto de los cinco*) que critican la «literatura sin nobleza», la vulgaridad, el énfasis romántico y la pseudo-experimentación científica presentes, a su juicio, en la narrativa de Zola (Estébanez Calderón 721). La encuesta de 1891 en *L'Echo de París* y las declaraciones negativas de A. France, E. Goncourt y Huysmans subrayan el declive de la corriente naturalista. En esta época se observa un cambio en el rumbo de la escritora; su postura espiritualista se afianza con las «Conferencias sobre la literatura rusa» pronunciadas en el Ateneo de Madrid en abril de 1887 y publicadas ese mismo año con el título de *La revolución y la novela en Rusia* (1887).[20] El debate sobre el naturalismo entraba en una nueva etapa; los argumentos ya no eran tan viscerales ni se acudían a ellos para salir tanto a la defensiva. Ahora se aceptaba que en la nación española había unas estructuras socio-históricas y mentales que chocaban con las francesas, de modo que el credo artístico naturalista, tenía unas características diferenciadas. El rasgo más atractivo de la literatura rusa era la anulación de la alternativa que separaba a los románticos y realistas franceses, la búsqueda de la verdad idealista o un estudio de la realidad positiva. Al conocer las obras de León Tolstói, Iván Turguénev y Fiódor Dostoyevski se aseguró que la novela estaba completamente conforme con sus ideas estéticas así como las demandas de la sociedad española, demasiado cerrada, en su opinión, a los movimientos culturales del extranjero.[21]

De este modo, en *La revolución y la novela en Rusia* se propone la conciliación del espiritualismo –como aceptación de la existencia de unas leyes superiores que, por encima del determinismo, regulan la vida del individuo– y la escuela experimental. Con la variante espiritualista, la novela española iba a ser capaz de superar finalmente el positivismo y armonizar con tendencias materialistas de la época con las sempiternas elucubraciones idealistas de corte neocatólico o krausistas (Caudet 69). Se queja de Zola «por su manía de escoger lo feo», lo grosero, lo obsceno y lo erótico. En contraposición, observa que en la novela rusa puede apreciarse un movimiento de repliegue de la materia, que pierde la realidad de su presencia ante el mundo de horizontes ilimitados de la mente humana. Además, en contraste con el pesimismo de la narrativa francesa y su consecuente visión desilusionada de la vida, la obra de los eslavos presenta una tendencia a asomarse a los pozos negros de la existencia humana, pero no de una manera tan determinista.[22]

Efectivamente, en la última década del siglo XIX y en los primeros

---

20   Fue en París donde Emilia Pardo Bazán leyó por primera vez una novela rusa, *Crimen y castigo* de Dostoyevski. Al año siguiente, volvió a sus estudios y en 1887 dio una serie de conferencias sobre la novela rusa en el Ateneo de Madrid. De estas conferencias nació su libro *La revolución y la novela en Rusia* (1887).

21   **León Tolstói** (1828-1910), **Fiódor Dostoyevski** (1821-1881) e **Iván Turguénev** (1818-1883) tuvieron un lugar muy destacado en la literatura europea desde finales del siglo XIX. Se les considera como los grandes iconos del Siglo de Oro de la literatura rusa.

22   El descubrimiento de la literatura rusa fue para los españoles el descubrimiento de un naturalismo espiritual. En Tolstoi encontraron la amalgama precisa de idealismo y naturalismo que la mayoría de ellos había estado buscando.

años del XX se revela un cambio curioso e interesante en la crítica de Emilia Pardo Bazán. A juicio de la escritora, Tolstoi y los autores rusos habían eclipsado por completo la fama de Zola y los naturalistas.[23] Al escribir dos artículos sobre Máximo Gorki y Dimitri Merejkovski, la autora manifiesta que entre los escritores europeos los novelistas más importantes son los rusos.[24] La condesa muestra viva inquietud por renovar sus propios modos literarios echando mano de las nuevas técnicas de importación que ella aplica con personalidad propia y originalidad. En este sentido, Pardo Bazán es plenamente coherente con la adopción de nuevos recursos sin alterar esencialmente el consorcio entre el naturalismo como elemento formal y el espiritualismo como base ideológica de su arte.

La piedra angular: UNA NOVELA DE TRANSICIÓN ENTRE EL NATURALISMO Y EL ESPIRITUALISMO:

Emilia Pardo Bazán en *La piedra angular* nos ofrece una detallada visión del mundo del crimen y sus consecuencias. Acorde con el rechazo social de que es víctima Juan Rojo, la autora muestra el entorno negativo del mundo familiar y social de este hombre. Es el desarrollo del tema penal y especialmente el truculento mundo del verdugo y de la cárcel el que permite recurrir a la minuciosa descripción naturalista por ser la expresión formal más adecuada al desarrollo temático de la novela. Esta técnica refleja las taras sociales y morales: la degradación que produce el alcoholismo, el instrumento penal del garrote, el salvajismo de sus protagonistas, etc.

Duro y hostil es el mundo que gira en torno al crimen de la Erbeda

---

23 En un artículo titulado «Zola y Tolstoi. *El dinero* y *La sonata a Kreutzer*» la escritora afirma: «Los dos mayores novelistas de Europa han producido, del año 90 al 91 —primeros de la década con que termina este siglo—, dos obras profundamente distintas entre sí, y que no obstante presentan, para los espíritus observadores, la analogía de llevar en su seno gérmenes y predicciones de una sociedad nueva, muy diversa de la actual, y cuyo advenimiento solicitan o sueñan los autores con (valga la frase) esperanzado pesimismo. Sin embargo, aun cuando la fiebre de renovación puede notarse en los dos maestros de la novela contemporánea, la temperatura es casi normal en Zola y en Tolstoi altísima» (984-985).

24 En su obra *La revolución y la novela en Rusia* comenta: «El elemento espiritualista de la novela rusa para mí es uno de sus méritos más singulares. Que la novela no afirme nada de sobrenatural, ni sea instrumento de propaganda religiosa, bueno y santo: de ahí que se mutile por gusto y se reduzca a mera crónica de funciones fisiológicas va gran distancia. En nosotros existen infinitas cosas que no pueden explicar el determinismo materialista; al arte no le corresponde dilucidarlas, pero está obligado a no prescindir de ellas» (878).

narrado en *La piedra angular*: el de los delincuentes, el de la cárcel y
el verdugo. La amplia evocación del marco y de la atmósfera sirven
de preámbulo explicativo al futuro drama, que se apunta en el capítulo IV. Todo ello sirve a la novelista para realizar una pintura vi-
gorosamente realista del ambiente y la brutalidad. En *La piedra angular*, la escritora ofrece más que unos cuadros objetivos de las
viviendas suburbanas; el arrabal está sintetizado por el doctor Moragas de «bajada a los infiernos». La mayor parte de la acción describe el norte de la ciudad, en la zona del campo de la Estrada y se
prolonga por el camino del faro, los alrededores del cementerio, la
playa de San Amaro y los peñascales que rodean la Torre de Hércules.
Resulta especialmente deprimente la descripción de la casa de Juan
Rojo, el verdugo: las paredes ennegrecidas; las baldosas desiguales; las
prendas de ropa viejas y sucias; las camas de hierro pintadas de azul
y la atmósfera asfixiante. En este sentido, la escritora rompe definitivamente con el idealismo; revela las lacras de la sociedad y pone de
relieve el horror ante la desgracia, la miseria y el hacinamiento en las
grandes concentraciones de la capital:

> No en balde eligiera Rojo por residencia aquel rancho, precisamente
> la última casa del pueblo, más allá de la cual... sólo se alzaban las
> tapias blancas y frías del Camposanto. Aquel hombre tenía que ser
> vecino de la muerte, y vivir así, en el rancho sombrío con puertas y
> ventanas bermejas, parecido a sucio paño sobre el cual se exten-
> diesen grandes placas de sangre. No en vano tampoco los cinco
> ranchos que enlazaban el de Rojo con las demás casas de la po-
> blación se encontraban siempre deshabitados; sin duda nadie había
> querido ocupar aquellas barracas siniestras, contaminadas por la in-
> mediata vecindad del hombre ignominia (87).

A lo largo de la narrativa, se presencia la atención al personaje colectivo, un grupo de hombres dominados por el temperamento y el
medio y, en muchos de los casos, degradados y embrutecidos. En este
barrio, las mujeres sufrían golpes físicos y daños psicológicos; se encontraban en una situación de impotencia, marginación y explotación:

> «Las familias de Antiojos y Marcos Leira estaban organizadas con
> arreglos al usual patrón siguiente: la mujer descornándose y reven-

tándose a trabajar, mientras los borrachines maridos cultivaban el ocio con dignidad ... y con brisca» (30).

Los personajes que pueblan este ambiente infernal o están corrompidos o poseen características inhumanas. Así al describirnos a Antiojos se retrata a un tipo «animalizado» y muy violento, que se deja llevar por sus propios instintos:

> Antiojos, el beodo brutal, en quien el alcohol despertaba el sordo impulso de la locura sanguinaria. A veces, cuando regresaba a su casa tambaleándose, haciendo eses sobre el pavimento desigual de las míseras callejas, por su cerebro obtuso cruzaba purpúrea nube, y sus manos trémulas e inciertas sentían hormigueo feroz, prurito de estrujar destruyendo (132).

En este sentido, la deuda de Emilio Zola se percibe también en frecuentes alusiones a la fisonomía, selección natural y antropología materialista. En *La piedra angular* se muestran los personajes desde un punto de vista «cientifico», intentando identificar las fuerzas ocultas que influencian sus acciones. Se revela el ambiente en el que estos caracteres crecen y operan, así como la posición social y económica a la que pertenecen. Se da un análisis detallado de la anatomía del criminal, sobre todo, cuando el doctor visita la cárcel y describe a estos hombres: «Moragas reparó en su cabeza deprimida, con pelambrera sombría, semejante a las pelucas de los villanos de comedia; en su mirar zaino, su siniestra palidez, su cara mal proporcionada, mas desarrollada del lado derecho, sus manos grandes y nudosas, su prominente y bestial mandíbula» (122). De este modo, la hija del Antiojos, Orosia, aparece retratada como una víctima del sistema; se describe a la joven pobremente vestida, desmedrada e incluso enferma de raquitismo. El cuadro se intensifica con la exposición de las duras condiciones en las que vivía Orosia; mientras su padre jugaba y se emborrachaba; la pequeña llevaba a cabo todo el trabajo: «Ella remojaba la suela; ella la batía sobre la chata piedra, estropeándose las rodillas; ella señalaba con el punzón las distancias del clavillo; ella cosía el material; ella enceraba el hilo y recortaba y engrudaba las platillas» (30). La muchacha no aparece como un ser humano, sino como una bestia; el padre ni siquiera la llama por su nombre, sino que la insulta, equiparándola a un animal de carga, denominándola bajo los términos de «cabra, vaca sucia, maldita». La escritora no rehuye los detalles, desciende a las descripciones más sombrías, llegando a mostrar que el zapatero Antiojos, en un momento de desesperación y bajo los efectos de la bebida, golpeó brutalmente a la muchacha: «La hija mayor tuvo ayer por la mañana un vómito de sangre, y (aquí guiñó un ojo el agente) debió de ser de algún golpe mal dado que el bruto padre le pegaría en el estómago con la forma, porque lo tenía de costumbre» (141).

Ahora bien, aunque la novela conserva la exposición detallada del ambiente de los barrios obreros de La Coruña, por otra parte abandona algunos de los postulados de la escuela naturalista. En este sentido, doña Emilia llega a encontrar pretencioso y erróneo el «prurito científico de Zola», pero no deja de reconocer la singular aportación que con ello se introducía en el arte narrativo; el empleo de las técnicas de observación y análisis riguroso, que posibilitaba un más exacto reflejo artístico de la realidad. La escritora gallega quiere mostrar que la violencia, la desigualdad y la miseria son consecuencias de la falta de instrucción, y no como resultado de la concepción determinista de la vida. Efectivamente, a lo largo de *La piedra angular,* don Pelayo Moragas es descrito siempre bajo los calificativos de «redentor», «filántropo» e incluso «apóstol», puesto que su función en el desenlace es la de adoptar a Telmo, el hijo del verdugo, encargándose de redimir y sacar al muchacho de ese ambiente hostil y violento: «Moragas se llegó a él, y casi a su oído murmuró, tuteándole por repentina inspiración de su retórica de apóstol: Yo –puedo salvar a tu hijo y hacerle hombre como los demás...; yo puedo darle oficio honrado y hasta instrucción y carrera superior, si sirve para el caso...» (108). De hecho, frente al papel del verdugo, Bazán presenta al doctor como el típico idealista convencido de la existencia de Dios y movido por generosos sentimientos humanitarios. Con este desenlace, la escritora quiso la victoria de Moragas, incompleta sin duda al no haber podido arrancar a Rojo de su destino; el suicidio. Además, por medio del médico, parece ser que doña Emilia tenía presente el espiritualismo, cuando en el desenlace la voluntad de este hombre se impone sobre la del verdugo, defendiendo la creencia de que la educación y no la pena de muerte es el mejor preventivo para lograr la transformación de la sociedad.

LAS DOCTRINAS PENALES Y LOS ESTUDIOS DE ANTROPOLOGÍA
CRIMINAL EN *La piedra angular*:

Emilia Pardo Bazán en *La piedra angular* repasa algunos postulados
clásicos y positivistas, a la par que se opone, a través de unos personajes
de ficción, a la ejecución y a la tortura. A pesar de que procuró informarse de cuestiones de antropología, sus conocimientos fueron insufi-
cientes como para abordar de modo científico cuestiones tan complejas.
De acuerdo con el planteamiento de Pilar Faus, la autora recalca la pa-
radoja existente en el marco judicial y social con respecto a la aplicación
y la ejecución de la pena de muerte (II, 33). En tanto que los miembros
del Gobierno son los principales responsables como legisladores de la
inclusión de la pena capital en el Código Penal, y los miembros de la carrera judicial los encargados de ponerla en práctica, unos y otros gozan
de gran prestigio y consideración social. Por el contrario, el verdugo,
pese a ser un simple encargado de cumplir con su deber de funcionario
público, resulta ser la víctima sobre la que recae la repulsa social.

En cuanto a la elección del tema por parte de la autora, varias son
las causas que pueden explicarlo. En primer lugar, hay que señalar el
ambiente morboso que experimenta la sociedad española, en concreto,
la madrileña, a raíz de algunos asesinatos muy sonados ocurridos a finales del decenio anterior. Especialmente el llamado «Crimen de la
calle Fuencarral» ocurrido en el verano de 1888.[25] La escritora siguió
en la prensa el relato del asesinato y el juicio, puesto que tuvo el valor
de acudir a la ejecución de la acusada. Probablemente fue la contem-
plación de la pena de muerte, la que determinó su deseo de escribir
una novela sobre el mismo (Faus II, 30). Así parece confirmarse el
hecho de que pocos días después, cuando regresaba a su tierra natal,
se le ocurriera escribir una novela sobre el verdugo en el ejercicio de
su trabajo y todo el mundo profesional que le rodeaba.

A este respecto, Benito Varela Jacome ha subrayado la importancia
de la obra de Concepción Arenal[26] *El reo, el pueblo y el verdugo* (1867)

---

25   En julio de 1888 fue asesinada en la calle Fuencarral 139, doña Luciana Borcino, crimen
     por el que fue ajusticiada la sirvienta de aquella señora, Higinia Balaguer. El crimen des-
     pertó pronto el morbo de los madrileños. Se discutía en los cafés y se produjeron bandos
     opuestos. Este asesinato fue uno de los primeros de los que se hizo eco la prensa española.

26   **Concepción Arenal** (1820-1893) fue una penalista y socióloga, destacada pensadora es-
     pañola de orientación católica. Arenal es considerada como una de las figuras más
     relevantes tanto en el plano intelectual como en el social. Renovadora del pensamiento
     sobre los conceptos de igualdad y libertad, denunció la terrible situación de las cárceles.
     Fue reformadora social y realizó la importante acción a favor de los desvalidos de toda
     clase. Como penalista defendió la corrección inspirada en el evangelio.

en la novela de Bazán, comentando que los préstamos del ensayo de la criminalista ferrolana a *La piedra angular* son indudables a lo largo de toda la narrativa (201). El objetivo de este libro era respetar al condenado hasta el final y tomar conciencia de que las ejecuciones públicas no educaban, sino que desmoralizaban al pueblo, exacerbando sus bajos instintos. Arenal considera grotesco ver al verdugo como un funcionario público; distingue entre la responsabilidad que atañe al magistrado que dicta la sentencia y al verdugo que la ejecuta.

En cuanto a las influencias literarias hay que mencionar: *Le dernier jour d'un condamné* (1829) de Víctor Hugo y *Crimen y castigo* de Dostoyevski. La escritora bien pudo leer la primera, pero es seguro que leyó la segunda, ya que, según su propia confesión, fue con esta narrativa con la que inició su contacto con la novelística rusa. Movida por el entusiasmo que el conocimiento de los escritores eslavos le produjeron, quiso poner en práctica y ofrecer a sus paisanos un trabajo de divulgación similar al que inspiró el conocimiento del naturalismo francés. Para ello contó con la ayuda de varios exiliados y periodistas rusos que estaban afincados en París, algunos convertidos ya en amigos (Faus I, 375).

Por lo que se refiere a las fuentes de criminología se puede apreciar la inspiración de la escuela positivista italiana: César Lombroso, Raffaele Garofalo, Enrico Ferri, incluso la obra de Karl Christian Krause *El sistema de la filosofía del derecho*.[27] Sin duda alguna, la novelista tuvo la tentación de trasladar en sus páginas todos los aspectos penalistas, ya que antes de escribir su narrativa, se preocupó de informarse sobre la materia que iba a tratar, comentando en el prólogo: «Solicité tantos datos y libros de personas que cultivaban la antropología jurídica; tuvieron la bondad de facilitármelos, yo procuré servirme de ellos como Dios me dio a entender para fines artísticos». Incluso, en 1891, la escritora coruñense se interesó por las recientes investigaciones en torno al crimen. En abril de este año escribió en *El Nuevo Teatro Crítico* un análisis de una obra que acababa de publicarse: *La crisis del derecho penal* de César Silió y Cortés[28].

---

27 Para los krausistas la criminología era muy importante. El Laboratorio de criminología creado por Giner de los Ríos en 1899, constituye un hito sobresaliente en el nacimiento de esta ciencia en España. Las actividades de este laboratorio sólo duraron dos años. En algunas sesiones se trató de la Antropología criminal y de Lombroso.

28 **César Silió y Cortés** (1865-1944) estudió Derecho en la Universidad de Valladolid y en la Universidad Central de Madrid. Una vez terminados sus estudios se incorporó al Colegio de Abogados de Valladolid, y para ejecutarse en la práctica profesional fue pasante en el despacho de Ángel María Álvarez Taladriz, criminalista adscrito a la escuela positivista italiana de Lombroso, Ferri y Garrofaldo. En sus primeras publicaciones sobre criminología, Silió se autodefinió como «un positivista crítico», cuyo objetivo era «armonizar la perspectiva materialista y determinista de la escuela positivista con los dogmas del catolicismo tradicional».

Se trataba de un conjunto de ensayos en el que este jurista informaba al público sobre las reformas experimentadas por el Derecho Penal a la luz de los progresos de la criminología, mostrándose moderado entre la tradición y las nuevas tendencias positivistas italianas. Doña Emilia estaba de acuerdo con las teorías de Silió y Cortés y afirmó que los trabajos le condujeron a conclusiones idénticas. También la escritora debía conocer los estudios de Dorado Montero, colaborador asiduo en *La España Moderna* y seguidor de las teorías de los penalistas italianos.[29] De fecha muy reciente eran sus obras *La antropología en el derecho penal* (1889) *La antropología criminal en Italia* (1890) y *El positivismo en la ciencia jurídica y social italiana* (1891).

De esta manera, Emilia Pardo Bazán en *La piedra angular* conseguirá exponer estas teorías con una notable maestría, a través del manejo de tres voces diferentes, contrastando sutilmente diversas perspectivas: la de Arturo Cáñamo, el abogado Lucio Febrero y el doctor don Pelayo Moragas. La primera posición en torno al establecimiento de la ley nos llega a través de Cáñamo, uno de los abogados, el hombre representante de la ley, defensor de la pena de muerte. Se nos dice que se inspiraba: «En la primitiva ley de la humanidad, que fue la de talión: ojo por ojo y diente por diente» (82). Para él, la ejecución estaba encaminada a remediar el mal producido y a prevenir otros delitos, debiendo forzosamente por su naturaleza llevar consigo daño o sufrimiento. Era necesario que se privara de la vida al criminal, logrando al mismo tiempo el procedimiento más simple, seguro y eficaz de separar de la comunidad a quien constituía una causa de perturbación de la misma. La pena de muerte se proponía corrigiendo, no solo aterrar, sino fortificar en las personas el convencimiento de la perversidad de los actos que castiga; para alejar del crimen a los pueblos. Su eficacia para algunos de los delitos especialmente graves, su ejemplaridad, el fin retributivo de la sanción penal, solo se conseguiría por medio de la aplicación de la enmienda. Según las teorías de Cáñamo, la posibilidad de la rehabilitación mediante el arrepentimiento era contraproducente, ya que la criminalidad au-

---

29   **Dorado Montero** (1861-1919) fue un jurista, penalista y criminalista español. Montero introdujo el positivismo jurídico en España; es considerado el representante del correccionismo español y un adelantado en la criminología radical. Tuvo un contacto profundo con el positivismo criminológico porque estudió en el Colegio Mayor San Clemente de Bolonia. Publicó una obra bajo el título *La antropología criminal en Italia*, terminada en 1886 y aparecida en 1889, en la que dedica una importante atención crítica a Lombroso y sus seguidores. Dorado tuvo amplios problemas en la Universidad de Salamanca por dedicarse a investigar los postulados del positivismo.

mentaba con la mayor lenidad, apareciendo un mayor número de delincuentes. Incluso no veía bien los indultos, porque en su opinión, no permitían la eliminación social de los incorregibles. Para él, el objetivo inmediato de la pena de muerte era impedir que el culpable pudiera dañar en adelante a la sociedad y desviar a sus conciudadanos de la vía del crimen. De esta manera, el letrado obedece al sentimiento, a las emociones de rencor, miedo y venganza, diciendo:

> Arturito Cáñamo, digo, era un implacable penalista, y ya tenía escritos dos folletos abogando por la pena capital, por lo cual los marinedinos, que no carecen de travesura, le habían puesto el apodo de *Siete patíbulos*, y, bien que con menos éxito, el de *Una horca en cada esquina*, así como el fiscal Nozales le llamaban *Grocio y Pufendorf*, por su afición a citar a estos tratadistas siempre juntos, como si fuesen uno sólo (69).

En el otro campo se alza Lucio Febrero, el abogado, que dictamina la necesidad de una reforma fundamental del derecho penal, siguiendo las ideas de César Lombroso y de su escuela positivista[30]. Las doctrinas criminológicas levantaron una polémica que no se limitaba solamente al ámbito académico: tertulias, novelas, prensa e incluso debates parlamentarios discutían las tesis positivistas y sus opuestas, centradas en la defensa del libre albedrío. Lombroso, profesor de medicina en la Universidad de Turín, publicó el *El hombre delincuente* (1884), donde proponía reducir la medicina legal a las causas físicas más objetivas, a la vez que trataba de elaborar nuevas teorías científicas[31]. El investigador italiano organizó la llamada «antropología criminal» para asegurar las bases del sistema penal positivista, teniendo el gran mérito de haber hecho fijar la atención en el asesino y en el delito, representando en el campo de la ciencia uno de los mayores esfuerzos para la determinación de la etiología de las fechorías. Lombroso rompió con la tradición de la escuela clásica que estudiaba al

---

30 **César Lombroso** (1835-1909) fue un médico y criminólogo italiano, representante del positivismo criminológico. La criminología de la escuela positivista tuvo un impacto sobresaliente en la España de fin de siglo. Fueron muchos, en efecto los que discutieron, criticaron o se mostraron disconformes con el positivismo, especialmente con la tesis del delincuente nato.

31 El positivismo criminológico se difundió en España por las obras de Lombroso, Ferri y Garofaldo. *L'uomo delinquete* no fue traducido al español, aunque sí a otros idiomas. Las cinco ediciones de *L'uomo delinquete* se publican, como es sabido, entre 1876 y 1897; y buena parte de la obra fue conocida no sólo por las ediciones italianas, sino también por las traducidas al francés.

delincuente en su objetividad abstracta. Estas teorías clásicas si tuvieron en cuenta al delincuente en las circunstancias para determinar la responsabilidad, el señalamiento de ciertos elementos subjetivos e incluso una cierta orientación de corrección.

El análisis detallado de la configuración del crimen condujo a Lombroso a fundamentar una teoría basada en los métodos antropológicos –según la cual los individuos portan estigmas que delatan su potencialidad delictiva. Lo más sobresaliente de esta doctrina era lo referente a los caracteres de los malhechores. Este médico veía al criminal y al delito como un producto atávico, herencia de la edad salvaje y aún de la edad animal, y del segundo una consecuencia de la organización física y moral del individuo. Su teoría demostraba que el delincuente pertenecía a estratos evolutivos ya superados del género humano, era por tanto una ciencia de marco biológico, pero ubicada en la teoría de la evolución y coherente con el planteamiento de Charles Darwin y otros científicos. El verdadero delincuente, es decir, el «nato», el «*genus homo delinquens*», era para él una especie humana completamente diferente: uno que nace predestinado al crimen (Granados 29). Para Lombroso, el criminal era insensible moral y sentimentalmente, de ahí que cometiera los delitos más horrendos, sin experimentar remordimiento alguno y sin compasión por su víctima.

También, Lombroso trató de explicar el prototipo de malhechor e intentó analizar la criminalidad de la mujer a partir de los mismos componentes biológicos. En sus investigaciones expuso que tanto los varones como las hembras tenían una tendencia al delito, debido a los rasgos primitivos propios de un primer estadio evolutivo. De hecho, en su obra *La mujer delincuente* (1898) detectaba que la mujer se encontraba en un grado evolutivo inferior al hombre criminal. Para el italiano, la criminal, no sólo era igual que el varón, biológicamente anormal, sino que además, su menor capacidad para delinquir se debía a su inferioridad intelectual, diciendo:

> Su menor participación en los robos en caminos, asesinatos, homicidios y lesiones, se debe a la naturaleza misma de la situación femenina. Concebir un asesinato, prepararle, ejecutarle: todo esto exige en muchos casos, no sólo cierta fuerza física, sino también cierta energía y complicación en las funciones intelectuales. Tal

grado de desarrollo físico y mental falta casi siempre en la mujer, en comparación con el hombre (159).

Efectivamente, estos científicos seguían los estudios de frenología y del Dr. Franz Joseph Gall (1758-1828), que inferían que del menor tamaño del cráneo femenino se derivaba la menor dimensión del cerebro y, consecuentemente, su menor capacidad racional.[32] Gall mantenía que había una diferencia natural en las disposiciones mentales de hombres y mujeres, en cualidad y cantidad, que la educación no podía cambiar. Afirmaba así que ciertos poderes mentales eran más fuertes en el hombre que en las mujeres, el intelecto de las jóvenes tenía menor rigor y un poder reflexivo más pequeño. Algo sobre lo que también incidiría la anatomía-fisiológica aludiendo a que el menor índice de sangre y la menor capacidad pulmonar reducía la aportación de oxígeno a las células y limitaba su capacidad para realizar las funciones asignadas.

En este sentido, Febrero parece defender las ideas de Lombroso, aunque en algunos aspectos difiere de las teorías criminalistas del italiano. El abogado está convencido de que existe un tipo humano predispuesto al crimen y que las jóvenes siempre sujetas al abuso masculino estaban empujadas a matar, no porque estuvieran determinadas por un impulso criminal, sino por un instinto de autodefensa. También comenta que al considerar a las hembras inferiores a los varones, se las equiparaba al menor de edad, pero a la hora de juzgar sus delitos, el peso de la ley recaía con igual o mayor dureza sobre ellas:

> Pero las mujeres, puesto que la ley las considera menores para infinidad de casos, y el derecho político las excluye, debieran encontrar ante el derecho penal la protección y la indulgencia que se deben al menor. ¡Y vágales usted con esto a los señores del margen!. Esa criminal de la Erbeda, por ejemplo, no hubiese cometido el crimen si no fuese educada bajo el régimen del terror viril (116).

---

32   **Dr. Franz Gall** (1758-1828) fue un fisiólogo y filósofo alemán, fundador de la frenología. Desde 1785 practicó la medicina en Viena, y más tarde en París (1807-28). Sus doctrinas fueron mal recibidas por la autoridad y la ortodoxia; en 1801, Francisco I prohibió sus conferencias en Viena, y Napoleón trató de disminuir su influencia sobre los círculos parisenses. Gall estableció una correlación entre las estructuras del cerebro y sus funciones o facultades psíquicas, localizando en regiones específicas de aquel y haciendo depender de ellas la conducta del individuo de acuerdo con una correspondencia entre las formas del córtex cerebral y la superficie del cráneo. La influencia de esta ciencia y de los estudios neurofisiológicos, craneológicos y piscológicos de Gall alcanzaron así la pedagogía, la salud pública, la psiquiatría, la reforma penal en relación con los dementes, la adaptación y la evolución del hombre.

De este modo, Febrero considera a la joven delincuente como un sujeto susceptible de rehabilitación y reinserción social, justamente negando la tortura y poniendo de relieve las teorías de Lombroso y del criminal, aunque eso sí, rechazando el proyecto sexista del teórico italiano.[33] Sin duda, Febrero parece oponerse a esta concepción, resaltando la naturaleza noble de la mujer, porque en su opinión, el crimen se realizó por miedo a la agresión, fruto de las condiciones psicológicas a las que estaba expuesta, en continua amenaza por el marido.[34]

Lucio Febrero muestra que la criminal se vio afectada por la fuerza de la herencia biológica, unida a los antecedentes familiares, que son los que causan la determinación del carácter y el destino de los individuos. El letrado parece seguir las bases hereditarias del crimen, es decir, las teorías de Gregor Mendel sobre la transmisión de ciertos caracteres[35]; llega a defender que el asesinato se debe no solo a su predisposición genética de la mujer, sino también al papel que cada persona desempeña al entrar en el perímetro vital de ella, diciendo:

Me ha contado su historia. De niña la pegaba su padre para obligarla a pisar tojo. De muchacha, en la romerías, la sacaban los mozos a bailar a empellones o zorregándola un varazo... ¡galantería rústicana!. De casada, su marido no la solfeaba mucho (Por eso dijo Nozales, parodiando a Meléndez Valdés, que era hombre de bondadoso carácter), pero un día que vino más borracho que otros, la quiso meter en el horno y arrimar lumbre (116).

---

33 Emilia Pardo Bazán en *La Ilustración Artística* 8-XI-1909 criticó abiertamente las teorías de Lombroso al considerarlas inexactas: «Hemos visto, en estos últimos años, merced a la libérrima interpretación de los principios de Lombroso, que ningún delincuente era culpado. Este por joven, aquel por viejo; el uno por hijo de padres alcohólicos; el más allá porque tenía la oreja en forma de asa, debían ser absueltas y no sé si recompensadas»

34 Víctima de la brutalidad masculina desde la infancia, la homicida, después de aguantar los malos tratos de su padre, sufre los de su marido, tanto más cuanto éste tiene la costumbre de emborracharse. El cuñado, un hombre con instintos primitivos, dirige un día la mirada hacia la desgraciada que cede al adulterio. Desde entonces, la joven no duerme tranquila, angustiada por la posibilidad de un ataque de sorpresa. Tras un tiempo, la esposa, aconsejada por el cuñado lleva a cabo la acción liberadora, matando y deshaciéndose del marido.

35 **Gregor Johann Mendel** (1822-1884) fue además de un naturalista austriaco, un religioso agustino, considerado el fundador de la genética. Sus trabajos sobre la transmisión de los caracteres de las plantas a través de las sucesivas generaciones, que llevó a cabo cruzando diversos tipos de guisantes, constituyen el fundamento de la genética moderna. Su obra representa, probablemente la base más importante de la actual biología. Formuló por medio de los trabajos lo que se llamó «Las leyes de Mendel» que rigen la herencia genética. De acuerdo con esta teoría, el criminal seguía siempre los mismos patrones; herendando los hijos la enfermedad y predispoción al crimen.

La tercera posición nos llega a través de don Pelayo Moragas, el doctor encargado del caso.[36] Como en Galdós y gran parte de la sociedad más progresista de la época, la figura del médico es muy valorada por doña Emilia. El médico defiende la postura de la corrección; niega el factor de degeneración que el pueblo trataba de imponer. La mentalidad de Moragas es más de respeto y confianza en el valor de la persona, ya que aboga por la suavización de la pena de muerte, teniendo que sustituirla, en muchos casos, por la privación de la libertad. Como bien ha comentado Nelly Clèmessy, este personaje es algo más que un ente de ficción, se trata por tanto de una persona real y amigo de doña Emilia, don Ramón Pérez Costales, un médico que tenía fama por sus ideas liberales, su conocimiento de la ciencia moderna, sus notables capacidades profesionales y su filantropía (252). Tras la voz de Moragas parece asomarse también la voz de los krausistas, que extendieron la doctrina de la pena correctiva como fundamento de la acción judicial. En este sentido, el médico aunque por un lado reconoce lo ínfimo del asesinato, por otro defiende el arrepentimiento, la corrección y la enmienda. El doctor se opone a las ideas clásicas que ponían énfasis en el fenómeno de la reincidencia; admite por el contrario el libre albedrío, defendiendo la redención individual de la persona.[37] Para él no existen criminales natos, como lo defendían los positivistas o la escuela naturalista, sino hombres más o menos responsables que hay que saber integrar en la sociedad.

Moragas defiende la doctrina de la escuela idealista de principios del XX, a favor de la educación del culpable, ya que para él, se trata de una enfermedad del cuerpo social a la que deben aplicarse los métodos científicos específicos. En todo caso, discrepa de los resultados lombrosianos sobre datos antropológicos y antropométricos porque no se puede asegurar que una persona sea criminal por el mero hecho de que en él se observen ciertas anomalías o ciertos defectos de conformación. A este respecto, Nelly Clèmessy ha observado que el doctor Moragas es el que mejor se adapta a la ideología de la escritora gallega, ya que como científico que es, adepto a la medicina moderna, acoge con interés las teorías antropológicas expuestas por el abogado;

---

36 Curiosamente el doctor Moragas aparece en *La piedra angular*, brevemente en *Doña Milagros* y también en *La Quimera*.

37 Mercedes Etreros comenta sobre Moragas: «El médico al admitir el libre albedrío encarna la tercera línea de pensamiento, la de la escuela idealista que defiende la educación de la culpable; y a partir de ella surge la acción, pues en su postura vital-personal y desde su conciencia profesional, Moragas defenderá la redención individual de la persona» (41).

pero su actitud hacia el criminal es muy diferente: «El doctor Moragas es el redentor, pues es profundamente creyente y su fe en Dios
le inspira el respeto a los dos grandes dogmas cristianos del pecado
original y la redención del hombre a través del sacrificio divino» (599).

En resumen, todo nos hace llegar a pensar que Emilia Pardo
Bazán en *La piedra angular* hace un gran manejo de diversas voces,
pero sobre todo, resalta la necesidad de un cambio en la sociedad española de la Restauración en relación con la pena de muerte. A lo
largo de la novela, la escritora transmite los diferentes puntos de vista
sobre el tema; rechaza claramente la actitud conservadora, muestra
las ventajas, y al mismo tiempo, los defectos de la escuela italiana, para
acabar defendiendo su propia tesis, es decir, la corrección, que tiende
a la regeneración moral y civil del delincuente.

Bibliografía:

I. Obras consultadas

Andreu, Alicia. «Benito Pérez Galdós, Higinia Balaguer, y el crimen de la calle de Fuencarral». *Anales Galdosianos.* 21 (1996-1997): 65-74.

Arenal, Concepción. *El reo, el pueblo y el verdugo, o la ejecución pública de la pena de muerte.* Madrid: Establecimiento de Tipografía de Estrada Díaz y López, 1867.

_____. *La mujer del porvenir.* Madrid: Castalia, 1993.

Aries, Philippe. *Historia de la vida privada. IV.* Madrid: Taurus, 2001.

Baquero Goyanes, Mariano. *Emilia Pardo Bazán.* Madrid: Publicaciones Españolas, 1971.

Bregante, Jesús. *Diccionario Espasa de la literatura española.* Madrid: Espasa, 2003.

Clèmessy, Nelly. *Emilia Pardo Bazán como novelista: De la teoría a la práctica.* Madrid: Fundación Universitaria Española, 1981.

Estébanez Calderón, Demetrio. *Diccionario de términos literarios.* Madrid: Alianza Editorial, 2003.

Etreros, Mercedes. «Influjo de la narrativa rusa en doña Emilia Pardo Bazán. El ejemplo de *La piedra angular*». *Anales de Literatura Española.* 9 (1993): 31-43.

Faus, Pilar. *Emilia Pardo Bazán: su época, su vida, su obra.* A Coruña: Fundación Pedro Barrié de la Maza, 2003.

García Barragán, María Guadalupe. «Emilia Pardo Bazán. Algo más en torno a su naturalismo y feminismo». *Cuadernos Americanos.* 222 (1979): 187-98.

Gilfoil, Anne. «The Criminal Mind and the Social Body: Pardo Bazán's *La Piedra Angular*». *Anales Galdosianos.* 21 (1996-1997): 83-94.

González Herrán, José Manuel. «Emilia Pardo Bazán y el naturalismo». *Ínsula. Revista de Letras y Ciencias Humanas.* 514 (1989): 17-18.

Granados, Mariano. *El crimen. Causas, psicología del criminal, métodos de investigación.* México DF: Editorial Alameda, 1954.

Hemingway, Maurice. *The Making of a Novelist*. New York: Cambridge UP, 1983.

Henn, David. «Issues and Individuals: Pardo Bazán's *La piedra angular*». *Forum and Modern Language Studies*. 24 (1991): 121-132.

Lombroso, César. *El delito. Sus causas y remedios*. Madrid: Librería General de Victoriano Suárez, 1902.

Lopez, Mariano. «Eclecticismo y evolución en la obra de Emilia Pardo Bazán». *Cuadernos Iberoamericanos*. 1 (1981): 47-63.

_____. *Naturalismo y espiritualismo en la novelística de Galdós y Pardo Bazán*. Madrid: Editorial Pliegos, 1985.

Osborne, Robert E. *Emilia Pardo Bazán: Su vida y sus obras*. México: Ediciones Andrea, 1964.

Pardo Bazán, Emilia. *La Tribuna*. Ed. Varela Jácome, Benito. Madrid: Cátedra, 1997.

_____. *La piedra angular*. Madrid: Imprenta de A. Pérez Dubrull, 1891.

_____. *La vida contemporánea 1896-1915*. Ed. Carmen Bravo-Villasante. Madrid: Novelas y Cuentos, 1972.

_____.. *Obras completas III: Una cristiana, La prueba, La piedra angular, Doña Milagros, Memorias de un solterón*. Ed. Darío Villanueva y José Manuel González Herrán. Madrid: Fundación José Antonio de Castro, 1999.

_____. *Obras completas*. Tomo I. Ed. Federico Carlos Sainz de Roble. Madrid: Aguilar, 1947.

_____. *Obras completas*. Tomo III. Ed. Harry Kirby. Madrid: Aguilar, 1973.

_____. *Teatro completo*. Ed. Montserrat Ribao Pereira. Madrid: Akal, 2011.

Pattison, Walter T. *Emilia Pardo Bazán*. NY: Twayne Publishers, 1971.

Pedraza Jiménez, Felipe. *Manual de literatura española. Época del realismo*. Tafalla, Navarra: Cénlit Ediciones, 1983.

Peset, José Luis. *Lombroso y la escuela positivista italiana*. Madrid: Ediciones Castilla, 1975.

Posada, Adolfo. *Breve historia del Krausismo español*. Oviedo: Servicio de Publicaciones de la Universidad de Oviedo, 1981.

Pozuelo Yvancos, José María. *Historia de la literatura española. Las ideas literarias*. Madrid: Crítica, 2011.

Round, Nicholas. «Naturalismo e ideología en La tribuna». *Estudios ofrecidos a Emilio Alarcos Llorach*. Oviedo: Servicio de Publicaciones de la Universidad de Oviedo, 1983: 325-343.

Ruiz Ocaña, Eduardo. «Emilia Pardo Bazán y los asesinatos de mujeres». *Didáctica (Lengua y Literatura)*. 16 (2004): 177-188.

Varela Jácome, Benito. *Estructuras novelísticas de Emilia Pardo Bazán*. Madrid: Consejo Superior de Investigaciones Científicas, 1973.

VV.AA. *Estudios sobre la obra de Emilia Pardo Bazán. Actas de las jornadas conmemorativas de los 150 años de su nacimiento*. Ed. Ana María Freire, La Coruña: Fundación Pedro Barrié de la Maza, 2003.

VV.AA. *Pensamiento y literatura en España en el siglo XIX*. Ed. Yvan Lissorgues. Toulouse: Presses Universitaires du Mirail, 1998.

VV.AA. *Estudios de historia de las ciencias criminales en España*. Ed. Alfonso Serrano Maíllo. Madrid: Editorial Dikinson, 2007.

II. Obras de Emilia Pardo Bazán

Novelas:

Pascual López: Autobiografía de un estudiante de Medicina (1879).
Un viaje de novios (1883).
La Tribuna (1883).
El cisne de Villamorta (1885).
La dama joven (1885).
Bucólica (1885).
Los pazos de Ulloa (1886-1887).
La madre naturaleza (1886-1887).
De mi tierra (1888).
Insolación (1889).
Morriña (1889).
Una cristiana (1890).
La prueba (1890).
La piedra angular (1891).
Memorias de un solterón (1891).
Doña Milagros (1894).
El tesoro de Gastón (1897).

El encaje roto (1897).
La rosa (1899).
El saludo de las brujas (1899).
El niño de Guzmán (1900).
Misterio (1902).
La Quimera (1905).
La sirena negra (1908).
Dulce dueño (1911).
La gota de sangre (1911).
Belcebú (1911).
La sierpe (1912)
La última fada (1912).
Selva (1912).

CUENTOS:

Cuentos escogidos (1891).
Cuentos de Marineda (1892).
Cuentos nuevos (1894).
Cuentos de amor (1899).
Cuentos sacroprofanos (1899).

ENSAYOS:

Estudio crítico de las obras del Padre Feijóo (1876).
Los poetas épicos cristianos (1895).
La cuestión palpitante (1883).
La revolución y la novela en Rusia (1897).
Los pedagogos del Renacimiento (1889).
La literatura francesa moderna (1910-1911).
Porvenir de la literatura después de las guerra (1917).
La mujer española y otros escritos (1916).
El lirismo en la poesía francesa (Obra póstuma), (1926).

Libros de viajes:

Mi romería (1887).
Al pie de la torre Eiffel (1889).
Por Francia y por Alemania (1889).
Por la España pintoresca (1895).
Cuarenta días en la exposición (1900).
Por la Europa católica (1902).

Teatro:

El vestido de boda. Monólogo (1899)
La suerte (1904).
Verdad (1906).
Cuesta abajo (1906).
Las raíces (1906).
El becerro de metal (1908).
Juventud (1909).

Biografías:

San Francisco de Asís (1882).
Hernán Cortés y sus hazañas (1914).
Francisco Pizarro (1917).

Lírica:

Jaime (1976).

Traducciones:

Russia. Chicago: McClurg (1890).

Homesickness. New York: Cassell Publishing Company (1891).

A Christian Woman. New York: Cassell Publishing Company (1891).

The Swan of Vilamorta. New York: Cassell Publishing Company (1891).

Der Grundstein. Stuttgart, (1895)

A Wedding Trip. Chicago: The Henneberry Co. (1910).

The Angular Stone. New York: Cassell Publishing Company (1912).

The House of Ulloa. Athens: University of Georgia Press (1992)

The White Horse and other Stories: Lewisburg: Bucknell University Press (1993).

Mother Nature. Lewisburg: Bucknell University Press (2010).

III. BIOGRAFÍAS Y ESTUDIOS SOBRE EMILIA PARDO BAZÁN

Acosta, Eva. *Emilia Pardo Bazán. La luz en la batalla*. Madrid: Lumen, 2007.

Baquero Goyanes. *Emilia Pardo Bazán*. Madrid: Publicaciones Españolas, 1971.

Barroso, Fernando J. *El naturalismo en la Pardo Bazán*. Madrid: Playor, 1973.

Bravo Villasante, Carmen. *Vida y obra de Emilia Pardo Bazán*. Madrid: Novelas y Cuentos, 1962.

Clèmessy, Nelly. *Emilia Pardo Bazán como novelista: De la teoría a la práctica*. Madrid: Fundación Universitaria Española, 1981.

Charques Gámez, Rocío. *Emilia Pardo Bazán y su Nuevo Teatro Crítico*. Madrid: Fundación Universitaria Española, 2011.

Correa Calderón, Evaristo. *El centenario de doña Emilia Pardo Bazán*. Madrid: Ediciones Jura, 1952.

Faus, Pilar. *Emilia Pardo Bazán: su época, su vida, su obra*. A Coruña: Fundación Pedro Barrié de la Maza, 2003.

Fernández Cubas, Cristina. *Emilia Pardo Bazán*. Madrid: Ediciones Omega, 2001.

Osborne, Robert. *Emilia Pardo Bazán. Su vida y sus obras*. México: Ediciones Andrea, 1964.

Pardo Bazán, Emilia. *Obras completas*. Ed. Federico Carlos Sáinz de Robles. Madrid: Aguilar, 1947.

Pattison, Walter Thomas. *Emilia Pardo Bazán*. New York: Twayne Publishers, 1971.

Rubio Cremades, Enrique. *Panorama crítico de la novela realista-naturalista española*. Madrid: Editorial Castalia, 2001.

Ruiz-Ocaña Dueñas, Eduardo. *La obra periodística de Emilia Pardo Bazán en* La Ilustración Artística de Barcelona *(1895-1916).* Madrid: Fundación Universitaria Española, 2004.

Thion Soriano-Molla, Dolores. *Pardo Bazán y Lázaro. Del lance de amor a la aventura cultural (1888-1919).* Madrid: Fundación Lázaro Galdiano, 2003.

VV.AA. *Estudios sobre la obra de Emilia Pardo Bazán. Actas de las jornadas conmemorativas de los 150 años de su nacimiento.* Ed. Ana María Freire, La Coruña: Fundación Pedro Barrié de la Maza, 2003.

VV.AA. *Estudios sobre Emilia Pardo Bazán. In memoriam Maurice Hemingway.* Ed. José Manuel González Herrán. Santiago de Compostela: Servicio de Publicaciones de la Universidad de Santiago de Compostela, 1997.

LA PIEDRA ANGULAR

...Ita ut serviamus in novitate spiritus, et non in vetustate litterae.[38]

(San Pablo, a los Romanos)

I

Rendido ya de lo mucho que se prolongara la consulta de aquella tarde tan gris y melancólica del mes de marzo, el doctor Moragas se echó atrás en el sillón; suspiró arqueando el pecho; se atusó el cabello blanco y rizoso, y tendió involuntariamente la mano hacia el último número de la *Revue de Psychiatrie*[39], intonso aún, puesto sobre la mesa al lado de las cartas sin abrir y periódicos fajados[40]. Mas antes que deslizase la plegadera de marfil entre las hojas del primer pliego, se abrió con estrépito la puerta frontera a la mesa del escritorio, y saltando, rebosando risa, batiendo palmas, entró una criatura de tres a cuatro años, que no paró en su vertiginosa carrera hasta abrazarse a una pierna del doctor.

— ¡Nené! –exclamó él alzándola en vilo–.

—¡Si aún no son las dos! A ver como se larga usted de aquí. ¿Quién la manda venir mientras está uno ocupado?

Reía a más y mejor la chiquilla. Su cara era un poema de júbilo. Sus ojuelos, guiñados con picardía deliciosa, negros y vivos, contrastaban con la finura un tanto clorótica[41] de la tez. Entre sus labios puros asomaba la lenguecilla color rosa. El rubio y laso cabello le tapaba la frente y se esparcía como una madeja de seda pura por los hombros. Al levantarla el doctor, ella pugnó por mesarle las barbas o el pelo, provocando el regaño cómico que siempre resultaba de atentados por el estilo.

Desde la entrada de la criatura, parecía menos severo el aspecto de la habitación alumbrada por dos ventanas que dejaban paso a la velada claridad del sol marinedino[42]. Bien conocía Nené los rincones de aquel lugar austero, y sabía donde dirigir la mirada y el dedito im-

---

38   «De manera que sirvamos bajo el régimen nuevo del espíritu, no bajo el régimen viejo de la letra» (Romanos 7,6).

39   Revista francesa de psiquiatría.

40   *Fajados*: Doblados.

41   *Clorótica*: Piel de color amarillo, producida por una deficiencia de hierro en la dieta

42   *Marinedino*: Adjetivo de «Marineda». Es el nombre literario que Pardo Bazán dio a su ciudad natal, La Coruña.

perioso con que los niños señalan la dirección de su encaprichada voluntad. No era a los tupidos cortinajes; no a las altas estanterías, a través de cuyos vidrios se transparentaba a veces el tono rojo de una encuadernación flamante; menos aún a la parte baja de las mismas estanterías, donde, relucientes, de limpieza y rigurosamente clasificadas, brillaban las herramientas quirúrgicas: los trocares[43], bisturíes, pinzas y tijeras de misteriosa forma en sus cajas de zapa[44] y terciopelo; los fórceps presentando la concavidad de acero de mi terrible cuchara; los espéculos, que recuerdan a la vez el instrumento óptico y de tortura...

Tampoco atraían a la inocente los medrosos bustos que patentizaban los sistemas nervioso y venoso, y que miraban siniestramente con su ojo blanco, descarnado, sin párpados; ni aquella silla tan rara, que se desarticulaba adoptando todas las posiciones; ni la ancha palangana rodeada de esponjas y botecitos de ácido fénico[45]; ni los objetos informes, de goma vulcanizada; ni nada, en fin, de lo que allí propiamente ciencia curativa. ¡No! Desde el punto que atravesaba la puerta, se dirigía flechada Nené hacia una esquina de la habitación, a la izquierda del sillón del Doctor, donde, suspendida de la pared por cordones de seda, había una ligera canasta forrada de raso. Era la famosa báscula pesa-bebés, el mejor medio de comprobar si la leche de las nodrizas reúne las condiciones, nutre o desnutre al crío; y en su acolchado hueco, a manera de imagen o símbolo de rorro[46] viviente, se veía un cromo, un nene de cartón, desnudo, agachado, apoyadito con las manos en el fondo de la canasta, alzando la cara mofletuda y abriendo sus enormes ojazos azules. El cromo era el ídolo de Nené, que tendía las manos para alcanzar a la altura, chillando: «Nino selo, Nino selo»[47]. «Vamos a ver —contestaba el Doctor— ¿qué quieres tú qué haga hoy el Niño del cielo?». Había minutos de duda, incertidumbre, de combate entre diversas tentaciones igualmente fascinadoras. «Tayamelos... rotilas... amendas... no, no, galetas.... un chupa-chupa...». El chupa-chupa prevalecía al fin, y el Doctor, levantándose ágilmente y ejecutando con limpieza suma el escamoteo, deslizaba del bolsillo de su batín al fondo de la canasta un trozo de pi-

---

43   *Trocares*: Punzón que termina en tres aristas cortantes.
44   *Zapa*: piel áspera de algunos peces selacios.
45   *Ácido fénico*: compuesto de un olor muy fuerte que sirve como desinfectante.
46   *Rorro*: Niño pequeño.
47   Se reproduce aquí el habla de la niña.

ñonate[48]. Aupando después a Nené, el hallazgo de la deseada golosina era una explosión de gritos de gozo y risotadas mutuas.

Se preparaba alguna comedia de este género, porque Nené ya gobernaba hacia la báscula, cuando asomó por la puerta lateral, que sin duda conducía a la antesala, un criado, que al ver al doctor con la niña en brazos, se quedó indeciso. Moragas, contrariado, frunció el entrecejo.

—¿Qué ocurre?

—Uno que ahora mismito llega... Dice que si pudiera entrar lo estimaría mucho; que ya vino antes, y como había tanta *familia*....

Alzó la vista el médico, y se fijó en la esfera del reloj de pared. Marcaba las dos... menos cinco. Esclavo del deber, Moragas se resignó.

—Bueno, que entre... Nené a jugar con la muchacha... Ahora no da nada el *Nino selo*. Ya sabes que mientras hay consulta...

Nené obedeció, muy contra su voluntad. Antes de volverse, dejando cerrada la puerta que le incomunicaba con la chiquilla, el doctor adivinó de pie en el umbral al tardío cliente. Delataba su presencia un anhelar indefinible. La congoja de su respiración; y al encararse con él, el médico le vio inmóvil, encorvado, aferrando con ambas manos contra el estómago el hondo verdoso y bisunto[49].

Moragas mascó un «siéntese», y se encaminó a su sillón, calando nerviosamente los quevedos[50] de oro y adquiriendo repentina gravedad. Su mirada cayó sobre el enfermo como caería un martillo, y en su memoria hubo una tensión repentina y violenta. —«¿Dónde he visto yo esta cara?».

El hombre no saludó. Sin soltar el sombrero y con movimiento torpe, ocupó el asiento de la silla que el doctor le indicara; sentado y todo, su respiración siguió produciendo aquel murmullo hosco y entrecortado, que era como un hervor pulmonar. A las primeras interrogaciones del doctor, rutinarias, claras, categóricas, contestó de modo reticente y confuso, dominado tal vez por el vago miedo y el conato del disimulo ante la ciencia que caracteriza en las consultas médicas a la gente de baja estofa; pero, al mismo tiempo, expresándose con términos más rebuscados y escogidos de lo que prometía su pelaje.

---

48 *Piñonate*: Pasta que se compone de piñones y azúcar. También masa de harina frita cortada en pedacitos que, rebozados con miel o almíbar, se unen unos a otros, formando una piña.

49 *Bisunto*: Sucio, grasiento.

50 *Quevedos*: Gafas redondas.

Moragas precisó el interrogatorio, ahondando, entregado ya por completo a su tarea. —«¿Hace mucho que nota usted esos ataques de bilis? Los insomnios, ¿son frecuentes? ¿Todas las noches o por temporadas? ¿Trabaja usted en alguna oficina; se pasa largas horas sentado?».

—No, señor —contestó el cliente con voz sorda y lenta—. Yo apenas trabajo. Vivo descansadamente; vamos sin obligación.

Al parecer nada tenía de particular la frase, y, sin embargo, le sonó a Moragas de extraño modo, renovándole la punzada de la curiosidad y el prurito de recordar en qué sitio y ocasión había visto a aquel hombre. Volvió a fijar sus ojos, más escrutadores aún, en la cara del enfermo. En realidad, las trazas de éste concordaban muy mal con la aristocrática afirmación de vida descansada que acababa de hacer. Su vestir era el vestir sórdido y fúnebre de la mesocracia más modesta, cuando se funde con el pueblo propiamente dicho: hongo sucio y maltratado, terno[51] de un negro ala de mosca, compuesto de mal cortada cazadora y angosto pantalón, corbata de seda negra, lustrosa y anudada al descuido, camisa de tres o cuatro días de fecha, leontina de plata, borceguíes[52] de becerro resquebrajado sin embetunar, y en las manos nada absolutamente: ni paraguas, ni bastón. No suelen andar así los ricos, a quienes por obra y gracia de Dios le caen del cielo las hogazas.

—¿Según eso, no hace usted ejercicio ninguno? Preguntó Moragas, que creía proseguir el interrogatorio facultativo, pero se iba por la tangente de la excitada curiosidad.

—Como ejercicio, sí... respondió apocadamente el hombre—. Paseo muchísimo. A veces ando dos y tres leguas y no me canso. Algo se trabaja también en la casa. No es uno ningún holgazán.

—No he dicho que usted lo sea —replicó con inflexión de severidad el médico—. Yo tengo que enterarme, si he de saber lo que anda descompuesto en usted. ¿A ver? Reclínese allí —ordenó, señalando hacia un ancho diván colocado entre las dos ventanas del gabinete.

Obedeció el enfermo, y Moragas, acercándose, le desabrochó los últimos botones del chaleco, tactando y apoyando de plano su mano izquierda, abierta, hacia la región del hipocondrio[53]. Luego, con los

---

51   *Terno*: Traje de hombre de tres piezas.
52   *Borceguíes*: Calzado que sube algo más arriba del tobillo, pero no tanto como la bota.
53   *Hipocondrio*: Cada una de las dos partes laterales en la región epigástrica, situada debajo de las costillas.

nudillos de la derecha, verificó rápidamente la percusión, auscultando hasta dónde ascendía el sonido mate peculiar del hígado. Mientras realizaba estas operaciones, adquiría su rostro movible una expresión firme e inteligente, al par que el enfermo revelaba ansia, casi angustia. «Puede usted levantarse» –articuló Moragas, que se volvía ya a su sillón, canturreando entre dientes, acto mecánico en él.

Fijó otra vez la mirada en el consultante: ahora auscultaba y tactaba, por decirlo así, su fisonomía. Moragas, aunque del vitalismo pensaba horrores, no era el médico materialista que sólo atiende a la corteza: sin hacer caso de ese escolástico duendecillo llamado *fuerza vital*[54], nadie concedía mayor influencia que él a los fenómenos de conciencia y a las misteriosas actividades psico-físicas, irreductibles al proceso meramente fisiológico. «Ahí, en el cerebro o en el alma (no disputemos por voces), está el regulador humano», solía decir. En muchos desfallecimientos de la materia veía lo que tiene que ver un observador culto y sagaz: el reflejo de estados morales íntimos y secretos, que no siempre se consultan, porque ni el mismo que los padece tiene valor para desentrañarlos. Dígase la verdad: Moragas admitía la recíproca: a veces curó melancolías y violencias de carácter con píldoras de áloes o dosis de bromuro[55]. El sabía que formamos una totalidad, un conjunto armónico, y que apenas hay males del cuerpo o del espíritu aisladamente. En el cliente que tenía delante, su instinto le señalaba un caso mortal, un hombre en quien el infarto del hígado procedía de circunstancias y sucesos de la vida.

—¿Bebe usted? –le preguntó secamente, con cierta dureza.

—A veces... una chispa de caña[56]...

—¿Una chispa no más? Usted no se consulta bien, mi amigo. Usted quiere engañarme, y no estamos a engañarnos aquí.

—No le engaño a usted, no señor; porque un hombre tome un vaso o dos, o tres si a mano viene, me parece a mí que no hace cuenta. Hay ocasiones que no se puede menos, y pongo yo a cualquiera a que no eche un trago...

—Pues usted no debe echar ninguno –advirtió el médico endulzando la voz, porque notó en la del cliente tonos muy amargos–. Le prohibo a usted que lo cate hasta Nochebuena lo menos.

---

54 Duendecillo llamado *fuerza vital*: Se refiere al argumento central de la filosofía escolástica que presuponía la existencia de una fuerza vital que radicaba en el alma.
55 *Bromuro*: Composición química que se usa como medicamento.
56 *Caña*: Aguardiente, galleguismo.

¿Pero dónde diablos había visto Moragas al individuo aquel? ¿Cuándo cruzara ante sus ojos la figura luenga[57], enjuta[58] y como doblegada; la silueta, que tenía algo de furtiva, algo que inspiraba indefinible alejamiento y recelo? A cada instante reconstruía con más precisión la frente cuadricular, anchísima, el pelo gris echado atrás como por una violenta ráfaga de aire, los enfosados ojos que parecían mirar hacia dentro, las facciones oblicuas, los pómulos abultados, la marcada asimetría facial, signo frecuente de desequilibrio o perturbación en las facultades del alma[59]. Si el médico tuviese delante un espejo, y pudiese establecer comparaciones entre su figura y la del individuo a quien examinaba, comprendería mejor la impresión de repulsa que estaba sintiendo, y la atribuiría a lo marcado del contraste. Era la actitud de Moragas de desenfado, por mejor decir, de esa petulancia cordial que impone simpatías: se diría que siempre se disponía a avanzar, presentando el pecho, adelantando la cabeza, tendiendo la nariz husmeadora y grande. El enfermo, al contrario, parecía como que, obedeciendo al instinto de ciertos insectos repugnantes, se hallaba constantemente dispuesto a retroceder, a agazaparse, a buscar un rincón sombrío. Al comprobar la repulsión que le infundía el cliente, el médico se regañó así propio, tuvo un impulso de bondad, y mientras tomaba la hoja de papel para escribir una especie de directorio a que había de sujetarse al enfermo, con la izquierda cogió de una purera de caoba un cigarro, y se lo alargó, diciéndole: «Fume usted».

Al mismo punto en que las yemas de sus dedos rozaron las del cliente, la obscura reminiscencia que flotaba en su memoria dio un latido agudo, y casi se condensó, Moragas creyó que iba a recordar..., y no recordó todavía. Vio una niebla, detrás un rayito de pálida luz...; mas todo se borró al rasgueo de la pluma sobre la cuartilla blanca. Mientras escribía, notaba (sin verlo) que el cliente no se había atrevido ni a encender el cigarro ni a guardárselo en el bolsillo de la americana. Moragas firmó, rubricó, secó en el vade[60], y tendió la hoja en el enfermo.

Este permaneció un momento indeciso, con la hoja en la mano y

57   *Luenga*: Larga.
58   *Enjuta*: Delgada.
59   Se observa aquí la descripción naturalista del cuerpo humano. Este es un ejemplo de la "novela experimental", reivindicando en la narración el conocimiento natural y científico del ser humano a través de la observación directa de las enfermedades del individuo y de la experimentación.
60   *Vade*: Nombre que se da a la carpeta plana compuesta de dos hojas de cartón y varias intermedias de papel secante, cubierta de capa superior, y que se coloca en las mesas del escritorio.

la mirada errante por la alfombra. Al fin se resolvió, hablando torpe-
mente, llamando al médico por su nombre de pila.

—Y... dispénseme..., ¿y cuánto tengo que abonarle, don Pelayo?

—¿Por eso? –repuso Moragas–. Según... Si es usted pobre de
verdad, déme lo menos que pueda..., o no me dé nada, que es lo mejor.
Si tiene usted medios..., entonces, dos duros.

El hombre echó mano pausadamente al bolsillo del chaleco, revolvió con tres dedos en sus profundidades, y sacó dos duritos brillantes, del nuevo cuño del nene, que depositó con reverencia en un
cenicero de bronce.

—Pues muchísimas gracias, señor de Moragas –pronunció con
cierto aplomo, como si el acto de pagar le hubiese dado títulos que
antes no tenía–. No molesto más. Volveré, con su permiso, a decirle
como me prueban los remedios.

—Si, vuelva usted. Observe el método, y no descuide la enfermedad. No es de muerte, a no sobrevenir complicaciones; pero merece
atenderse.

—Si uno no tuviera hijos –contestó el hombre, alentado por
aquellas pocas palabras levemente cordiales–, tanto daba morir un
poco antes como un poco después. Al fin y al cabo se ha de morir,
¿verdad? Pues año más o menos, poco interesa; digo, a mí me lo
parece. Pero los hijos duelen mucho, y dejarlos pereciendo... Vaya, a
su obediencia, don Pelayo.

Acababa de caer la cortina de la puerta; aún se oían en la antesala
los pasos del cliente, cuando Moragas se alzaba al sillón, un tanto de-
sazonado y nervioso.

—Lo dicho; yo conozco a este pájaro, y le conozco de *algo* raro;
vamos, que no me cabe duda. Es particular que no caiga en la cuenta,
desde luego, tanto harto como está uno aquí, en Marineda, de rozarse
con todo bicho viviente. Y él forastero no es, porque... no; ¡si quedó
de volver de cuando en cuando a ver cómo le sienta el método pres-
crito! No, ¡qué va a ser forastero! Moraguitas (el doctor solía inter-
pelarse a sí propio esta forma), ¿por qué no le has preguntado el
nombre a ese tío? ¿por qué no te enteraste de dónde vive? ¡Bah!
Tiempo hay; se lo preguntaré cuando vuelva. De todos modos, me
llama la atención no acertar qué casta de punto es éste...

—¡Nené! –gritó, aproximadamente a la puerta por donde había salido la chiquilla.

Pero la Nené no asomó su hociquito salado, y el doctor, obedeciendo a otra excitación caprichosa, volvió a la mesa, tomó la plegadera y emprendió de nuevo cortar las hojas de la *Revue*.

Había allí un artículo sobre los morfinómanos[61] que debía de ser completo, interesante... Entretenidas las manos en la operación mecánica de rasgar la doblez del papel, proseguía en su cerebro distraído el sordo combate de la memoria, el impulso de la noción que quería abrirse calle entre otras infinitas, depositadas, como en placa fotográfica, en aquel misterio archivo de nuestros conocimientos. Sin duda, una viva ola de sangre refrescó el rincón en que el recuerdo dormía, porque de improviso se destacó, claro y victorioso. Sintió Moragas el bienestar que causa el cese de la obsesión; pero apenas disipada la rápida impresión, casi física, de libertad y sosiego, el médico notó un estremecimiento profundo; se enrojeció su tez, hasta la misma raíz del plateado cabello; temblaron sus labios, chispearon sus ojos, se dilató su nariz, y Moragas, pegando un puñetazo en la mesa, exclamó en voz alta y resonante:

—Ya sé... El verdugo... (interjección furiosa y redonda). ¡El verdugo! (otra más airada).

Inmediatamente se arrancó del bolsillo el pañuelo; con las puntas de los dedos envueltas en él tomó las dos monedas relucientes; abrió de golpe la ventana, y dejó caer el dinero sobre las losas de la calle, donde rebotó con son argentino[62].

En aquel instante la Nené empujaba la puerta. Venía gorjeando; pero al ver a su padre que se volvía cerrando las vidrieras y destellando cólera y horror, se quedó paradita en el umbral, con ese instinto de las criaturas, que se hacen cargo de la situación psíquica mejor que nadie, y murmuró por lo bajo:

—¡Papá riñe... papá riñe!

---

61   *Morfinómano*: Persona que abusa de la morfina o el opio.
62   *Argentino*: Sonido como la plata.

II

Telmo, al despertar, se metió los puños en los ojos, lamentando haber perdido el sueño, que era bonito. ¡Cómo que se trataba de revistas, paradas y simulacros, y él se había visto a sí propio convertido en Capitán General de Cantabria, luciendo un uniforme todavía más majo que el de la gala, ostentando plumeros, penachos, galones, cordones, estrellas, caracoleando sobre brioso alazán tostado, y con un sable formal, formal, no de palo, sino de reluciente acero!

El despertar no podía ser más distinto de lo soñado. El niño vio a su alrededor lo de todos los días, cuadro feo y triste, el camaranchón[63] sórdido, descuidado, inmundo, que sudaba por todos los poros desaliño y abandono[64]. ¡Cuánta melancolía transpiraban las paredes con su revoque[65] negruzco; el piso de baldosa desigual y cenicienta, mal cubierto aquí y allí por viejísimos ruedos; las prendas de ropa, bastas, de mal corte y paño burdo, más sucias que raídas, pendientes de clavos; las dos camas de hierro pintadas de un azul carcelario, frío, con sus mantas de tonos apagados y terrosos, y sábanas agujereadas, divorciadas del agua y del jabón!

Telmo recordaba, como se recuerda un dulce sueño, que antes, cuando era pequeñito, había tenido, si no precisamente colchas de seda y palacios por morada, al menos un interior bien cuidado, cuco[66], limpio: el suponía que debía ser así, porque le había quedado, de aquella época, ya difuminada entre nieblas, una sensación de calor tibio, de nido de pulmón que envuelve y abriga. Entonces sus ropas eran aseadas y se adaptaban a las carnes; la comida estaba sazonada y gustosa; en invierno un brasero calentaba la habitación; en verano se percibía un conjunto claro y fresco, de cortinas planchadas y de visillos que tamizaban la luz. Todo esto no lo detallaba el muchacho con

---

63   *Camarachón*: Desván, trastero.
64   Se muestra aquí la miseria en la que vivían el verdugo y su hijo, de forma detallada y sin rehuir de lo feo y grotesco.
65   *Revoque*: Capa o mezcla de cal y arena con el que se cubren las paredes.
66   *Cuco*: Bonito.

precisión absoluta; sus reminiscencias se confundían, y sólo se destacaba, con pleno realce, un rostro de mujer que, si diésemos voto a Telmo en materias de hermosura, diríamos que era de belleza soberana. ¿Rubia o morena? ¿Muy joven o en principios de madurez? Eso no lo sabía Telmo: sólo si era preciosa y esparcía en torno suyo bienestar, un ambiente de espliego[67].

No la vio a su cabecera aquel día tampoco. Quien andaba por allí era el padre, descolgando el sombrero ruín, para encasquetárselo sin previo manejo de cepillo. Mientras el padre se cubría, Telmo recibió la amonestación, a que ya estaba habituado.

—A ver si te levantas. No haraganees más[68]. Ahí en la cocina te quedan las sopas. A eso de las dos ve por la calle del Arroyal, que estaré saliendo de casa de don Pelayo Moragas... tú bien lo sabes, ¿eh? Pues aguárdame allí, que te llevaré a casa de Rufino. Dijo esto último a tiempo que ya salía, y el pestillo de la puerta cayó con agrio chirrido.

El muchacho no hizo gran caso al consejo de «no haraganear». Le constaba que tanto sacaría en limpio de levantarse, como de quedarse otro rato en la cama. Justamente el problema que todos los días necesitaba resolver, era en que se invierte una jornada, no teniendo deberes ni distracciones de ninguna especie. Para él no había escuelas, colegios, ni estudios; y tampoco serían los amigos quienes se embobasen, porque ese gran aliciente de la niñez, primera manifestación de las necesidades afectivas y primer desahogo del instinto de sociabilidad, le era desconocido. Le quedaba el recurso de vagabundear sin tregua por las calles, de ir como ánima en pena, buscando algún rincón donde no le conociesen.

Permaneció cosa de media hora entre sábanas, cerrando los ojos para volver a soñar si era posible, más cosas bonitas de aquellas del género bélico. Lo que es él, así se empeñase el demonio, militar sería. No de tropa, no; jefe y de los de alta graduación. Lo menos coronel. Y con montura. ¡Donde habrá placer como regir un caballo gallardo, fogoso![69] Eso será la misma gloria.

Se decidió por fin, a echar una pierna fuera de la cama, y tras la pierna todo el cuerpo. Se puso los pantalones, que por cierto tenían más de un siete y la orilla festoneada de barro; los suspendió como pudo de los tirantes del orillo[70]; vistió la chaqueta, nueva y decente; encasquetó

---

67   *Espliego*: Un tipo de planta que se usa para aromatizar.
68   *Haraganes*: Del adjetivo «haragán» o «holgazán».
69   *Fogoso*: Lleno de vida.
70   *Orillo*: Borde bordado.

en la pelona[71] una mala boina castaña, y no se le ocurrió ni acercarse al palanganero de hierro, donde podría remediar algo de suciedad de manos y rostro, sin arar con el batidor[72] la enmarañada pelambrera. El abandono de su educación había arraigado en su naturaleza infantil, y a fuer[73] de legítimo idealista, soñaba con brillantes galones y garzotas blancas, mientras su cuerpo y sus trajes y su vivienda daban asco. Con los cinco mandamientos, en vez de cuchara, despachó la cazuela de sopa grumosa y fría, y ya le tienen ustedes dispuesto a echarse a la calle.

Cuando salió del camaranchón[74], pudo verse que Telmo no era guapo. Tampoco ha de negársele alguna gracia o gentileza, algún atractivo de ese que caracteriza a los pilluelos, por sucios y derrotados que estén. La arremangada nariz tenía su chiste, lo mismo que los gruesos labios de bermellón, afeados por la forma de la caja dentaria, que los proyectaba demasiadamente hacia fuera. La frente, lobulosa retrocedía un poco, y la cabeza era de esas lisas por el occipucio[75], como si hubiesen recibido un corte, un hachazo –cabezas de vanidosos, de ideólogos –salvando algún tanto lo acentuado de esta conformación, el bonito pelo negro, ensortijado y tupido, como vellón de oveja. Los ojos, infinitamente expresivos, de córnea azulada, líquida y brillante, eran dos espejos del corazón del muchacho: en ellos el placer, la pena, la altivez, la humillación, el entusiasmo, la vergüenza, se pintaban fiel e instantáneamente, reflejando un alma abierta y fogosa. Aquellos ojos pedían comunicación; buscaban a la gente, al mundo, para derramarse en él. En conjunto, la cabeza del niño recordaba la de un negro... blanco, si es permitida la antítesis. No sólo el diseño de las facciones, pero la expresión candorosa de cómico orgullo que se advierte en la fisonomía de los negros ya civilizados y manumitidos[76], completaban la semejanza de Telmo con el tipo africano, y por su rostro también pasaban las ráfagas de tristeza y receloso encogimiento que caracterizan a las razas oscuras, cuando aún no borraron el estigma de la esclavitud.

Al cruzar la puerta, lo primero que notó Telmo fue una sensación, ya acostumbrada, de bienestar, bajo la caricia del aire exterior. Aborrecía las cuatro paredes, y nunca ave cautiva en jaula, fuera circuns-

---

71   *Pelona*: Metáfora de cabeza.
72   *Batidor*: Metáfora; peinar con un peine de púas grandes.
73   *A Fuer*: Locución culta en desuso, equivalente a «como».
74   *Camarachón*: El desván de la casa, o lo más alto de ella, donde se suelen guardar trastos viejos.
75   *Occipucio*: Parte posterior de la cabeza por la que se une al cuello.
76   *Manumitidos*: Libres.

crita entre barras de hierro o gas sellado en redoma[77], aspiró con más energía a la plenitud del espacio. Si le gustaba lo apacible y lo bello, lo grandioso, lo inmenso, le arrebataba.

Su segunda impresión fue distinta: observó que el sol, toldado entre nubes, ya empezaba a descender de la mitad del cielo, señal de que él, Telmo, se había descuidado, y probablemente sería tarde para reunirse con su padre a la puerta del señor de Moragas. Este pensamiento le espoleó. De su padre había adquirido la noción escueta y coercitiva del liberalismo, de la obediencia a los poderes constituídos, y la practicaba; obedecía sin reverenciar ni temer, y sentía incurrir en falta por la falta misma, no por las consecuencias, pues no había allí verdadero rigor paternal. Salió disparado; la distancia, aunque tenía por respetable en Marineda, era un juego para las piernas ágiles del chico. Además todo cuesta abajo, y con sitios donde se puede ir a la carrera como el Campo de Belona y el Páramo de Solares, que desde hace bastantes años lucha por ser plaza de *Mariperez* —nombre de la heroína popular de la linda capital marinedina[78].

Precisamente, en la cuesta rápida que baja del alto terraplén, donde se asienta el Cuartel de infantería, al Páramo de Solares, encontró Telmo una tentación que le hizo perder algunos minutos. Desemboca en aquella cuesta la vetusta calle donde, en un caserón no menos averiado, se acomodaba como podía el Instituto de segunda enseñanza; y los chicos, entre dos clases, solían desparramarse en bulliciosa bandada por el campo de Belona, ejecutando a su modo evoluciones militares y simulacros, no siempre incruentos, de batallas, en que los proyectiles mortíferos que debemos a los adelantos de la ciencia, eran sustituidos por los que la naturaleza o las obras de cantería brindan a la juventud. ¡Con qué envidia miró Telmo a aquella falange![79] ¡Cómo se le iban los ojos tras ella! ¡Si le fuese *permitido* unirse a la partida y terciar en sus empresas, quien duda que a las primeras de cambio ganaría los entorchados y hasta la cruz laureada! Su expresiva fisonomía se entenebreció y tuvo uno de esos minutos de tristeza, que eran como fugitivos eclipses de toda esperanza en el porvenir. Se detuvo oyendo el bullicio escandaloso, la alborotada gritería de aquellos cachidiablos[80], y al fin, resol-

---

77   *Redoma*: Recipiente de laboratorio.
78   Doña Emilia hace aquí una descripción exhaustiva de La Coruña. El Campo de Belona coincide hoy en día con el Campo de la Estrada, y el Páramo de Solares es la franja que separa la Ciudad Vieja de la Pescadería.
79   *Falange*: Cuerpo de infantería de la antigua Grecia.
80   *Cachidiablos*: Diablillos, traviesos.

viéndose, a manera del que dice a una torta sabrosa «ahí te quedas, porque no puedo meterte el diente»[81], tomó por el Páramo de Solares, costeó los soportales nuevos, y fue a parar a la calle de Vergara, que nombran Arroyal todos los marinedinos. Bien conocía la casa de Moragas, y frente al portal se situó para aguardar a que su padre saliese. Sus ojos recorrían, sin embargo, toda la extensión de la calle, y a uno de estos giros de pupila, vio la silueta paternal que desaparecía a lo lejos, bajo las arcadas que sirven de vestíbulo al Teatro. ¡Ya había salido y él no estaba allí! ¡Qué diría! El chico iba a emprender la carrera, cuando un incidente singular le detuvo. La ventana de Moragas se había abierto deprisa, con estrépito de vidrios; asomó un brazo, un blanco puño de camisa, una mano larga y flexible y dos monedas de plata, brillantes y sonoras, cayeron sobre las baldosas de la acera... Todo en un decir Jesús. Telmo se precipitó a recogerlas, instintivamente. Sólo cuando las tuvo bien cautivas en el hueco de la mano, le entraron ciertos escrupulillos.

¿Subiría a restituir las monedas? Digámoslo sin ambages: la vacilación duró muy poco. Telmo no tomaría, a buen seguro, un céntimo del ajeno bien contra la voluntad de su dueño; en cambio, con la lógica directa de la infancia, creía que quien tira por las ventanas el dinero no ha de censurar a quien lo recoja. Si por un momento le dominó la idea de echar escalera arriba y restituir su presa, la desechó al punto, tratándose mentalmente del *páparo*[82]; y con resuelto ademán, sepultó los duros en el hondo bolsillo de su chaqueta.

Ya no pensaba reunirse con su padre. Aquel tesoro le imprimió dirección distinta. Por de pronto, le sugirió que ya estaba en situación de no alternar con los demás muchachos. No era un concepto reflexivo; más bien un instinto cálculo, que le decía que el dinero, en este pícaro mundo, cubre y facilita muchas cosas. El no podía apreciar lo exiguo de la suma; no había visto junta, en toda su vida, otra igual, ni parecida siquiera, y los cuarenta reales que danzaban en su faltriquera[83] se le figuraban asiático tesoro. Con dos duros todo se puede aprender, y todo se alcanza. Telmo, dueño de cuarenta reales, no podía ser el mismo Telmo de a diario, él que en todas partes recogía envenenada cosecha de sofiones[84] y repulsas.

---

81 Alusión a la conocida fábula de Samaniego: *La zorra y las uvas*. El mismo tema aparece en las fábulas de Esopo y Fedro.

82 *Páparo*: Paleto; persona ignorante y ordinaria.

83 *Faltriquera:* Bolsillo donde se guarda el dinero.

84 *Sofiones*: Represiones.

Dilatado el corazón por la esperanza, tan fulminante en la niñez, Telmo, sin acordarse de que tenía padre en el mundo, echó por el Páramo de Solares arriba, alcanzando en breve la cuesta. ¡Con qué presteza la subió! Desde la cima, dominaba la extensión del Campo de Belona. Allá, en el fondo, junto al parapeto, bullía el grupo a que soñaba incorporarse. A dispararse otra vez. La partida no prestaba atención a aquel chiquillo, que corría tanto, que las suelas de sus zapatos, desde lejos, parecían girar. Los alumnos del Instituto provincial marinedino deliberaban ¡cáspita! Y la deliberación les tendía endiosados. ¡Como que se trataba nada menos que de un consejo de guerra!

Traían entre ceja y ceja, desde principio de curso, el propósito, el designio heroico de una batalla memorable: aspiraban a reñir la mayor y más homérica *pedrea*[85] que han presenciado los siglos. Hartos estaban ya de juegos bobos, de inocentes *piñas* repartidas a diestro y siniestro. ¿Qué valían tales escaramuzas? No; denme ustedes un combate real y efectivo, donde los dos caudillos, Restituto Taconer (alias *Cartucho*) y Froilán Neira (por otro nombre *Edisón*) ganasen imperecedera nombradía. Aquel día les ayudaba la suerte: el señor Roncesvalles, catedrático de Historia, había tenido la feliz ocurrencia de quedarse en cama, no sé con cual entripado o alifafe[86], y los chicos disponían la tarde entera para sus demoniuras; tarde que, además, habiendo roto el sol la cortina de niebla, por su serenidad hermosa convidaba al esparcimiento.

Reducida quedaba la dificultad a buscar un sitio donde los guardias municipales no oliesen la quema. Sobre esto versaba la deliberación. La mayoría propuso la escollera llamada del Parrochal, y también del *Emperador*, por ser tradición —demostrada con sólidos argumentos en un folletito del señor Roncesvalles —que a aquella parte de la muralla marinedina, y al pie de su vieja poterna[87], había atracado la lancha o bote que conducía al César Carlos V cuando vino a celebrar Cortes y pedir subsidios en la ciudad de Marineda. Era el punto muy estratégico, por estar la muralla derruida a trozos, y abundar pórticos y grietas que permitían burlar la persecución de los más activos polizones. En cambio, ¡barajas!, el sitio se registraba perfectamente desde las ventanas de la Audiencia, cárcel, capitanía general,

---

85 *Pedrea*: Pelea con piedras.
86 *Alifafe*: Achaques.
87 *Poterna*: en las plazas fortificadas, puerta menor que cualquiera de las principales y mayor que un portillo.

y de muchísimas casas particulares; y apenas silbase en el aire la
primer peladilla de arroyo, no faltaría una mala alma que avisase al
jefe de la ronda y les echase encima a los agentes. Había otro lugar
precioso: ¡conchas!, de primor, que ni inventado; un lugar que tenía
ya preparadito el escenario y el argumento del hecho de armas que
se proponían realizar aquellos valientes... ¡El castillo de San Wintila!

Allí, allí sí que la acción podía adornarse con todos los requisitos
que, según les enseñaban a ellos en clase de retórica, necesita la tra-
gedia: peripecias, prótasis, epítasis y catástrofe.[88] Por allí sí que rara
vez, o puede decirse que nunca, aportaba un agente de la autoridad,
con el bastón alzado y la lengua regañadora e insultante. Allí sí... Pero
¡barajas! ¿Qué teníamos con eso? El asalto al catillo de San Wintila
no era realizable sin que existiese un héroe, dispuesto a sacrificarse
para mayor diversión y recreo de los demás; hacía falta un *pandote*[89],
y nadie lo quería ser; todos aspiraban al lucido puesto de asaltantes.
Se habló de echar la china y la paja-perra; mas nadie se avino a fiar en
los azares de la suerte. ¿Azares? O trampas... ¡Vaya usted a saber! No,
no; hay confianza en la cuadrilla.. Sobre esto se armaba un gran vocerío, una acalorada discusión. «Sois unos panarras[90], no servís para
maldito». «Sí, sí, pues anda y sirve tú...; a ver si eres tú el que mamas
las piedras...» «Hombre pues a suertes...; la suerte es igual para todos».
«Me cargo en la suerte; siempre haréis escamoteos y chanchullos...»
«Al Parrochal, hombre al Parrochal, que allí no hay esas dificultades...» «Pero ¡barajas! ¡si en seguida asoma el General los bigotes,
y avisa a los municipales para jericoplearnos[91]...!».

Desalado, sudoroso y con el alma al borde de la boca, que abría
de un jeme por no asfixiarse en su veloz corrida, llegaba entonces
Telmo a juntarse con la banda. «¿Qué querrá éste?», gruñó *Cartucho*,
fijándose de reojo con sus ojuelos maliciosos y bizcos. «¿Quién es?»

---

88 Baltasar de Céspedes (Granada, ¿? – Salamanca, 1615) en *Arte poética* (1615) plantea
    cuatro partes de la tragedia (*peripecias, prótasis, epítasis* y *catástrofe*), elaborando sobre las
    distinguidas por Aristóteles (*prólogo, párodos, episodios, éxodo*): «En la *prótasis* se relata lo
    más importante de todo el asunto pero sin declarar el fin. El la *epítasis* se presentan y des-
    arrollan los conflictos; se compone de muchas *peripecias*; Aristóteles llama *peripecia* a un
    giro de la acción hacia lo malo. *Catástasis* es algo así como el punto más alto y la plenitud
    de la fábula y en ella llegan a su culminación todas las complicaciones. *Catástrofe* es la
    mutación de todo en un fin inesperado, y en esto consiste el *éxodo*, que es el final pro-
    piamente dicho de la fábula.» *Arte poética*, II, 5) (citado en *Nueva idea de la tragedia an-
    tigua*, Volumen 1, Jusepe Antonio González de Salas).
89 *Pandote*: Tonto.
90 *Panarras*: Tontos.
91 *Jericoplear*: Molestar.

preguntó un novato del grupo. Y el hijo del armero silabeó misteriosamente: «¿Qué quién es, barajas? El cachorro del *buchí*».[92]«¡Contra! No me da la gana de jugar con él» «¡Déjalo barajas! que ya tenemos *pandote*», replicó el caudillo con la firmeza y previsión del hábil estratégico que en acciones de guerra, sabe aprovechar todo recurso.

Telmo se había parado, poseído de increíble timidez, a pocos pasos de la hueste. Toda la incitación de su esperanza; todo el pueril aplomo que le inspiraba la posesión de las dos brillantes monedas, se trocó en encogimiento horrible al verse próximo a la sociedad, que era para él lo que para la mujer tachada el severo círculo aristocrático, ¡más inexpugnable que una muralla de hierro! Donde no logra penetrar nunca. Telmo sentía físicamente el peso de su traje destrozado, descuidado y sucio, en presencia de aquellos niños que, aun en medio del desorden del juego, revelaban en su ropa más o menos lujosa, pero aseada y bien recosida, el cuidado de dedos femeniles, el esmero de una madre, la posesión de un hogar. ¡Cuán felices ellos, con su cuaderno de apuntes en el bolsillo, emblema de la fraternidad escolar, con su alegre compañerismo, con sus horas de juego, con sus estudios que les habían de granjear un puesto entre las gentes, y cuán desdichado él, a quien tenían derecho a rechazar a puntapiés, como a can[93] sarnoso!

Permanecía clavado en el mismo lugar, sin ánimos para decir palabra, agitada la respiración, repentinamente pálidas las mejillas, el corazón bailarín. Los dos pedazos de plata en que había fundado todas sus osadas hipótesis, le parecían ahora más ínfimos que dos ruedas de plomo. Sintió impulsos de agarrarlos y tirarlos también, imitando a la persona que sacó el brazo por la ventana de Moragas. ¡Qué idiotez, suponer que con aquellas monedas se podía comprar el derecho de asociarse a los chicos del instituto! Ni siquiera prestaban el valor necesario para pronunciar intrépidamente la frase sacramental: «¿Me dejáis jugar con vosotros?».

La súplica sólo la formularon sus ojos, fijos con angustia en ambos cabecillas, quienes, a su vez, le consideraban con cierto desdén o altanería indulgente. Al fin *Edisón*, entre despreciativo y magnánimo, *se dignó* dirigirle la palabra.

—Vamos a la playa de San Wintila. ¿Te quieres tú venir?

92   *Buchí*: Verdugo.
93   *Can*: Perro.

Telmo imaginó que se abrían los cielos y que escuchaba los cánticos de los serafines. Paralizado por la emoción, con la cabeza dijo que sí.

—Has de obedecer como un recluta. Nuevo balanceo de cabeza.

—Has de hacer lo que te manden... y ojo con el miedo. Además de resolución.

—Pues andando, ¡*Liscaááá*![94]

A este grito de guerra toda la partida salió corriendo.

---

94 *Liscá*: «Vete», «Largo de aquí».

III

El castillo de San Wintila es uno de los varios fortines con que los ingenieros a la Vauban[95] del pasado siglo guarnecieron la embocadura de la bahía marinedina, para resguardar la plaza de nuevos ataques y embestidas del inglés. A fin de llenar mejor su objeto defensivo, tenía anexo un parque de artillería, servido por un polvorín colocado a conveniente distancia. Para los tiempos de Nelson[96], en que si el pundonor y la sublime noción del deber militar estaban en su punto, no se habían inventado y refinado y perfeccionado como hoy los ingenios y máquinas de guerra, el castillo de San Wintila era excelente baluarte, capaz de sostener y vigilar la boca de la ría, hostilizando a cualquier buque enemigo que asomase a su entrada. Con todo, según suele suceder en España desde tiempo inmemorial, la línea de fortificación que reforzaba la costa de Marineda no es lo que más adelantado de aquel mismo período en que se construyó: tiene resabios del sistema de fortificación medieval, y las formas románticas del castillo roquero pugnan con el exacto trazado geométrico de la casamata[97]. Por eso, al caer la tarde o de noche, el castillo de San Wintila, ya medio desmoronado, posee cierta belleza misteriosa de ruina, y representa dos siglos más de lo que realmente cuenta. Hace mayor este encanto lo pintoresco de la situación. En la zona agreste y desierta que Marineda prolonga hacia el Océano —ancha península de bordes ondulados y caprichosos como la fimbria[98] de una falda de seda —la costa,

---

95   **Sebastien Le Preste de Vauban** (1633-1707) y **Antoine Le Preste** (1654-1718), condes de Vauban, ambos primos que destacaron en la ingeniería militar en el siglo XVIII. Mostraron gran capacidad tanto en la construcción de fortificaciones como en su conquista. También aconsejaron a Luis IV sobre la consolidación de las fronteras.

96   **Horacio Nelson (1758-1805)**: Duque de Bronte. Fue un almirante británico, muerto en la batalla de Gibraltar (1805) en la que la flota inglesa venció a la colicción franco-española.

97   Parece ser que este castillo de San Wintila es el «Castillo de San Antón», antigua fortaleza construida en el siglo XVI. De los siglos XVI al XVIII fue un edificio defensivo y prisión, más tarde fue utilizado como lazareto para aislar a los marineros que llegaban a la ciudad con alguna enfermedad infecciosa. A partir del XVIII, la fortaleza se convirtió en prisión, hasta que cesó en 1960.

98   *Fimbria*: Franja inferior ornamental.

después de señalar con suave escotadura la negra línea de peñascos que orlan[99] el cementerio, de pronto dibuja una ensenada que, penetrando profundamente la orilla, se cierra casi, a la parte del mar, por estrecha garganta, forma debida a la prolongación y ensanche del arrecife sobre el cual se yergue el castillo. Al lado opuesto del que oprime la angosta boca, estrecho o canal de la ensenada, se extiende redonda, suave, blanca, deliciosa, una playa de finísima arena.

Aun cuando este arenal presente por tierra el acceso más fácil para los que quieran penetrar en el castillo, nuestra partida eligió descender pasando por delante de la capilla, bajada acaso más rápida, pero también con más exposición a desnucarse, rodando de algún precipicio al arrecife o al fondo de la calera. La turbulencia de los primeros años goza en arrostrar obstáculos y en encontrar dificultades vencibles.

Más que ninguno se complacía Telmo en el ejercicio arriesgado de correr, mejor dicho, de rodar por aquellas pendientes, desdeñando la senda abierta y franca. Quería demostrar a sus compañeros de una hora que atesoraba como cualquiera y mayor grado que nadie, valor, resolución, agilidad y destreza. Ellos, dejándole precipitarse solo, iban en bandada, cruzando risas, insultos, excitaciones, retos, órdenes y empellones[100]. A la cabeza marchaban Froilán Neira y Restituto Taconer, sin dignarse mirar al *pandote*, al que, con su presencia y su complacencia, hacía posible la representación del drama.

Al llegar a la fuente que corta la senda, antes de que, haciéndose más impracticable y peligrosa, descienda a la playa, la partida se detuvo a tomar un resuello. Algunos, sofocadísimos, se acercaron a la fuente, con ganas de beber del caño el agua famosa de San Wintila, teñida de medicinal: hubo quien colmó el líquido la gorra, y acanalando la visera, apagó la sed en tal guisa[101]: otros, menos sedientos y más deseosos de cháchara, la emprendieron con unas pobres mujeres que abrevaban en el pilón dos o tres parejas de grandes bueyes rojos. Fue aquello un diluvio de chanzonetas[102] en dialecto: «¿Comadre, me da a mí de beber?» «Véndame los bueyes, comadre». «¿A cómo vale cada cuerno?» «¿Quiere dos perros chicos por la pareja?» «Ese tiene un sobrehueso en el rabo: aguarde, que se lo voy a amputar». Rompieron las mujerucas en gritos y denuetos, lo mismo que si las pellizcaran . Telmo vió en la broma pretexto de asociarse, de intimidar con

99   *Orlan*: Adornan.
100 *Empellones*: Empujones.
101 *Guisa*: Modo.
102 *Chanzonetas*: Bromas.

la partida, y llegándose bonitamente a uno de los bueyes, sacando una navajilla o cortaplumas que siempre llevaba consigo, y ocultándola en la mano cerrada, la clavó con disimulo en el hocico del animal, que saltó enfurecido, bramando y mugiendo, arrastrando en pos de sí a la mujer que tenía la cuerda. ¡Aquí de Dios y del Rey! Ya no fue refunfuñar ni gruñir; no fueron gritos ni quejas, sino alarido de muerte el que alzaron las aldeanas. «Socorro, socorro, lambones[103], papulitos[104] del infierno, cochinos, señoritos de basura, hemos de ir al juez que vos eche a presidio...». A la sazón reparó una de las mujeres en Telmo, a quien conocía por razón de vecindad, y su fisonomía descompuesta se inflamó aún más de desprecio y odio. «¡Tú habías de ser, hijo de mal padre, malacaste[105], tiñoso, retoño de la horca!... ¡A tu padre y a ti os habían de agarrotar, en vez de ser vosotros quien agarrota a los *enfelices*![106] ¡Valientes señoritos de estiércol esos que se juntan con una pudrición como tú!...».

Fue como perdigonada repentina que dispersa un bando de gorriones. Los chicos alzaron el vuelo, dejando en pos de sí clamor confuso, un ¡uuú!; largo y burlón, impotente recurso para ocultar la vergüenza y el interior berrinche. Telmo también clamaba, también gritaba ¡uuu!; pero sus mejillas iban carmesíes y sus pupilas preñadas de cierto salado licor que reabsorbió con sobrehumano esfuerzo.

Ya pisaban el arrecife y se detenía al pie de las murallas del castillo. Allí era preciso celebrar nuevo consejo. *Cartucho* y *Edisón* centraron el corro, dejando a Telmo fuera. Instintivamente, por movimiento propio del alma humana, y sobre todo de la infantil, cerrada a la generosidad y a la equidad, los chicos al sentir la mortificación del incidente ocurrido, echaban toda la culpa a Telmo, a Telmo, que iba a ser su víctima dentro de breves instantes. Al cargarle la parte más dura y peligrosa del juego, se les figuraba ser justicieros, justicieros a rajatabla. ¿No había dicho la mujer aquella que Telmo merecía el garrote? Cuanto más se le apretase, más se cumpliría la ley de la justicia, que infama a su propio ejecutor hasta pasada la cuarta generación —mejor dicho, eternamente–. No juraría yo que estas filosofías las razonasen y dedujesen con rigor los alumnos del Instituto marinedino; pero llevaban el germen de ellas en el corazón y en el cerebro y a su impulso obedecían.

---

103   *Lambones*: Bribón.
104   *Papulito*: Pícaro.
105   *Malacaste*: De mala casta.
106   *Enfelices*: Infelices (Vulgarismo).

Después de haber conferenciado obra de un minuto, intimaron a Telmo las disposiciones militares. «Oye tú..., hazte bien cargo..., no nos fastidies. Tú eras la guarnición del castillo, y nosotros lo tomábamos por asalto. Te metes en él, y desde allí te defiendes como puedas. Pero ¡barajas! Si te escondes no vale. Hemos de verte en las ventanas o en las troneras o en la puerta o en lo alto del muro..., en fin, que hemos de verte. Si te escondes, eres un camastrón, mamalón, mulo, miedoso. ¿Entendiste?».

Telmo levantó su graciosa cabeza de negrito blanco; sacudió briosamente la ensortijada zalea[107]; una sonrisa vanidosa dilató sus labios gruesos, y afianzando la mano en la cadera, respondió enérgicamente: «¡Contra! Ni soy miedoso, ni me escondo, ¡barajas!. Para entrar en el castillo, tendréis que matarme».

¡Genio eminentemente español de las defensas heroicas de plazas y castillos, en que un puñado de hombres entretiene y domina a un ejército numeroso! ¡Morella, Numancia, Zaragoza, Sagunto![108] Nunca vuestro espíritu impulsó a nadie con más fuerza que al bizarro Telmo, cuando a brincos, a gatas, veloz como una lagartija, se encaramaba por el interior del ruinoso y destechado fortín para aparecer, descubierto el cuerpo todo, derramando denuedo, sobre el adarve. En los minutos anteriores a su ascensión por las paredes, no le había faltado tiempo de llenar bolsillos y boina de piedras redondas y no muy gruesas —las mejores para arrojarlas —e improvisar una honda con una manga de la camisa, que arrancó de un tirón. Más que en aquel imperfecto instrumento, fiaba en sus brazos fuertes y nerviosos. Era ambidextro[109], y contaba ayudarse con la izquierda.

El ejército sitiador, replegado en compacta masa a la entrada del arrecife, exhaló un grito viendo aparecer sobre el adarve a la guarnición. Era el aullido que corea la salida del toro del toril. Cada muchacho escondía su proyectil en el hueco de la mano: más de doce brazos hicieron a la vez el molinete, y una nube de piedras, venciendo la gravedad, subió en busca de la cabeza del intrépido adalid[110]. La ley caballeresca de las *pedreas* infantiles, que manda no disparar sino a las

---

107　*Zalea*: Pelliza.
108　Se refiere aquí a las defensivas heroicas de Numancia (133 a.C.) y de Sagunto (219 a.C.). Las destrucciones de Sagunto y Numancia suelen concebirse como dos sucesos característicos del periodo conocido habitualmente como República Media Romana. Estas batallas han servido para reforzar la idea de la identidad española. De hecho, con frecuencia se ha recurrido a estas batallas para consolidar la identidad española en época de crisis.
109　*Ambidextro*: Persona que es tan hábil con la mano izquierda como con la derecha.
110　*Adalid*: Caudillo.

piernas, allí no se observaba; ¿ni qué ley había de observarse con semejante adversario? Pero él, raudo[111] y precavido, esquivó la nube corriendo como un gamo a la parte opuesta del adarve; y sin perderse
paso ni carrera, hizo el molinete a su vez, y la piedra, silbando al ras
de la tierra como un reptil, fue a percutir la canilla de *Cartucho*, que
exhaló un grito de dolor. «¡Barajitas con ése, que me ha roto la espi-
nilla! ¡Piedras, puño, piedras en él!».

Como los otros se reían, *Cartucho* rumió entre dientes dolorosos
ayes; sus ojos se llenaron de lágrimas, pero no flaqueó su energía. Al
contrario: se diría que la rabia del golpe inflamaba su coraje. Tenía
fama de excelente tirador de piedra: eligió del suelo una, bien lisa y
monda, afilada lo mismo que un hacha, y antes de arrojarla se detuvo.
Telmo esquivara la nueva descarga de piedras lanzadas contra él por
medio de una maniobra análoga a la anterior: huyendo prontamente
al otro extremo del adarve y refugiándose en un cubo. Esta ocasión
aguardaba *Cartucho*. Calculó adonde se replegaba Telmo, y allá
disparó el guijarro con mano certera. El proyectil alcanzó a Telmo en
el hombro. El sitiado se detuvo, paralizado sin duda por el golpe. No
obstante, ni llevó la mano a la parte lastimada, ni se abrió su boca para
exhalar una queja. Lo que hizo fue evitar la segunda peladilla, adoptando una estrategia de salvaje. Presentaba el derruido murallón bastantes desigualdades, y los huecos de los arrancados o desquiciados
sillares dejaban sitio para que pudiese una persona agarrarse, soste-
nerse, ocultarse y parapetarse en caso de necesidad. Telmo eligió uno
de esos huecos, favorables a su plan de defensa, colocándose de tal
suerte que si para lanzar las piedras sacaba fuera del adarve todo el
pecho, al ver venir la granizada, podía descolgarse apoyando un pie
en el hueco y quedar protegido por el muro. Sus dos brazos, como
aspas de molino, salían por cima del adarve, arrojando proyectiles con
tanto acierto, que ya tres sitiadores cojeaban, lo cual revelaba la caba-
llerosidad de Telmo, que acosado, sitiado por enemigos numerosos,
solo allí para defenderse contra un ejército, acataba la ley del código
de honor: disparaba únicamente a las piernas.

Comprendían, sin embargo, los asaltantes que aquello era cuestión
de tiempo, y esto mismo cebaba más su fiereza y su coraje. De trece
o catorce piedras lanzadas a la vez, ¿no había de tocar alguna al de-

---

111 *Raudo*: Violento, rápido.

fensor? ¿No habían de herir aquella cabeza que incesantemente se alzaba y hundía, a modo de diablillo en caja de chasco? En lucha tan desigual, a Telmo le tocaba sucumbir. Froilán Neira (a) *Edisón*, el más listo de la partida, la única inteligencia calculadora de la reunión, tuvo una idea luminosa.

—No haremos nada, ¡puño!, mientras nos estemos aquí apiñados... Así él sabe de dónde viene la piedra y se escabulle... A Repartirse. Callobre, Augusto y Montenegro, allí... Rafael y Santos, a la derecha... Los demás, en aquella peña alta... Yo, en esta otra... ¡Y a la cabeza! En el pecho duele, pero no aturde... A la cabeza, entre los dos ojos, que esto derrenga[112] a un buey.

Diciendo y haciendo, el hábil *Edisón* fue a empericotarse[113] en el arrecife, punto señalado para consumar su hazaña. Era un peñasco picudo, resbaladizo por las verdes algas que lo revestían, y en su centro, una excavación contenía agua de mar, clara y tibia, especie de ensenada en miniatura, en cuyo fondo se veía vibrar sus tenazas a los cangrejos y esponjarse a un pólipo verde botella. El mar, el mar verdadero, bañaba el pie del escollo, y *Edisón* se mojó las botas para tomar aquella ventajosa posición. No le importaba. Estribó firmemente en la meseta superior del peñasco, acechó y al ver rebasar del muro la cabeza del sitiado, apuntó a la rizosa vedija de cabellos, alzó el brazo, lo revolvió tres veces con pausa... ¡Ah! lo que es ésta sí que había hecho blanco.

La cabeza desapareció de la rasante del murallón... Los sitiadores exhalaron un grito de triunfo ronco y fiero... Pero la cabeza reaparecía, pálida, surcada por un hilo de sangre; serena, fruncido el ceño, sublimada por radiante expresión de gozo y de heroísmo, y las dos manos, a un tiempo, enviaban a las piernas de *Edisón* dos proyectiles...

Ambos acertaron, y sin causar grave daño al caudillo, lograron, no obstante, por la falsa posición en que se encontraba —parecida a la del coloso de Rodas—, derribarle de su pedestal. Cayó, y cayó al mar del plano, y el agua salobre penetró en sus orejas y en sus pulmones aturdiéndole. Mas como allí se hacía pie, el chico, guiado por el instinto de conservación, braceó, logró salir al playal. El incidente había distraído y aun asustado un poco a sus compañeros: todos abandonaron sus posiciones y se dirigieron a la arena, con la vaga aprensión de algún trágico suceso. *Edisón* surgió chorreando y bufando de vergüenza, en-

---

112 *Derrengar*: Descaderar, lastimar gravemente el espinazo o los lomos, hacer daño.
113 *Empericotarse*: Subirse a lo alto.

señando el puño a la guarnición del inexpugnable castillo. Como si fuese una consignia, todos los de la partida arrojaron a Telmo, en defecto de las inútiles piedras, algún insulto. «¡Cobardón, mandria[114], bocalán[115]; a que no te pones como antes sobre la pared!... ¡Te escondes, y desde el escondite disparas! ¡No vale miedoso! ¡Traición!»

Con la serenidad de la tarde, la quietud de las olas, el silencio de aquellos parajes solitarios, las injurias llegaban altas y estridentes al defensor de San Wintilla. Y no se sabe cuál fue más pronto, si oírlas o trepar por las grietas y presentarse de cuerpo entero sobre el adarve, con las manos vacías, los brazos desdeñosamente cruzados sobre el pecho, ensangrentada la faz, el traje desgarrado. Su actitud era de reto y provocación, de un reto orgulloso, de vencedor y de héroe.

Los chicos, sin consultarse, se inclinaron para coger cada uno su piedra, y sin concierto, a intervalos desiguales, hicieron el molinete, lanzaron el proyectil... Telmo, inmóvil, sin descruzar los brazos ni poner en práctica sus acostumbrados medios de defensa, sin correr por el adarve ni descolgarse buscando la protección del muro, aguardaba... ¿Cuál de aquellas piedras fue la que primero lo alcanzó? La escrupulosidad histórica obliga a confesar que no se sabe. Probablemente le tocaron dos a un tiempo: una en el brazo izquierdo, otra junto a la sien. Y tampoco se sabe por obra de cuál de las dos abrió los brazos como el ave que quiere volar y se desplomó hacia atrás, precipitado en el vacío.

Se quedaron los muchachos aturdidos ante su victoria. No la celebraron con gritos ni con clamoreo triunfal. Hagámosles justicia: la conciencia les argüía. Sus corazones nuevos y frescos, sus almas no baqueteadas aún por las componendas de la experiencia y de la vida, les decían a gritos que el lauro estaba manchado de infame cieno. Reinó entre ellos el silencio más profundo. Se miraron. El ruido blando y sordo del mar al estrellarse en la playa, el chapoteo de las olitas contra los escollos del canal, les parecieron voces acusadoras.

—¡Contra! —se atrevió a decir *Cartucho*, el más desalmado guerrillero—. ¡Lo hemos jericopleado, señores! Duro, por hacer burla de nosotros.

—¡Barajas! ¿Y si está muerto? La hicimos buena... —indicó *Edisón*, el más previsor, hablando muy bajo, por si le oía el juez.

—¡Qué muerto, ni qué!... Un *croquis*[116] o dos en la cabeza... Un

---

114   *Mandria*: Cobarde.
115   *Bocalán*: Grosero.
116   *Croquis*: Coscorrón o golpe en la cabeza.

chinchón más o menos–, opinó Augusto, rapaz de dos lustros y algunos meses, ya asiduo fumador de *elegantes*.

—A verlo, a verlo –exclamó Montenegro, tomando a brincos el camino de la fortaleza. Le siguieron los demás. Era el arrecife peligroso, resbaladizo; pero los chicos saltaban por él lo mismo que gaviotas. La entrada del fortín no tenía puerta alguna; únicamente amontonadas piedras obstruían el ingreso, y grandes dovelas[117] caídas y poderosos sillares volcados formaban una especie de barricada, que zarzas y ortigas hacían más inaccesible. Salvado aquel obstáculo, tenían que cruzar los sitiadores una poternita baja y entraban en lo que debió ser cuerpo de guardia de los antiguos defensores de la fortaleza, pues aún se veían, en el murallón, señales del fuego de la chimenea o cocina en la pared denegrida por el humo. Allí, sobre un montón de escombros que había recibido su cuerpo al caer de lo alto del adarve yacía Telmo, ensangrentado, blanco como la cal, sin movimiento ni señal alguna de vida. Los vencedores se quedaron de una pieza.

—O está muerto, o lo parece –dijo Montenegro con pavor.

—¿Qué muerto ni qué muerto? Se finge para asustarnos –declaró *Cartucho*.

—No seas bárbaro –respondió *Edisón*, siempre en competencia con el hijo del armero, que le vencía en vigor y a quien él vencía con el meollo–. No seas cafre. Está muy mal. La hicimos, ¡barajas!

—Pues ahora... no hay más camino que *liscarse*[118]. ¡Y pronto!

—¿Y *ése*? ¿Lo dejamos así, como a un gato que se cayó de la buhardilla?

—¿Qué remedio? ¿Te quieres quedar tú al cuidado?

—*El padre* vive ahí cerca, al lado del Campo Santo –advirtió Augusto el fumador–. Podíamos avisar...

—Cállate tú, cállate tú, tapón[119]... A ver si te moneas[120] conmigo... ¿Avisar al padre? A mí no me da la gana de ir a casa del padre, ¡contra!

—Ni a mí...

—Ni a mí...

—Ni a mí..., aunque me ofrezcan cien duros.

—Pues largo, que a lo mejor los municipales nos pillan... Cada uno por su lado. ¡Arre!

---

117 *Dovelas*: piedras que forman arcos.
118 *Liscarse*: Largarse.
119 *Tapón*: Pequeño.
120 *Moneas*: Vulgarismo para «mentir».

IV

El hombre que se había consultado con Moragas, no extrañó, al salir de casa del doctor, el no encontrar a su hijo. Sabía que el rapaz era aficionado a dormir hasta muy tarde, mejor dicho, a estarse en la cama soñando despierto, y achacó la inexactitud a pereza. Ya parecería en casa de Rufino... o donde Dios dispusiese. Tomó el enfermo calle arriba. Al pasar por delante del edificio que encierra a la vez el Gobierno civil y el Teatro de Marineda, un instinto o un hábito le impulsó a buscar la sombra de los soportales, y antes de llegar a la calle Mayor, que se columbraba a poca distancia rehirviendo en gente y llena de animación, giró hacia la izquierda y se metió bajo otra fila de arcos, que forman la soportal del muelle. Era aquello el reverso de la medalla; no cabía más marcado contraste que el de las tiendas de la calle Mayor —surtidas, desahogadas, luciendo hermosos escaparates de altos vidrios, bien alumbradas de noche por el claro gas—, con los pobres tenduchos y figones y las sospechadas aguardenterías de las arcadas de la Marina, donde celebraban sus conventículos cargadores, pescantinas, habaneros recién desembarcados, vestidos de dril y con el rostro color de caoba, soldadetes y carreteros del barrio de la Olmeda, que antes de picar a su yugada para que arrastrase el horrible peso de los bocoyes[121] que abrumaban el carro, aguijaban su propia brutalidad con una dosis de alcohol...

El cliente de Moragas... a quien atribuiremos el nombre de Juan Rojo, se detuvo a la puerta de la aguardentería más sórdida, más tenebrosa, la que frecuentaba la gente más perdida y de donde se oían salir voces más avinadas y palabrotas más soeces. Antes de entrar, fluctuó un instante. Al fin el doctor le había mandado que no bebiese gota, que no lo catase siquiera. Luchaba en Rojo la ya imperiosa costumbre con el instinto de conservación o voluntad de vivir que no abandona, ¡cosa extraña!, ni a los mismos suicidas, en el crítico ins-

---

121 *Bocoyes*: Barriles.

tante de atentar contra la existencia. «Cuando el médico lo dice...».
Pasados diez minutos, transigía ya con un vasito, un vasito de a medio
cuarterón, una miseria. «Poco veneno no mata», pensó, encogiéndose
de hombros. Y tendiendo al vaso una mano mal delineada –larga y
fuerte, de dedos rudos –lo trasegó al gaznate. Aquel espolazo le infundió resolución. Al salir del tabernucho era su paso menos furtivo
y cauteloso; su rostro ostentaba cierta seriedad provocativa, arrogante,
como de persona determinada a arrostrar cualquiera hostilidad, im-
poniéndose. «Me dan ganas de ir por la calle Mayor», pensaba. «La
calle es de todos, y quisiera yo saber quién puede oponerse a que me
pasee por donde se me antoje». Caló más el sombrero, metió las
manos en los bolsillos del pantalón, y enhebrándose por el callejón del
Arancel, hizo irrupción en la calle Mayor, emporio de Marineda.

Las gentes marinedinas, no siendo en tiempo de verano, prefieren
pasear antes que anochezca del todo; y huyendo de la temperatura
desapacible y del cierzo húmedo que sopla en el Ensanche, se hacinan
en la calle Mayor, abrigada por su misma angostura. Llena estaba la
calle de una multitud muy emperifollada y muy deseosa de mirarse
y divertirse, cuando entró Juan Rojo. Éste no produjo ningún efecto;
el gentío se lo bebió. Las señoras subían y bajaban, entretenidas, o en
criticarse, o en observarse de reojo los trapos de cristianar, y ni vieron
a aquel hombre, que, si podía interesar al observador, debía pasar in-
advertido entre el bullicio de una concurrencia tan apiñada como brillante. De las damas que ostentaban su mejor ropa y se paraban a sa-
ludarse y a curiosear los escaparates de los comercios, ninguna conocía
a Juan Rojo. Si algún caballero recordaba su cara y su talle, ya se colige
que había de hacerse el desentendido. Juan miraba a diestro y a siniestro, sin encontrar más que fisonomías distraídas e indiferentes.

No obstante, a la puerta del Casino de la Amistad, en sillas colo-
cadas fuera del vestíbulo, Juan divisó un importante grupo. Lo com-
ponían el Presidente de la Diputación, el rico fabricante y concejal
Castro Quintanas, el brigadier Cartoné, el novel abogado y a ratos periodista Arturito Cáñamo, el magistrado Palmares, el Fiscal de la Audiencia don Carmelo Nozales, y el señor Alcalde de Marineda en
persona. Rojo, al acercarse al Casino, mitigó el paso, y puede decirse
que se encaró con el corro; les miró fijamente, y como, al parecer, no

le reconociese ninguno, saludó casi en voz alta: «Señor de Palmares... señor Alcalde... felices...». Volviéndose, como picados de la víbora, el oidor y la autoridad popular: sus semblantes se anublaron, sus labios exhalaron una especie de sordo murmullo, que lo mismo podía ser respuesta que injuria. Rojo, sin quitarles de encima la vista, siguió lentamente el camino. Al extremo de la calle, donde ya se ensancha para descender en ligero declive hacia el Teatro, y donde los paseantes escasean, Rojo tropezó con dos personas, una niña y una mujer del pueblo, modestamente trajeadas, que se quedaron mirándole de hito en hito. La niña, agazapada en las faldas de la mujer, con los ojos dilatados de terror, exclamó en voz trémula y baja:

—¡Ay madre! ¡El verdugo!

Sintió Rojo la exclamación como si recibiese una bofetada fría en el rostro. Se volvió, y acercándose a la criatura, que ya no se agarraba a las faldas, sino que abrazaba convulsa, llorando a gritos, las piernas de su madre, dijo sentenciosamente, alzando la huesuda diestra:

—Como te libres de la justicia, de mí bien libre estás.

Y continuó andando, mejor dicho, corriendo, porque había perdido todo el aplomo facticio debido al trago y desplegado al atravesar la calle Mayor, y otra vez predominaba el impulso de buscar los rincones sombríos, los sitios desiertos de la ciudad, el que le movía a filtrarse por las calles más extraviadas y sospechosas, y a preferir, para sus salidas las horas en que cendra su vuelo de neblina el crepúsculo. Arrimado a las casas, protegido por los soportales, alcanzó la cuesta que asciende al Cuartel de Infantería, y una vez en la explanada del Campo de Belona, sintió cierto desahogo. Estaba ya en sus barrios. Allí se encontraba, ya que no entre sus iguales –pues no tiene iguales Rojo–, al menos entre el pueblo indulgente, que perdona todo lo que hacen los miserables *por el pan*. La sensación de bienestar de Rojo aumentó al cruzar la puerta de Rufino.

Era la casa de Rufino una tendezuela de las llamadas de antaño «de aceite y de vinagre», y donde hoy se mezclan la especiería, el petróleo y los comestibles, con los fósforos, barajas, aleluyas, alpargatas y otros artículos variados; por ejemplo, pastillas de jabón rosa y verde, lechuga y botellas de cerveza. No todos los líquidos que se despachaban allí eran origen sajón, pues en la trastienda de Rufino, y alre-

dedor de una mugrienta mesa, solía enzarzarse por las tardes la partida
de brisca, jugándose muy españolas copas de aguardiente. Hacían la
partida Rufino el tendero; Antiojos, zapatero viejo; Marcos Leira, hojalatero y lampista[122], y Juan Rojo. Quizá algún aficionado a meterse
en lo que menos le importa tendrá la pretensión de averiguar cómo
podían el remendón y el artista en lata dedicar sus tardes al cultivo de
la brisca y del tute real[123], abandonando la lezna y el soldador. Res-
ponderé al susodicho curioso, que las familias de Antiojos y Marcos
Leira estaban organizadas con arreglo al cual patrón siguiente: la
mujer descornándose y reventándose a trabajar mientras los borrachines maridos cultivaban el odio con dignidad... y con brisca.[124]

La esposa de Antiojos era operaria en el taller de Peninsulares de la
Fábrica de Tabacos; sus ágiles dedos y los de su hija mayor, ganaban el
sustento de la familia. La hija menor, raquítica, que no había conseguido
aún el suspirado ingreso en la Granera, se dedicaba a «preparar labor»
a sus respetable papá, cuyo taller consistía en una de las barracas que a
manera de rojos hongos pululan a la sombra del Cuartel de Infantería,
al pie del Campillo de la Horca, hoy Rastro. Allí se pasaba la vida la
mísera segundona de Antiojos, esperando la problemática llegada de
un parroquiano para correr a avisar al remendón, que solía recibirla con
malas palabras y mucho peores obras. Mientras no aparecía el parroquiano, la muchacha, que, por tener desgracia en todo hasta había recibido en la pila el feo nombre de Orosia, no estaba ciertamente mano
sobre mano o dándose aire con el abanico. Ella remojaba la suela; ella
la batía sobre la chata piedra, estropeándose las rodillas; ella señalaba
con el punzón las distancias del clavillo; ella abría los ojales, y cuando
Antiojos llegaba despidiendo rayos por la inflamada nariz y los enca-
dilados ojos, apenas tenía ya que hacer sino lo indispensable para no
perder la dignidad del *maestro*, la cual se cifraba especialmente en *la
forma*, es decir, en la hormaza de madera donde encajaba la bota o el
zapato que debía de restaurar. «¡Cabra, vaca sucia, malditona! –solía
decir a Orosia en su pintoresco lenguaje–. ¡Como me toques a la forma...
te estripo!». Y la sin ventura Orosia lo ejecutaba todo... menos tocar a
la forma, que era por lo visto la misteriosa clave del arte zapateril.

---

122 *Lampista*: Persona que hace o vende lámparas.
123 *Brisca y tute real*: Un tipo de juego de cartas.
124 Se denuncia aquí la doble alienación y marginación de la mujer. En *La piedra angular*, al
     igual que en *La tribuna*, su verismo le llevaba a describir las duras circunstancias del
     trabajo en las diversas labores tabaqueras. La autora pone al alcance de los lectores imá-
     genes nuevas del mundo laboral, con la pretendida neutralidad exigible al método na-
     rrativo experimental.

A Marcos Leira, el hojalatero, le daba el vino por distinto lado: por el buen humor y la sandunga[125]. Si a la mañanita antes de matar el gusano, solía vérselo alicaído, con una murria siniestra, en diciendo que se echaba al cuerpo el primer vasito de caña rubia y melosa —esa excelente caña que se vende en la más ínfima taberna marinedina—, ya estaba el honrado Marcos lo mismo que unas pascuas alegre, y suave como el terciopelo con su esposa y con sus chiquitines. Concha la hojalatera, morena, buena moza, de fogosos ojazos, juraba y per- juraba que no sabía ella cómo ciertas mujeres se lamentaban de que sus maridos trajesen, al volver a su hogar, «un poquito de aquel de bebida». Sobre este delicado punto andaban siempre en la greña la ci- garrera, mujer de Antiojos, y la de Marcos. Está, ¡alabado sea Dios!, nunca más contenta que cuando su cónyuge tenía «la gotita en el cuerpo». Entonces no sólo se mostraba decidor, cariñoso, galante, sino que se tumbaba en la cama o salía, dejando en paz a Concha y al oficial, que trabajaban mucho más sólos. Las malas lenguas se despa- chaban a su gusto comentando la inclinación de la bella hojalatera a zafarse de su esposo; pero tal vez fuese exceso la malicia el roer los zancajos a la mujer del borrachín, puesto que su tienda y tráfico an- daban lucidísimos, dirigidos por ella, que siempre limpia y repeinada, semejaba una reina entre tanta alcuza, regadera, colador, reverbero, linterna y palangana, fulgentes como la plata bruñida. Si la hojalatera cojease del pie que los vecinos sospechaban, su comercio no se vería tan próspero, sus chiquillos tan saludables. Se murmuraba, ¡claro está! ¿de quién no se murmura? No podían avenirse las comadres del barrio del Cuartel a que la buena moza tuviese su casa «llenita de todo», lo mismo que si el marido no fue un solemnísimo beodo, hol- gazán y jugador; y el reconcomio de la envidia era sin duda el que las movía a atribuir tan negros móviles, no sólo al celo y asiduidad del joven oficial del hojalatero, sino a las visitas de algún teniente que por allí se entretenía un rato al salir del Cuartel.

   Los cuatro jugadores de brisca eran cuatro ejemplares de alcoho- lismo muy diferente entre sí. Casi deberíamos descontar uno, el es- peciero —tabernero Rufino. Este no bebía más caña de la necesaria para impulsar a los otros; economizaba su vaso a la vez que colmaba el ajeno. Marcos Leira era el ser abyecto conducido por la bebida a la

---

125 *Sandunga*: Jolgorio.

atrofia del sentimiento del honor popular (tan enérgico como el caballeresco), o forzado a beber sin tino para olvidar la vergüenza, y capaz ya hasta de soltar un chiste cuando, no recatándose de él, agarraba el teniente a la hojalatera por el talle. Antiojos, el beodo brutal, en quien el alcohol despertaba el sordo impulso de la locura sanguinaria. A veces, cuando regresaba a su casa tambaleándose, haciendo eses sobre el pavimento desigual de las míseras callejas, por su cerebro obtuso cruzaba purpúrea nube, y sus manos trémulas e inciertas sentían hormigueo feroz, prurito[126] de estrujar destruyendo... En cuanto a Juan Rojo, pocas veces llegaba al estado de verdadera intoxicación alcohólica: tenía la cabeza resistente, el estómago firme, terco de pensamiento, y si la bebida le reanimaba al pronto, tardaba mucho en abstraerse completamente de la realidad. El no le pedía sino olvido... ¡Y el olvido tardaba tanto en acudir! Aquel día, sin embargo, al sentarse ante la mesa de la trastienda de Rufino, recordaba las palabras del Doctor, y se había propuesto reprimirse. A la primer ronda, no bebió. Mientras daba cartas, la abstención le sumían en una especie de marasmo —el marasmo insufrible que no desconoce ningún vicioso, si ha intentado la enmienda—. En el profundo y desconsolado abatimiento que le invadía, se le hincaba en el espíritu el recuerdo de aquel grupo sentado a la puerta del Casino. ¡Finchados de señores! ¡No responder al saludo sino con despreciativo murmullo! ¡Ah!, ya estaba él cansado de tragar ajenjo[127] y si un día hablaba, le iba a acusar las cuarenta al Alcalde, a los señores de la Audiencia, al mismo Presidente en persona. ¿No era Rojo también *funcionario*? ¿Valía de algo lo que *dispusiesen* los de la Audiencia, si no estuviese *él allí* para cumplirlo? ¡El Alcalde! ¡Con qué altanería se había negado días atrás a admitir al hijo de Rojo en la Escuela municipal! ¡No admitir a su hijo en la Escuela! ¿Querían que fuese un pillete[128], sin instrucción y oficio? ¿Querían que...?

Los ojos de Juan se volvían hacia el vaso lleno. Resistió no obstante, ¡rara firmeza! Durante las primeras horas de la tarde. Sostuvo con heroísmo la batalla. Por fin, cuando ya el sol se acercaba a su ocaso y los sucios vidrios de la tienda hacían más turbia la escasa luz, aquellas sombras, cuya lobreguez caía a un tiempo sobre sus pupilas y sobre su

---

126 *Prurito*: Deseo excesivo.
127 *Ajenjo*: *Arthemisia Absinthium*, hierba medicinal amarga. También la bebida alcohólica en base a *A. Absinthium*. Su consumo puede afectar el sistema nervioso y producir alucinaciones. En 1916 se prohibió en Europa.
128 *Pillete*: Pícaro.

espíritu, fueron cómplices de la transacción. Tendió la mano tem-
blorosa hacia el licor, y lo apuró, sintiendo con recóndita alegría que
las sensaciones y sentimientos habituales, calor y esperanza, acudían
a su llamamiento, y que una especie de palanca moral le soliviantaba,
sacándole del pozo de hiel en que momentos antes yacía. Una grosera
chanza de Marcos le hizo reír; y, a una barbaridad de Antiojos, contestó bromeando. Al mismo tiempo advertía cierta inquietud vaga,
aprensión de un mal desconocido, inquietud que en los hipocon-
dríacos es estado normal, pero que, *a posteriori*, suele llamarse presentimiento. ¿Dónde estaría el chiquillo?

La partida de brisca se deshacía generalmente a las cinco y media,
porque a Juan Rojo le gustaba recogerse temprano, cenar con su hijo
y acostarse. Antiojos y Marcos no se retiraban tan pronto: ¡para lo que
se les perdía en sus casas! Allí se quedaban hasta las diez o las once, y
Antiojos algunas veces dormía a la estrella, pues su mujer, de ordinario paciente y sufrida, tenía días de súbita rebelión en que atrancaba
la puerta, jurando que estaba harta de pellejos y que a lo mejor hacía
una con semejante bigardón[129]... Salió Rojo aquel día más tarde de la
costumbre. Había cerrado la noche, pero era hermosa: una pacífica
noche de esas que anuncian la primavera y alaban al Creador. Para ir
de la tienda a su morada, tenían que dar la vuelta por la calle del Peñascal y subir por la del Faro, no sin costear unos paredones altos y
lisos, doble línea de tapias que forman mezquina callejuela, en invierno solada de fango, en verano de polvo y e inmundicias. De uno
de los tapiales Rojo oyó como si brotase un hervor de palabras con-
fusas: tenían en su turbia articulación, algo de blasfemia, y algo
también de queja y lamento amarguísimo. Sintió un impulso com-
pasivo, mezclado a esa sugestión de vanidad, que nos dice, en presencia del infortunio que podemos aliviar: «Aquí eres necesario; aquí
sirves; aquí vales». Al pie del paredón se rebullía un informe bulto
humano, el que exhalaba aquella melopea confusa. Rojo lo reconoció.
Era su vecina la *Jarreta*, la borracha de oficio, que diariamente re-
cogían los polizontes en distintos puntos de la población sobre las losas
de la calle, ya en el Muelle, entre despojos de sardinería, ya en el paseo
de Terraplén, al pie de algún banco, ya en los soportales del malecón,
ya entre los puestos de la Plaza de Abastos, siempre hecha un templo,

---

129 *Bigardón*: Vago.

siempre escupiendo de aquella festífera bocaza, entre vahos de *perrita*, la hez y el espumarajo del lenguaje. Sin duda, el ataque fulminante de parálisis que acompaña a cierto periodo de la borrachera había sorprendido a la mujerota a poca distancia de su casucha, y de la inútil lid que sostenía con sus piernas negándose a llevarla, eran fruto de aquellos gruñidos, aquellos gemidos sordos y aquellas furiosas imprecaciones.

Rojo se aproximó, diciendo solícito:

—Ea, señora Hilaria... Upa... yo la ayudo.. ya verá cómo la pongo en camino de su casa... en la puerta....

La borracha gruñó más fuerte: sus vidriosos ojos se entreabrieron, fijándose en su interlocutor, primero vagos, luego atónitos. Como la luz del farol y lo entreclaro de la noche permitiesen a la *Jarreta* distinguir las facciones de su salvador, sus pupilas destellaron ira, la sentina[130] de su boca despidió una furiosa tufarada[131], y recobrando habla expedita, bramó roncamente:

—¡Largo de ahí, sayón[132]; como me toques, te escupo la cara! No he dado de puñaladas a nadie, ¿lo entiendes?, ni he robado tres cochinos cuartos, ¿lo oyes? ¡Para que tú me pongas la mano en el cuerpo! ¡Con Lucifer del infierno me voy y no contigo! ¡Como te arrimes, llamo a los vecinos y a la guardia de la Maestranza! ¡Arre de ahí... que manchas a las señoras!

130 *Sentina*: Cloaca.
131 *Tufarada*: Mal olor.
132 *Sayón*: Verdugo.

V

Rojo se tambaleó. Aquello era peor que lo del saludo al magistrado y lo de las altanerías del Alcalde. El magistrado, al fin, *aunque de la misma escala*, era un funcionario superior, una persona de respeto... y podía desdeñarse de... ¡Pero que aquella hembra miserable, vergüenza de su sexo y ludibrio[133] de la humanidad, tuviese a menos aceptar de él, no amistad ni trato, sino el servicio más casual, ¡lo que se admite de cualquiera! ¡La *Jarreta*! ¡Vean ustedes quién le hacía ascos, a él! ¡La *Jarreta*, aquella barredura!

No contestó. La harpía continuaba vociferando. El insultado bajaba la cabeza y se internaba ya en la calle del Faro, en dirección del Faro mismo. Según adelantamos por esta calle, algo pendiente, dirigiéndonos al cementerio y viendo en lontananza, sobre el herguido promotorio, la misteriosa torre fenicia vestida por Carlos III con túnica neogriega, las casas van siendo más pobres, más bajas, más irregulares, hasta que, cerca ya del cementerio, desaparecen por completo a la izquierda del arroyo, transformado en camino real, y sólo se divisa a la derecha hasta media docena de ranchos seguidos, compuestos sólo de una planta baja y un desván gatero, o *fayado*, como en Marineda suele decirse. Los cinco primeros ranchos debían de hallarse deshabitados, porque un papel blanco se destacaba sobre las vidrieras. En el último rancho, lindante con el cementerio, vivía Juan. La pintura de almazarrón[134] que cubría uniformemente las maderas de las seis barracas, de día trazaba una línea de sangre sobre el fondo verdoso o plomizo del Océano. Llegó Rojo a su puerta, encorvado y encogido, a modo de quien huye de la persecución de un látigo, y alzó el pestillo y se filtró cautelosamente en la casa, como el que penetra a escondidas en el domicilio ajeno a cometer reprobada acción. Ya dentro, echó cerillas y encendió el reverbero de petróleo colgado de la pared.

Cual si aquella luz sirviese para iluminarle con una idea en cierto

---

133 *Ludibrio*: Escarnio.
134 *Almazarrón*: Óxido rojo de hierro.

modo consoladora, se acordó entonces nuevamente, redobladas sus inquietudes, del niño. ¿Telmo? ¿Dónde estaría metido Telmo? Era raro no haberle visto todo el día, y más raro aún no encontrarle esperando o jugando a la puerta a aquella hora, en que el apetito, excitado por un día entero de travesear por las calles, tenía que empujarle hacia la cena. Cuando su padre se retrasaba en volver a casa, el chico solía aguardarle en la de una vecina, esposa de un botero del Muelle, y madre de cuatro criaturitas –encantado de Telmo, pues aquella caterva le obedecía y respetaba, por ser mayor–. A esta buena mujer, llamada Juliana la *Marinera*, y medio ciega de una persistente oftalmía, acudía Rojo en demanda de servicios domésticos, que remuneraba con bastante largueza; verbigracia, arrimar el puchero a la lumbre, echar algún remiendo a su ropa o a la de Telmo, planchar tal cual camisa, mondar patatas o fregar el suelo –cada semestre a lo sumo–. Trabajando casi a tropezones, la *Marinera* lo hacía todo muy mal; sus remiendos eran mapas en relieve, y sus planchaduras tostones; pero Rojo no la trocaba por otra operaria más hábil, ya que ésta le servía con afabilidad, y no desdeñaba el dinero de mis manos. Viendo, pues, que Telmo no rondaba la casa propia, ni se hallaba dentro, pensó Rojo que estaría en la de la *Marinera*. Salió a enterarse. No: tampoco el niño estaba allí, ni había parecido en todo el día. La *Marinera*, ocupada en echar piezas a unos calzones de su hombre, soltó al punto la labor, y se ofreció a recorrer las casas del vecindario, por si alguien tenía noticias del rapaz. Entretanto Rojo se volvió a su vivienda, con esperanzas de que allí estuviese ya el niño. Pero en el momento de entrar, una impresión parecida a la del aire helado que exhalaba una sepultura le clavó era el umbral... ¿Qué era?

En ciertos momentos de la vida, bajo el peso del miedo indefinible e ilimitado que sobrecoge al espíritu cuando presiente un mal sin poder apreciar su extensión, este mal desconocido reviste la forma concreta de otro mal o de una serie de males viejos pasados, que resucitan y salen de la sombra como del mar el cadáver del náufrago, desfigurado, lívido y terrible. El silencio y soledad de la morada de Rojo; la cazuelita con el guiso, puesta sobre los tizones; la luz ardiendo; y más que nada, el temor, la incertidumbre, la inexplicable desaparición del hijo, volvieron a Rojo seis o siete años atrás, recordándole una hora muy semejante y muy decisiva en su arrastrada existencia. Aquella *hora*, mejor dicho, aquel *momento*, venía cerniéndose, preparándose desde tiempo atrás, cuando llegó, y sobre todo, desde que fue favorablemente despachada cierta solicitud pretendiendo la plaza del *oficial público*. Rojo, sin embargo, no veía o no quería ver cómo se había oscurecido la densa nube negra. Que su mujer andaba así, distraída... que estaba fuera de casa largas horas... que a la de comer si su marido le dirigía la palabra, no contestaba apenas... que a veces se quedaba como embobada, pensando en las musarañas, sin entender lo que le decían... que en el lecho común se volvía de espaldas, encogiendo los pies y haciéndose un ovillo para rehuir todo contacto... que apenas cuidaba de Telmo, ni le hacía caricias... ¡*ella*, tan madraza! que las labores de la casa las desempeñaba mal y a empujones, ¡*ella*, tan hacendosa!: y que un día, porque el marido reclamaba una comunicación íntima y tierna que de derecho le pertenecía, había sufrido ella una convulsión, resuelta en un diluvio de lágrimas, ¡*ella* tan dócil, tan pronta en pagar su deuda de complacencia conyugal!

Todo esto, que en realidad era para notado y advertido, no lo notaba Rojo, tal vez porque no había sido crisis repentina, sino gradual, insensible en sus comienzos, y porque no sería tan exacto de decir que procedía de *la solicitud*, como afirmar que ya antes la indicaban mil pormenores, síntoma fijo, pero rara vez apreciado, de las transformaciones del corazón. El marido, si percibía la frialdad, el hielo moral que iba cuajándose, no le atribuía la importancia que tuvo realmente, por su concepto del *literalismo* de la vida, que le llevaba a estimarse *dueño*, no en sentido figurado, sino en el más real positivo, de aquella criatura humana. ¡Era su mujer! Le pertenecía a él, a él sólo, ¡a Juan Rojo! ¡Y por infernal que el destino de Juan Rojo pudiera considerarse, el destino de María Roldán estaba a él indisolublemente unido! Al casarse, María había había aceptado cuanto viniese de su esposo, lo mismo la gloria que la última infamia... Esto lo creía Rojo un dogma, y si le escocía la variación del carácter de María no por eso imaginaba que de esta variación hubiese de seguirse nada grave y radical...

Por más imprevisto, fue más recio el golpe. Lo había sentido casi

físicamente, a manera de porrazo en el cráneo. Ahora le parecía vol-
verlo a sentir, porque las circunstancias exteriores le retrotraían al
cruel instante. También *aquella noche* había notado, al entrar en su
casa, extraña soledad y medroso silencio; también yacía, sobre los tizones del hogar, la cazuela del estofado, bien arropada, bien tapada
con el tiesto cubierto de ascuas vivas; sólo que en la alcoba y no en su
camita, sino en el centro del lecho matrimonial, Telmo dormía tranquilamente: la madre le había acostado allí como para que llenase el
hueco que dejaba ella. Y Rojo lo recordaba todo con aguda precisión:
la espera, la salida a preguntar a las vecinas «sí habían visto a su
mujer», las sonrisas despreciativas, irónicas, rara vez compasivas, que
contestaron a la pregunta, la primer noticia de la fuga, no creída al
aferrarse a la convicción de que todo era una broma que María le
daba, la noche pasada entre esa angustia del dudar que precede a la
convicción de una catástrofe y es cien veces más intolerable que la
misma incertidumbre, las investigaciones desesperadas al día siguiente, el llanto desgarrador del niño que a toda costa quería ser
vestido, lavado, atendido por *mamá*, las noticias ya seguras, adqui-
ridas en el Gobierno civil, de que se había visto a María en un carro,
camino de Lugo, acompañada de *un individuo*, los ofrecimientos de
traerla al ofendido esposo «por puestos de la Guardia civil», la inesperada forma que en su espíritu tomaron el desengaño y la afrenta,
convirtiéndose en una total *renuncia del derecho...* y el empeño que
había tenido por espacio de muchos días en representarse a María
–que aún era fresca y joven –extraviada, enloquecida por una pasión
delirante, y disculpable por la fiebre del cariño...

Mas este concepto del motivo de la deserción conyugal, no pudo
prevalecer... Amigotes, vecinas, guardias municipales, gente oficiosa,
se encargaron de desengañarle un día y otro día... Qué amor, ni qué...
¡El *hombre* con quien María había huido era casi indiferente!... Lo
había conocido puede decirse que de la noche a la mañana, y ni las
tristezas, ni las rarezas, ni las distracciones anteriores tenían nada que
ver con el *personaje*... Por lo demás, todo el barrio sabía que María
estaba resuelta a tomar el tole «con el primero que se presentara...».
Se lo había dejado decir muchas veces... Y si no encuentro un desesperado, lo mismo da; yo me gobernaré... No faltan casas de nueve tejas

—Rojo lo recordó –era un lugar infame, llamado así por lo angosto de su fachada, que coronaban únicamente nueve tejas, y famoso por esta misma singularidad en el mapa del vicio marinedino. No era, pues, la fatalidad pasional lo que había deshecho el hogar de Rojo..., sino otro sentimiento, el que impulsa a huir de una ignominia[135] refugiándose en distinta ignominia... ¿mayor o menor? Arduo problema, que las comadres del barrio tenían resuelto de plano en sentido desfavorable al cónyuge. «A la mujer de bien no me gana ni reina –decía una varonil tocinera del mercado–, pero si Dios y la Virgen me castigasen con tomar el marido mío semejante oficio, a de Colasa que me iba con los soldados del Cuartel». «Porque ciertas cosas abochornan la cara... Yo soy matachín, con perdón, de puercos, y a mucha honra, que nadie tiene que despreciarme; pero primero me metía a recoger *mundicia* en las cuadras, que a matachín de cristianos». Pocos meses después de la fuga de María, cuando fue público que, abandonada por su cómplice, se había dado completamente a la vida airada en Vivero, y que rodaba por las calles, las comadres tuvieron para ella más piedad, para el marido más aversión... Sólo la *Marinera* decía sin rebozo que ella no aprobaba a María Roldán, teniendo María una criatura... Y esta opinión, defendida valerosamente, le había costado devorar insultos, porque según las mencionadas comadres, «ella defendía a Rojo porque le servía de criada, lo cual era una bajeza muy indecente».

Si no precisamente en estos incidentes mismos, en lo que se relacionaba con ellos, estaban fijos los pensares de Rojo cuando entró a esperar que se averiguase el paradero de su hijo. Tanto, que necesitó hacer un esfuerzo para volver a la realidad y concretar sus ideas en esta sola: «¿Y Telmo?». Dos golpes a la puerta, con el puño, apresurados, rápidos, y la voz quejumbrosa de la *Marinera*, que decía ahogándose: —Señor Rojo... señor Rojo... ¡Ay! ¡Madre mía de la Guardia! señor Rojo..., ¡que dicen que el niño suyo está muy malito! Que se lo dijeron a mi chiquilla unas mujeres de las que bajan a la fuente del castillo.... Rojo salió con ímpetu, y cogiendo de un brazo a Juliana, gritó: —¿Dónde está el muchacho? ¿Dónde? —En San Wintila... crucificado a piedras... vaya allá, señor Rojo.. Yo no tengo vista, que si la tuviese... El padre ya no escuchaba más: volaba por la

135 *Ignominia*: Afrenta pública.

cuesta arriba, para precipitarse luego por las pendientes del sendero tortuoso. La difusa claridad de la noche, ayudada por la argentina luz de la saliente luna, que empezaba a surgir de los montes que cierran la bahía, ayudaba a Rojo, salvándole de rodar y batir con su cuerpo la escollera.

En la playa tranquila, misteriosamente iluminada por la claridad lunar, que derramaba sobre la superficie del agua como una lluvia de hoces de plata bruñida, no se oía sino el blando murmullo de las olas al encontrarse acariciándose; y el sosiego y quietud del aire, la negrura de las peñas, contrastando con el fosfórico verdor del mar, la majestad que a tal hora y en tal sitio adquiría el castillo desmantelado, eran como ironía mofadora de la angustia del hombre que buscaba en aquellas peñas y rocas lo único que tenía y amaba en el mundo.

Saltaba Rojo por la escollera, sin cuidarse de la probabilidad de un peligroso traspié. A pocos brincos estuvo dentro del fortín. La luna alumbraba claramente el interior; a su luz el padre pudo salvar la escombradura[136], y sobre un montón de piedras divisó a Telmo, ensangrentado y exánime[137]: ni se movía, ni se quejaba.

Rojo se abalanzó como a una presa al cuerpo inerte, y lo palpó con ávidas manos, rugiendo de gozo al sentir el calor y flexibilidad de vida en los magullados miembros. Un suspiro le dilató el pecho: tomó al niño en brazos, se lo cargó al hombro, y emprendió la subida, sin la precipitación de antes, porque tenía que cuidar de su inestimable carga. Ahora el herido gemía; sin duda el movimiento, por poco que fuese, reavivaba sus dolores. Rojo multiplicaba las interrogaciones entrecortadas y ansiosas, las palabras de bronca ternura dichas a media voz, tratando de acomodar al muchacho lo mejor posible para que no sufriese, apoyando la dolorida cabeza en su propio seno, cogiendo a Telmo con manos de algodón, por decirlo así. Sin duda que el niño no estaba muerto ni moribundo...; ¡pero Dios que perdonas y castigas! ¿Estaría herido muy gravemente? ¿Tendría pierna o brazo roto? ¿Le sobrevendría mortal complicación? ¿Quedaría para toda su vida estropeado y deforme?

Cuando Rojo iba calculando estas probabilidades, había rebasado ya la montuosa pendiente que se inclina hacia el castillo, y entraba en la carretera, orillada por las tapias de los dos camposantos de Ma-

---

136 *Escombradura*: Escombros.
137 *Exánime*: Sin señal de vida, desmayado.

rineda, el católico y el protestante o *disidente*. La rotondita de la capilla católica se recortaba sobre el cielo claro, y su cruz infundió al corazón de Rojo deseos de implorar a la Divinidad, de pedir a alguien que todo lo puede lo que no esperaba de los hombres. Aquella súplica brotó con energía inmensa, con salvaje ímpetu, con esa fuerza que parece suficiente para imponer la voluntad de la criatura humana hasta el mismo Árbitro de la creación. Sin pretensión alguna de heroicidad, como quien hace la cosa natural, Rojo se encaró contra su Dios –porque lo tenía– y le dijo como quien propone un trato: «De morir alguien, que sea yo... El niño que viva, que sane». Al hacer esta deprecación[138], la mirada de Rojo pasó, de la cruz del cementerio, a la linterna del Faro que se alzaba a lo lejos; alto, solitario, sublime, y como en aquel punto mismo intermitente mirada de luz reapareciese con purísimo destello, refulgiendo entre las nubes, Rojo percibió una voz interior que decía: «Vivirá, sanará».

La puerta del rancho se había quedado abierta de par en par, el quinqué[139] luciendo, y Juliana la *Marinera*, medio a tientas como solía, y atortolada además por el susto, daba vueltas, mudando de sitio un cacharro, atizando la lumbre, y repitiendo a media voz: «¡Jesús, Jesús! ¡Virgen de la Guardia!». Al entrar Rojo con el niño a cuestas, la mujer exhaló un chillido de conmiseración, se apresuró, quiso enterarse... Pero ya el padre, con delicadeza de nodriza que deposita en la cuna al crío, colocaba al herido sobre la cama, y se volvía para exclamar anheloso:

—Vaya a buscar un médico, señora Juliana... ¡Por el alma de su padre, tráigame un médico!...

---

138 *Deprecación*: Súplica.
139 *Quinqué*: Lámpara de mesa alimentada con petróleo.

VI

La exasperación de Moragas tardó en disiparse más de diez minutos: se paseaba de arriba a abajo por su gabinete de consulta, olvidado de todo, hasta de la presencia de Nené. Sentía esa desazón, ese malestar sordo e irritante que se apodera de nosotros después de una sacudida nerviosa que no reporta placer al organismo. Las injurias despreciables, las disputas largas con personas de poco caletre o de mala educación, las ingratitudes odiosas, la vista de un insecto repugnante, diversas causas morales y físicas, engendran ta penoso estado de ánimo. El Doctor principió a sentir alivio mediante una circunstancia puramente accidental: el sol, venciendo al fin de la neblina, batió alegremente en los cristales; como si aquel rayo benéfico la atrajese. Nené se acercó, e intimidada aún, con hechicera zalamería en su lengua de trapos:

—No yeve... ¿Amo alea?

Acostumbrado a la sutil interpretación filológica que requería la charla de Nené, Moragas comprendió perfectamente, y tradujo sin vacilar: «¿Papá, no ves que no lloverá hoy? Vamos a la aldea».

Moragas acostumbraba, despachaba ya la diaria consulta, mandar que enganchen la berlinita o el milor[140], tomar consigo a Nené, y emprender un paseo de tres kilómetros hasta su quinta en miniatura, enclavada al margen del camino real, en el alto de la Erbeda, graciosa aldea poblada de de lavanderas y panaderas y salpicada de casas de campo. Cuatro tapias, ni muy altas ni muy recias; un trozo de verja de hierro que permitía ver desde la carretera los cenadores de madreselva y la fuente del jardín; un palomarete en el patio; sobre quince gallinas ponedoras; hasta doce docenas de frutales; cuatro o seis coníferas de moda; alguna col y mucha enredadera, animaban a la diminuta morada donde el Doctor pasaba las mejores horas de su vida. ¿Y qué más podía necesitar un hombre de estudio y pensamiento, sino

---

140 *Milor:* Carruaje descubierto con capota, muy bajo y ligero.

aquella sala fresca y silenciosa, aquel despacho donde las clemátides[141] y las francesillas[142] se metían por la ventana a curiosear libros, aquella galería encristalada que brindaba el siempre movido espectáculo de la carretera, aquel palomar lleno de nidos y arrullos, aquel comedor que tenía en los chineros, en vez de ricas porcelanas, limpios cristales y blancas lozas, entreveradas con camuesas[143] olorosas de la anterior cosecha —porque no había otro frutero?

Además, en la aldea veía el Doctor una excelente compensación higiénica para la vida urbana, que a la larga podía ser funesta a Nené. Viudo desde pocas horas después de venir al mundo la criaturita en quien tenía puesto lo mejor de sí mismo, el Doctor la cuidaba como la cuidaría una madre... fisióloga. La delicadeza y suavidad de aquella tierna florecita le tenían siempre alerta, sólo que en vez de abrigarla contra el cierzo y la helada detrás de las paredes de cristal de un invernáculo, quería someterla a un tratamiento que la permitiese vegetar al aire libre, desafiando la inclemencia de las estaciones. «Rusticar a Nené» era el programa. Esto de la rusticación se ejecutaba tan al pie de la letra, que cuando estaban en la Erbeda padre e hija, la criatura se chapuzaba en el pilón, se enfangaba en el bebedero de las gallinas, rodaba abrazada a un pato, se revolcaba en el polvo y sacaba su linda madeja rubia hecha una perdición: todo con gran contento del padre, que regañaba mucho si por casualidad la veía limpia. «Vamos, hoy me han tenido a esta chiquilla debajo de un fanal... A ver si juegas, a ver como te me presentas bien marrana...».

Así, pues, cuando no apretaba el trabajo, cuando en Marineda había epidemia de salud y ninguna señora de la clientela de Moragas estaba próxima a *bifurcarse*, el Doctor se iba a la Erbeda después de su consulta, y unas veces regresaba al caer la tarde, para la visita, y otras se quedaba a dormir, lo cual era ya el colmo de la expansión. Cuando podía lograr tanta fortuna, dedicaba la noche a leer de política o de ciencia, sobre todo de aquellas cuestiones palpitantes de la moderna medicina que llevan involucrando algún problema metafísico, algún criterio del espíritu, alguna generalización filosófica. Si Moragas estudiaba por obligación la medicina curativa, por recreo andaba siempre a vueltas con los mal conocidos resultados de sugestión, con las revelaciones de la frenotopía[144] y con los efectos de ciertas subs-

141 *Clemátides*: Planta medicinal.
142 *Francesillas*: Un tipo de planta.
143 *Camuesas*: Un tipo de manzana.
144 *Frenopatía*: Parte de la medicina que estudia las enfermedades mentales.

tancias tóxicas sobre el cerebro humano. Le gustaba mucho el estudio de las que llaman nuestros padres enfermedades mentales, y era franco admirador de los médicos modernos que aplican atrevidamente a los problemas del orden moral el método positivo y analítico de la ciencia presente. Como de esto se escribe mucho en el día, y Moragas lo hacía venir todo de París en grandes remesas, sus orgías de lectura tenían el retiro de la Erbeda por testigo y cómplice.

No hay que decir si asentaría gustoso a la proposición de Nené. Al cuarto de hora de haber visto aquel primer rayo de sol después de una mañana nublada, el padre y la niña, sentada en brazos de su niñera, corrían al trotecillo de la yegua por el camino real. Ya sabemos que era la tarde de estas apacibles de la más temprana primavera, que dan ganas de entonar el cántico de *Fausto*[145] «Cristo resucitó». Sobre el diáfano azul del cielo, agraciado por copos de nubecillas blancas y finas como pluma de cisne, revoloteaban las primeras golondrinas; y en el aire había la frescura sana y entonada de la buena estación. Nené gorjeaba muy contenta, mirándose los calcetines, que por ser calados la tenían reventando de orgullo. La criatura no permitía a su padre separar la vista de los calcetines famosos. Apenas volvía el Doctor la cabeza para mirar a las quintas que festonean el camino, al pasaje o a la gente de a pie o de a caballo, ya estaba Nené agarrándole la solapa, y obligándole a bajar las narices. «¡Mía tacetines..., mía tacetines de ujo! ¡Y ayer (Nené siempre decía *ayer* por *mañana*), ayer tu ayoha me tompas entanados, y vedes, y amaíllos..., toos talaos, de ujo, talaos!»[146]. Y la chiquilla trincaba un dedo de su padre, y lo paseaba de malla en malla, riendo. «Talaos así». «Bueno, preciosa..., te compraré horror de calcetines, calados así..., pero no me arranques el dedo». Después de un intervalo de dos minutos, volvía a su tema la Nené, preguntando a su manera si le sería lícito enseñar los calcetines a las gallinas y a los *Espíritus Santos* (las palomas), y a *Bismar*, el mastín, a ver si eran de su agrado. Con la charla de la niña, lo agradable del paseo y la esperanza de una tarde aldeana deliciosa, Moragas se sentía como si le hubiesen hecho de nuevo el alma. De la irritación de antes, ni rastros. La llegada a la quinta y la irrupción en la huerta fueron triunfales.

Salió a recibirles el hortelano, vejezuelo ochentón, como una tapia

---

145 *Fausto*: obra del escritor alemán **Johann Wolfgang Goethe** (1749-1832). Frecuentó los círculos literarios y artísticos del *Sturm und Drang*, germen del primer Romanticismo y conoció a Herder, quien lo invitó a descubrir a Homero, Ossian, Shakespeare y la poesía popular.

146 Se reproduce de nuevo el habla de la niña.

de sordo, quitándose respetuosamente el serón de paja que le cubría la chola. Y el Doctor, encaminando la voz de modo que fuese derechita al tímpano, le dirigió la pregunta sacramental: «¿Qué hay de novedades señor Jacinto?».

Novedades... –contestó lentamente el patriarca–. Novedades... que el viento tronzó una *pola* de la *cacia* de flor..., y que un *vidro*[147] de la galería está hecho pedazos..., y que la gallina pedriscada está clueca..., y que ayer noche mataron a un hombre en la parroquia.

—¿Mataron a un hombre? –repitió Moragas sin gran sorpresa, porque sabía la condición belicosa y levantisca de los mozos erbedanos, y creyó que se trataría de alguna riña de taberna.

—A la fuerza lo mataron de noche (prosiguió el hortelano, creyendo que su amo le preguntaba la hora del suceso). Es Román, el carretero que iba y venía a Marineda con carretos de paja y leña, y con sacos de trigo. Apareció esta mañana en el monte de Sobrás..., ¿ve?, allí... (y el viejo señalaba hacia un punto bastante próximo). Toda la cabeza le hicieron miajas con una piedra o sabe Dios con qué... Dice que parece un *Ceomo*[148]...

—Quimera o robo; nada, sobrevino una pendencia (pensó Moragas, metiéndose hacia su despacho, deseoso de un par de horitas de pacífica y jugosa lectura). Mas apenas daba principio a un capítulo de un libro nuevo de Maudsley[149], vio entrar despavorida a la niñera, y pegó un salto en el sillón, temiendo que se tratase de alguna peripecia ocurrida a Nené.

—¡Señorito, señorito! (Moragas conservaba, no obstante su pelo blanco, aire muy juvenil, y las criadas le señoriteaban a todo trapo). ¡Señorito.... asómese..., que ahí va el Juzgado a prender a los que mataron al carretero!

La muchacha hablaba con el tono medroso que adopta la gente del pueblo para referirse a la Justicia, a la cual nombra con inflexiones de terror que no tiene quizá para los ladrones o asesinos. Moragas se levantó y se asomó a su galería, que dominaba el camino, fijándose con cierta curiosidad en el grupo. Iban delante, en malos caballejos, el Juez y el Secretario; les seguían a pie dos parejas de la Guardia civil,

---

147 *Vidro*: Vulgarismo de «cristal». La escritora reproduce aquí el habla coloquial del hortelano para caracterizar al personaje.

148 *Ceomo*: Vulgarismo de «Ecce Homo», es decir, la iconografía de Cristo azotado y con la corona de espinas.

149 **Henri Maudsley** (1835-1918). Médico y psiquiatra inglés que realizó una importante obra en la delimitación de los acusados de enfermedades mentales.

cuatro hombres de rostro atezado y militar, de ágiles y airosas piernas bien modeladas por las polainas del camino; y detrás, a lo que puede llamarse sin metáfora *distancia respetuosa*, sobre una docena de aldeanas y chiquillos, pelotón que iba engrosándose a medida que la comitiva avanzaba. Moragas conocía al juez, y aún había asistido en cierta grave dolencia a un hermano suyo; y al movimiento de cabeza y la sonrisa con que el representante de la ley lo saludó, contestó vivamente gritando:

—Adiós, Priego... ¿Quieren ustedes subir y refrescar? ¿Una botellita de cerveza?

—Tantas gracias... Ahora, imposible contestó Priego deteniendo un instante a su jaco, que no deseaba otra cosa–. A la vuelta. Llevamos prisa.

—¿Y... eso? –contestó con significativo gesto el Doctor.

—¡hmmmm! –contestó el Juez en tono significativo, que respondía plenamente a la expresiva interrogación de Moragas, dando a entender del modo más claro: «No crea usted que se trata de un crimen vulgar. Se me figura que hay tela». Y tocando rápidamente el sombrero, los dos funcionarios consiguieron de sus monturas un mediano trotecillo, alejándose del grupo, que, al desaparecer en la revuelta, dejó, en opinión de Moragas, cierto silencio extraño en la atmósfera.

Intentó el médico recomenzar la lectura, pero no pudo. Sus ideas habían tomado otro giro; su fantasía, distraída y excitada, seguía al grupo, asistiendo a las escenas siempre dramáticas y grotescas a veces, que acompañan a eso que se llama en lenguaje técnico *levantar el cadáver.* Existe en todo hombre, en el menos literato, en el último burgués, lo que puede llamarse un *novelista natural,* capaz de urdir en pocos minutos treinta argumentos complicados y estrambóticos. Moragas poseía en alto grado esa facultad: tenía de sobra imaginación, aun dentro de la esfera de sus estudios profesionales; y sin ser precisamente de la condición de aquel individuo que se murió de pena porque al vecino le habían sacado el chaleco corto, ello es que se interesaba mucho en los asuntos ajenos, con verdadero interés altruista; no por curiosidad, como tantos, sino por la condición esencialmente expansiva y generosa de su carácter. Dos minutos antes, le era indiferente el suceso de la muerte del carretero Román; pero después de la indicación del Juez, su fantasía trabajaba sobre el tema del crimen y del enigma probable que se encerraba en él. Al pronto no se dio cuenta del verdadero origen de aquella excitación, más no tardó en comprender que se relacionaba con el extraño cliente que había acudido pocas horas antes a su consulta. «Quienquiera que sea el asesino, valdrá más que aquel tunante. ¡Si yo creyese que es lícito asesinar científicamente a algún prójimo, lo creería de ese bicho... que ni el prójimo conceptúo siquiera! ¡Así reviente de los malos hígados que Dios le dio! Pero vamos, que hoy es día de piedra negra[150]. Aquel individuo por la mañana, y por la tarde este suceso... que aún no sabemos en que parará». Para distraerse, Moragas bajó al jardín, tamaño como un pañuelo, dio vueltas por sus calles, que más parecían callejones, se enteró del estado de salud de legumbres y hortalizas, mandó espallerar[151] un pavío[152], hizo fiestas a *Bismar*; se indignó porque dos o tres insolentes babosas se comían el fresal con todo el descaro del mundo..., y al mismo tiempo no cesó de atisbar por la verja el instante en que regresase «la Justicia».

Un poco antes de la puesta en sol, oyó un vocerío y divisó un tropel de gente que bajaba por la carretera, en dirección de la ciudad. Moragas se encaramó al mirador que, desde el ángulo de la tapia, registraba el camino perfectamente. Abría la marcha, como siempre, turba de pilluelos descalzos, de esos que van adonde hay ruido y drama callejero, y que se reclutan lo mismo en los lavaderos de la Erbeda que en las plazuelas marinedinas: seguían, graves, ceñudos, los cuatro números de la Benemérita, y entre ellos caminaba, sueltas las largas trenzas sobre el vestido de oscuro percal, una mujer joven. Cuando pasaba la comitiva por debajo del mirador de Moragas, el sol poniente alumbró de lleno la figura de la presa. Representaba de veintiséis a veintiocho años: tenía el rostro cubierto de palidez, sobre un talle plano. El pelo muy negro, partido a ambos lados, alisado sobre las sienes y colgando atrás en dos trenzas, contribuía a prestarle expresión y aspecto recatado casi místico. Moragas sintió una impresión profunda de sorpresa. ¿Por qué llevaban entre Guardias civiles a aquella criatura? ¿Sería posible que fuese una criminal?

La multitud que seguía al grupo de Guardias y la presa, se com-

---

150 *Piedra negra*: Día de mala suerte.
151 *Espallerar*: *espalierar*, práctica de horticultura que consiste en controlar el crecimiento de una planta leñosa atándola a un soporte o *espaldera*.
152 *Pavío*: *Pavía* (*Prunus Pérsica*) duraznero.

ponía de gente aldeana. Iban en actitud más triste que hostil, con caras y actitudes de gente que acompaña a un entierro. Sólo algunos hombres y algunas viejas cuchicheaban, mostrando indignación. Había mujeres que alzaban las manos al cielo; otras señalaban a la presa; muchas volvían la cabeza hacia atrás, mirando al objeto que cerraba la comitiva: uno de esos carros del país, de primitiva forma, con ruedas sin radios, que caminaba lentamente, al paso de la yunta de bueyes rojizos, muy animados por la carga relativamente tan ligera. En efecto, detrás de la armazón de entretejidos mimbres que otras veces serviría para retener el carro de arena o piedra, no se distinguía sino un bulto de poca alzada, cubierto de groseros paños; Moragas no necesitó mirarlo dos veces para conocer que era el un cuerpo muerto... Ni en los paños, ni alrededor del bulto, ni por parte alguna se veía señal de sangre, y, sin embargo, Moragas creía notar en todo el carro de un tono bermejo... Era que el sol se ponía, y su luz oblicua inflamaba cuanto tocase...

Ya había desaparecido la turba en la revuelta del camino; ya no se oían sus voces, y aún Moragas no se había meneado del mirador. Le dejara profundamente pensativo aquella muchacha, tan débil, tan dulce en apariencia, llevada a la cárcel entre una muchedumbre acusadora. El aspecto de la mujer le había despertado viva curiosidad, parecidísima al interés. Tenemos, o, por mejor decir, tienen las personas del carácter de Moragas, de esos chispazos compasivos, que con repentina vehemencia se apoderan del alma. Moragas era lo que en la época de Rousseau[153] se llamó *hombre sensible*, y lo que hoy nuestro endurecimiento nombra, con cierto matiz de desdén, *persona impresionable*. Su profesión dolorosa, lejos de embotarle la sensibilidad, se le refinaba cada día. Con la misma vivacidad con que había arrojado por la ventana los dos duros de la consulta de Rojo, hubiese bajado entonces... ¿a qué? A cometer la ridiculez de ofrecer un refresco, una moneda, un consejo, una sonrisa, algo que tuviese forma consoladora, a aquella mujer tan pálida, de mirada tan fija, de labios tan convulsivamente apretados, de tan modesto porte...

Diez o doce minutos hacía que el polvo levantado por la comitiva se veía flotar en la atmósfera, cuando Moragas descendió de su ob-

---

153   **Jean Jacques Rousseau** (1712-1778). Escritor y filósofo suizo. Las ideas políticas de Rousseau influyeron en gran medida en la Revolución francesa (1789), el desarrollo de las teorías republicanas y el crecimiento del nacionalismo. Colaboró en la *Enciclopedia* y es autor del *Emilio* y el *Contrato social* que inspiró la «Declaración de los derechos de hombre».

servatorio, porque se oía el trotar de dos jacos, y no dudó que fuesen las monturas del Juez y el Secretario, los cuales volverían cumplida su tarea de iniciar las diligencias sumariales. Así era en efecto: el trote se detuvo ante la puerta de la quinta, y los funcionarios descabalgaron prontamente. El Doctor comprendió que aceptaban el refresco, del que debían de estar bien necesitados, y al tiempo que salía a recibir a sus huéspedes, llamó a la niñera, dando órdenes para que la cerveza, la grosella, los pasteles, que por fortuna había traído de Marineda calientes, se sirviesen en la mesa de la piedra del cenador.

Entró el Juez con sobrealiento de hombre rendido de fatiga, limpiándose el sudor de la frente, y más serio y preocupado que antes. Era rubio, grueso, flemático, jovial, y no solía ahogarse en poca agua, por donde Moragas infirió que lo que así le preocupaba tenía de revestir verdadera gravedad. Al encontrarse en el cenador, donde corría un fresco deleitoso, y los jazmines olían regaladamente, y la cerveza sonreía en el limpio tanque, la fisonomía de Priego se sosegó y aclaró, y exclamando, como lo haría cualquiera en su caso, «¡Uff!», se derrocó en el banco de madera rústica, y contestó a lo que preguntaba su huésped, más con los ojos que con la lengua.

Pues ¡cosa gorda... gorda! ¡O mucho me engaño, o este crimen va a dar que hablar, no sólo aquí en la prensa de la corte... ¡Ay, qué agradecido quedo a esta bebida! He sudado el quilo, y como no era cosa de que el Juez se pusiese a refrescar con vino en la taberna... Si, yo también pensé, al recibir el parte, que se trataba de una riña...; aquí son el pan nuestro de cada día, porque no he visto gente más dispuesta a andar estacazos que la de las parroquias. Pero ya desde que tomé los primeros vientos comprendí que era algo más... Ya la verdad me hizo poca gracia, porque si los periódicos dan en jalear estas cosas, raro es el juez que sale bien librado. Que si fue, que si vino, que si debió hacer esto o lo otro... Y a nadie le gusta salir a pública vergüenza. ¡Señor! Esta cerveza conforta.

—Y la mujer que va presa, ¿qué papel juega en todo ello? –preguntó con afán Moragas.

—¡Una friolera! ¿La ha visto usted tan... así... que parece que no rompe un plato? Pues o mucho me engaño... o es autora material... o por lo menos coautora e instigadora del crimen. Es la mujer del

muerto..., mejor dicho *la viuda de interfecto*, —añadió Priego festivamente, empezando a mascullar un pastelito de hojaldre.

Moragas se había quedado pensativo.

—¿Dice usted que esa mujer?...

—¡Como usted la ve! Por ahora, en rigor, es prematuro todo
cuanto se diga; y sin embargo, apostaría yo mi toga a que fue *ella*.

—¿Ella sola? ¿Cree usted que ella sola habrá asesinado al marido?

—Sola, no. El amante debe de ser cómplice.

—¿Hay amante?

—Ya lo creo. En las aldeas, si usted escarba bien, salen sapos y cu-
lebras, lo mismo que en las grandes capitales. Somos de igual pasta
aquí o acullá. Hay amante, y lo mejor del caso es que parece ser un
cuñado... uno que estuvo casado con la propia hermana del muerto.
Yo no he tomado aún declaración de nadie, más que a la mujer que
va presa, la cual, por ahora, no ha contestado sino vaguedades; yo
tampoco insistí mucho; todo se andará, y al principio se debe tantear
más que ahondar; pero los civiles habían charlado con las comadres
de la aldea, y desde que me informaron de que ella y el cuñado...
(Priego juntó las yemas de los índices), dije yo para mí..., tate, aquí tenemos el hilo.

—¿Y ha preso usted al cuñado?

—Se le busca... Ya caerá. El tunante, por aparentar, dijo ayer que
se marchaba de la parroquia, que iba a Marineda a no sé que diligencias y menesteres... y en vez de marcharse a la noche, se largó de
madrugada, realizado ya el gatuperio... La hazaña (prosiguió el Juez,
comprendiendo por la fisonomía de Moragas que oía con avidez los
detalles) debió de suceder ayer noche, cuando Román el carretero
volvía de llevar un carreto de arena a dos leguas, al alto de Chouzas.
A la cuenta, él solía venir algo *peneque*[154]. No sé como harían el pájaro
para sacarlo de casa y convencerlo de que se fuese al monte, donde lo
despacharon a hachazos, deshaciéndole la cabeza...

—La tiene terrible (confirmó el Secretario). Parece una sandía ma-
chacada... Lo que a mí me llama la atención es ver allí tan poca sangre,
cuando debía de estar inundado el suelo...

—Eso es raro (indicó Moragas). Me huele a que lo matarían en
otro sitio... Verdad que por ahora...

---

154 *Peneque*: Borracho.

—Estamos empezando, señor Moragas; estamos empezando (respondió el Juez, que no empezaba, sino que acababa de atizarse el segundo tanque del *Gallo*). Ahora también les toca a ustedes emitir dictamen... Ahí va la víctima, en su propio carro, a que le hagan en Marineda el debido reconocimiento y una autopsia formal... Y en poniendo a buen recaudo la pájara y el pájaro, ellos cantarán y todo saldrá a relucir... Advierta usted que no hace seis horas que he tenido conocimiento del caso (añadió el Juez, que no se hallaba, realmente muy descontento de sí mismo y de su penetración y sagacidad para coger desde luego una pista).

—¿Y ella? –Preguntó Moragas que no perdía de vista a la acusada.

—Ella..., ella, tan agua mansita y tan modosa como usted la ve, debe de tener un rejo[155] de mil diablos. Estaba tranquila, igual que usted está ahí, rodeada de dos o tres vecinas que la acompañaban, desde que se descubrió el cadáver, y sin echar ni una lágrima. Tampoco las echó cuando ordené la detención. A mis preguntas ha contestado sin fanfarronería, sin miedo, sin precipitación, con una calma asombrosa, diciendo que su marido volvió anoche a la hora de costumbre; que cenaron en paz; que la mandó acostarse, diciendo que él tenía que salir, y que dejase la puerta entornada; y que, como muchas noches se entretenía en la taberna, ella se durmió, y sólo a la madrugada, al despertarse echó de menos al marido, sabiendo a cosa de las once que había aparecido muerto en el pinar. Le digo a usted que la individua...

—¿Tiene hijos ese matrimonio?

—Sí: una chiquilla de tres años... Su abuela queda encargada de ella...

—Y usted cree que ella y el cuñado fueron los autores... ¿y para qué?

—¡Bah! ¿Para qué debía de ser? (exclamó riendo el funcionario). ¡Parece mentira que usted haya sido despensero antes que guardián! Para que nadie les estorbase; para verse libres y campar por sus respetos.

El médico movió la cabeza. El crimen se le aparecía como un drama vulgar del adulterio; pero no pensaba lo mismo de la heroína, en la cual olfateaba algo extraño, algo digno de aquel misterioso in-

---

155   *Rejo*: Aguijón, como la abeja.

terés que sentía despertarse en su mente de observador y curioso del
espíritu. Acaso influía bastante en esta disposición de su alma, la coincidencia de haber visto y hablado, por la mañana, al hombre que probablemente desenlazaría el drama, apretando gaznate y deshaciendo
las vértebras de aquella mujer tan joven y de tan apacible aspecto:
perspectiva que tenía la virtud de hacer saltar a Moragas. ¡La sola idea
de ver alzarse el cadalso, y para una mujer, le ofendía con ultraje
hecho a su misma persona! Nervioso ya, preguntó a Priego:

—Y esa mujer... ¿irá al palo?[156]

—No creo (respondió el Juez con cierta entonación clemente)–.
Yo supongo que la autora, lo que es la autora... El guisado lo haría el
querido. Ella sacará la inmediata. Y confiese usted que la merece.

Algo iba a contestar Moragas, que pensaba sobre el particular
muchas cosas, pero le cortaron la palabra los huéspedes, levantándose
como el que tiene prisa de marchar. Vio el Doctor al través de la verja
que estaba enganchado su coche, y propuso a los funcionarios llevarles
a Marineda. Siempre irían mejor que en un penco[157] de alquiler, y ganando tiempo: así como así, él aún tenía que hacer alguna visita antes
de cenar. Accedieron; fiaron sus monturas a un espolista; subieron al
cochecillo, que empezó a rodar con sosiego; y la divina paz de la tarde;
la hermosura de la ría que se divisaba a lo lejos teñida de carmín por
el último y ya expirante reflejo del sol; la quietud del viento; la
frescura de la primavera y el verdor temprano que enviaban los
campos en plena germinación; las madrugadoras enredaderas que, ya
algo floridas, se asomaban a la tapias de las quintas del recreo..., todo
fue causa de que ni Moragas ni sus acompañantes volviesen a mentar
el crimen, que parecía profanación de la sagrada hermosura de la naturaleza. Rendida por una tarde de rusticación, llena de polvo, con
manchas en el traje, y barro en aquellos calcetines tan monos, Nené
dormía.

---

156 *Palo*: Coloquialismo para el «garrote vil».
157 *Penco*: Caballo flaco.

VII

La *Marinera* salió, dándose toda la prisa que le permitían sus pies guiados por sus casi inválidos ojos, mientras el padre se esforzaba en desnudar al herido. Le quitó la ropa exterior con esmero imaginable, dejándole sólo la rota camisa; y por medio de pañuelos y ropa blanca que desgarraba, estancó como pudo la sangre que manchaba la frente y el cuello del guerrero vencido. Durante estas operaciones, Telmo se quejaba sordamente. Pero al querer descalzarse el borceguí del pie derecho, fue un grito tan agudo y lastimero el que lanzó la criatura, que Rojo se detuvo, sin resolverse a terminar la operación.

—¿Te duele mucho rapaz? ¿Te duele mucho? —Le preguntó afanosamente.

No contestó el muchacho, volviendo a su amodorramiento febril. Indudablemente no estaba su cabeza para discursos, ni su lengua para explicaciones. Sólo al cabo de dos o tres largos minutos, balbuceó la exclamación de todos los maltratos, de todas las víctimas:

—¡Agua, agua!...Tengo sed.

El padre llenó un vaso y lo acercó a lo labios del niño, que bebió con ansia, dejando caer otra vez sobre la almohada la frente. Rojo apoyó en ella la mano... Temperatura altísima, sequedad y aridez de la piel invalida por la calentura. Buscó Rojo una silla, la colocó a la cabecera, y la ocupó alterado y sombrío. Por dentro sentía una ternura, un delirio de doloroso afecto, que le ahogaban; pero la manifestación de aquel íntimo sentimiento, tan natural en la paternidad, era ruda, concentrada, como todo en él.

Tascando[158] el freno de la impaciencia que aguija al que a la cabecera de un ser amado aguarda al médico y con él la certidumbre, quizás la salvación, Rojo meditaba sobre el suceso, y entreveía en él una nueva humillación agregada al ya innumerable catálogo de las que le

---

158 *Tascando*: Morder el freno.

habían ulcerado el espíritu. Sólo que ésta dolía más, porque daba en la carne viva, en el sentimiento que, enérgico y soberano hasta en la fiera montés, es en el hombre más fuerte que la muerte, porque es amor.

¿Por qué le habían apedreado a su niño? ¿Era razón desahogar en Telmo los odios que infundían en Juan Rojo? ¿Era justo dejar al muchacho, agonizando, bañado en sangre, en un lugar desierto? ¿Qué daño hacía a nadie la criatura? ¿No habría para ella perdón, olvido, indulgencia? ¿No era Telmo una persona como los demás? ¿Por qué le ponían fuera de la ley, hasta el extremo de matarle a pedradas?

Interrumpió estas reflexiones el rodar de un carruaje, que resonaba sobre el seco piso de la carretera como sobre sonoro pavimento de metal, y la voz de la *Marinera*, apresurada, loca de júbilo, resonó gritando:

—Señor Rojo... ¡Gracias a la Virgen de la Guardia! ¡Ay qué suerte! ¡Dar yo la vuelta por la calle del Peñascal, pasar delante de la capilla de la Angustia... y oír rodar el coche del señor Moragas! ¡Ay que chillido di! Me agarré a la puerta del coche... conté lo que pasaba... Y el señor de Moragas, como es tan humano, en seguida mandó dar vuelta al cochero... ¡Alabada sea la Virgen! Le he de rezar hoy mismo tres Salves.

Se apeaba ya Moragas de su cansada berlina, saltando con movimiento vivo y juvenil, y atravesando la puerta del rancho sin mirar siquiera a Rojo, fuese derecho a la cama en que Telmo yacía, diciendo con voz alta, animada, cariñosa, de médico que al entrar en casa de los pobres sabe que debe ante todo de consolar al afligido:

—¿Qué pasa? ¿Quién se ha perniquebrado? ¿Un niño? Travesuritas, ¿eh? Ahora arreglaremos la cabeza rota.

Se inclinaba ya hacia el doliente, cuando la luz que Rojo había descolgado y aproximado alumbró de lleno el rostro del padre. Es indecible el asombro que expresó el de Moragas al reconocer a su cliente de por la mañana, al de los dos duros tirados a la calle. Ira, pasmo, menosprecio, chispearon en sus redondas pupilas, que giraron con furor, en las finas múltiples arrugas de su frente, en su abierta boca, en sus puños instantáneamente crispados. «¡Usted, usted!», repitió con las variadas expresiones de los sentimientos que le agitaban... Y serenándose de pronto por la misma fuerza de su cólera, y mirando al niño que gemía opacamente y al padre que bajaba los ojos y quería ocultarse, pronunció en tono grave e incisivo:

—El niño, ¿es de usted?

—Mío, sí... Es mi hijo —declaró Rojo con apagada y terrosa voz.

—Pues esa es la peor enfermedad de cuantas pueden sobrevenirle, y esa, ni se la curo yo, ni se la cura nadie —replicó el médico volviendo la espada y dirigiéndose a la puerta.

Aún no había dado tres pasos, cuando sintió que una mano se atornillaba al faldón de su levita, atirantándolo de un modo violento. Se volvió con repugnancia; miró de alto a bajo a Rojo como se mira a un sapo muy feo, y dijo, vibrando las palabras cual otros tantos restrallidos de tralla[159]:

—No me toque usted, o haré un desatino. Ya bastó el atrevimiento de por la mañana. Los duros que dejó usted hubiese puesto las manos.

Rojo soltó al Doctor; pero dando rápida vuelta, maniobró de suerte que vino, colocándose delante, a caer a sus pies sin decir palabra. Moragas se detuvo. El niño gemía.

Está muy malito. Herido. No sé qué tiene roto en su cuerpo. Señor don Pelayo, ¡por el alma de su madre! Don Pelayo siguió ganando terreno hacia la puerta, pero en ella encontró otro obstáculo: La *Marinera*, que le apostrofaba con energía.

Señor, caridad. La caridad no distingue de personas, señor. Y el inocente no tiene la culpa de nada. Dios nuestro Señor, nos manda caridad hasta con los perros.

Moragas luchaba consigo mismo; no entre encontrados sentimientos, que es lucha fácil, casi elemental, sino entre sentimientos análogos, todos amasados con aquella generosidad semiquijotesca y semifilantrópica que, diga lo que quiera el vulgo, no está reñida con las tendencias positivas del científico. Abandonar a un enfermo, le parecía, dentro de su profesión, monstruoso; y detenerse en *aquella* casa, cuidar al enfermo *aquel*, era en su entender, una degradación, una especie de estigma que debía verse después en las manos. Moragas había prodigado los socorros de su ciencia a personas bien viles. Sabía de memoria las huellas hediondas que marca el vicio en el cuerpo del disoluto y de la ramera. Aunque hombre delicado en su vida interior y en el pulcro aseo de su persona, jamás había retrocedido ante ninguna en-

---

159   *Tralla*: Látigo.

fermedad, por repulsiva que fuese: y al asistir a la humanidad doliente, gracias a su maravillosa analgesia, hija de la firme voluntad –esa analgesia que hacía decir a un santo que las llagas del leproso huelen a rosas–, perdía el sentido del olfato, dominaba los del tacto y de la vista, y prescindía de la lacería[160] para consagrarse enteramente al deber. Por primera vez retrocedía ante una llaga moral, y su imaginación viva redoblaba la impresión de horror, que, de puro violenta, llegaba ya a parecerle ridícula. De todas suertes, en el carácter de Moragas, no cabía que durase aquella lucha; de no haberse marchado en los primeros momentos, no se iría; y el pretexto para flaquear se lo dio la *Marinera*, insistiendo y repitiendo con una especie de severidad respetuosa:

—¡Ay señor!.. ¿pero va a dejar al inocente? Señor, Dios nos manda eso. Mire que es una crueldad semejante porte.

—¿Es usted madre de ese niño? –preguntó Moragas.

—¡Ay!, ¡No señor, alabado sea Dios! –contestó espontánea y vivamente la *Marinera*–. Mi marido es un hombre de bien, botero de Muelle...

A su pesar sonrió Moragas; se estiró los puños, canturreó, y como el que se determina pensando «pecho al agua», se dirigió al catre del herido. Con la pericia del veterano en estos penosos reconocimientos, comprobó muy en breve que el chico tenía rota la cabeza en dos partes; y descalzándole sin hacer caso de sus lamentos, advirtió que estaba dislocado el tobillo. De contusiones y magulladuras no se ocupó: eran numerosas, pero sin mayor importancia. Lesión interna no parecía que la hubiese, pero sí fiebre altísima. La *Marinera* alumbraba, y Rojo, inmóvil y como estupefacto, esperaba el desenlace.

—¿Cómo ha ocurrido esto? –preguntó el médico interrumpiendo su tarea–. ¿Han sido pedradas, o se ha caído además?

—¡Si no lo sabemos! –exclamó Rojo consternado–. Yo tuve noticia de que el niño estaba en el castillo de San Wintila, muy maltratado... fui, o recogí, lo traje en brazos, y no le he podido sacar nada sobre el lance.

—Debió de ser una pedrea –advirtió la *Marinera*.

—Sí, pero hay magulladuras en todo el cuerpo... Ha caído de alto, no cabe duda –advirtió el médico sin dejar de palpar al muchacho.

Cuando, terminada la cura, puestas las vendas, reducida la luxación[161], Moragas se enderezó exhalando un ¡uf! De casancio evi-

---

160 *Lacería*: Miseria.

dente, entonces —sólo entonces —se aproximó Rojo al médico, y con honda ansiedad le preguntó:

—¿Quedará cojo el muchacho? ¿Quedará resentido del pecho?

Moragas se volvió y por primera vez desde que conocía la condición social de su cliente, le miró cara a cara, como se miran unos a otros los seres humanos.

La casualidad le mostraba al hombre excluido del concierto social bajo el aspecto más capaz de conmover las fibras de su alma, aunque sólo fuese por analogía de sentimiento. ¡Moragas, el mayor padrazo de Marineda, el enamorado de la niñez, el derrochador de juguetes y confites, el hombre que después de una traqueotomía[162] había mezclado sus lágrimas con las de la familia de la operada criatura!

Aquel fue el primer instante en que los sentimientos de Moragas, que tanto habían de influir en el destino de Juan Rojo, sufrieron un cambio de posición, giraron sobre su eje, por decirlo así, y a la indignación y al horror de algunas horas antes reemplazó una especie de interés extraño, de esa fascinación que la misma repugnancia produce, y que se asemeja a la vocación del casto apóstol que entra en una casa de perdición a convertir meretrices[163]; porque la suma piedad va al sumo mal. No era la primera vez que advertía Moragas esa propensión, que él calificaba humorísticamente de *manía redentorista*. Le había costado por cierto la tal propensión graves disgustos, comprobaciones penosas de negras ingratitudes, enredos gratuitos, molestias sin cuento y desazones magnas... Lo menos que le había costado, costándole bastante, era dinero y tiempo. Sin embargo, al menor pretexto, la inclinación resurgía en Moragas, y la perpetua ilusión del redentorismo volvía a presentársele vestida con todos los adornos y galas que de ordinario ostentan nuestros sueños. «Si yo, pensaba el Doctor, acierto a nacer en la Edad Media, época en que las deficiencias del estado social y del organismo jurídico dejaban abierto tanto camino a la iniciativa individual, ¡sabe Dios lo que hubiese podido hacer! Pero en la sociedad presente, o cabe duda que esta bobería de sentir como propios los males ajenos, de meterme en lo que ni me da ni me quita, se parece mucho al oficio de enderezar tuertos y desfacer agravios que ya ridiculizó Cervantes».[164]

¡Al advertir que la condición y estado de Rojo, de Rojo! Provo-

---

161   *Luxación*: Dislocación de un hueso.

162   *Traqueotomía*: Orificio que se hace en la tráquea para facilitar la respiración.

163   *Meretrices*: Prostitutas.

164   Don Quijote explica que su oficio consiste en «andar por el mundo para enderezar tuertos y deshacer agravios». Al igual que en *El Quijote*, también en el doctor Moragas se cumplen en la realidad los valores esenciales: la libertad, el amor, la belleza y la justicia.

caban en él los primeros síntomas de la conocida enfermedad, el *redentor* se rió de sí mismo. «Moraguitas, esto es el acabose. Ahora te ha dado por compadecerte de ese *sujeto*. Ya has llegado al límite extremo de la chifladura benéfica, hijo. No, pues aquí si que no te suelto yo la rienda. A este hombre no es lícito ni considerarle como hombre. Si quieres interesarte por algo raro y estupendo, interésate enhorabuena por la parricida a quien viste pasar hoy, entre civiles, por la carretera. ¡Esa podrá ser una criminal, y admitamos, desde luego, que lo es; pero criminal *en caliente*..., criminal pasional, que al delinquir obró, sin duda, por irresistible impulso, sin importarle que al otro lado del foso que iba a saltar estuviese la expiación de una muerte afrentosa...! Esa mujer; Moraguitas, es una enferma como otra cualquiera de las que asistes... Ahí se explica y se justifica la compasión... Pero con el tío éste, que a sangre fría y malsava ha tomado como oficio matar... A éste, como a una víbora se le debía aplastar la cabeza».

Mientras Moragas discurría así, Rojo repitió la pregunta:

—¿Quedará cojo? ¿imposibilitado?

—No –contestó el médico en voz severa–. Ni quedará imposibilitado, ni cojo. Más que las lesiones, me preocupa el estado general... Voy a ponerle usted unas recetas...

Apareció por allí un recado de escribir, no tan malo ni tan descabalado como era de temer que en aquel tugurio, y Moragas escribió sus fórmulas. No se oía en la habitación más que el angustiado respirar del padre y el quejido sordo del enfermo, al cual se acercó el Doctor, sorprendido de que la cura, en vez de calmarle, pareciese haberle producido más desasosiego, mayor inquietud.

—Convendría que no se moviese, por la dislocación... –observó Moragas–. Pero, ¿quién le sujeta? Con esa calentura de caballo... Aguarde usted... Ya delira.

Telmo, en efecto, se agitaba en la cama, y su inarticulado gemir se convertía en palabras articuladas penosamente, aunque claras y expresivas. El doctor prestó oído.

—Soy valiente –afirmaba Telmo–. ¿Quién es el que me llama cobardón? Embusteros... Veréis si... Tirar, que aguardo... Os desdeñáis de mí, porque... ¡Piedras y más piedras, contra!... Soy hombre para todos... Los cobardes vosotros... Venga de ahí... ¡pedrea!... Yo solo...

—¿Qué dice? –preguntó el padre.

—¡Bah! –respondió Moragas–. Por lo visto se han reunido muchos chiquillos para apedrearle... Lo que era de esperar... ¡No se quede usted tan espantado, hombre! –añadió irónicamente, cediendo otra vez a la malevolencia–. ¿Cómo? ¿No encuentra usted muy natural que la humanidad le apedree en la persona de su hijo?...

—¡Es una maldad! –exclamó sordamente Rojo, apoyándose en la pared y escondiendo la faz demudada–. Que me apedreen a mí..., santo y bueno..., es decir..., tampoco...; pero, en fin, de apedrear.... Lo que es al chiquillo..., ¡valiente cochinada, señor de Moragas!, y usted me perdonará que me exprese con esta franqueza... ¡valiente indecencia de esos pilletes sucios!

—Bien, hombre... usted creía que no había más que echar hijos al mundo, y que luego, aunque usted... Caramba con el hombre este...

—Pero señor –intervino con fuego la *Marinera*–, el inocente ¿por qué ha de pagar? ¡Sólo unos corazones negros hacen eso, señor!

—Ea, déjense de historias –ordenó el médico con hastío–. Denle eso que dice ahí, que rebajará la calentura... Busquen limones o naranjas, y que beba, que beba sin tasa, naranjada fresca... Humedecerle con el árnica[165] disuelta los vendajes... Nada de comida... ¿eh?, ni un caldo, ni cosa ninguna... Cuidadito...

Rojo, humilde y cabizbajo, murmuró llegándose al Doctor:

—Señor de Moragas, yo no le puedo pagar... Es decir, que no tengo medios..., porque usted, si a mano viene... no querrá..., vamos..., tomar la pobreza que yo pueda darle... Por el alma de su padre no se enfade... Si yo lo que le pido es que no me deje al rapaz abandonado... Si supiese que mañana había de volver...

Moragas titubeó un instante. Al fin prevaleció el impulso.

—Volveré –contestó con firmeza–. Se lo prometo. Mañana al anochecer.

Y en el momento de reclinarse en el rincón de su berlina, antes que el cochero tocase con la fusta a la yegua, Moragas oyó una voz de una mujer, que decía fervorosamente, como rezando:

—¡Dios y la Virgen de la Guardia le conserven la niñita! Don Pelayo, hoy gana el cielo. ¡Nuestro Señor lo acompañe, que tampoco nuestro Señor se desdeñaba de persona ninguna de este mundo!

---

165   *Árnica*: Planta medicinal.

Era la *Marinera* quien hablaba así... Moragas sacó la cabeza, y para poner coto a las bendiciones de la infeliz, contestó con granjeo y picardía:

—Adiós, cacho de buena moza.

VIII

Se despertó la capital marinedina comentando, rumiando, desfigurando –iba a decir *saboreando*– la noticia del crimen de la Erbeda, si no me pareciese calumnia, porque realmente los marinedinos no son tan ávidos de emociones fuertes como los parisenses, y el malsano gusto de la sangre y del cieno les subleva el paladar. Algo, no obstante, habían conseguido estragarlo la creciente invasión de la sección criminal en la prensa de la Corte, el noticierismo que registra al día, y con minuciosidad digna de más alto objeto, los pasos, movimientos, actos y dichos más insulsos y vulgares del criminal sujeto a la acción de la ley, desde que la fuerza pública le echa el guante, hasta que los hermanos de la Paz y Caridad depositan en el nicho sus despojos.

El vulgo de Marineda, como el vulgo de todas partes, había ido, gracias a la prensa, acostumbrándose a la terminología jurídica y penal, a cierta crítica aguda de la ley y sus representantes e intérpretes, crítica que, si no ponía el dedo en la llaga, era por lo menos indicio de ese descontento social que clama por renovación, pidiendo agua fresca de nuevos manantiales. Andaba mezclado en este movimiento de la opinión marinedina, como en todos los movimientos de la opinión, algo de mecánico y pueril y algo inspirado y fecundo; combinación que, transformada en instinto, ayuda sin saberlo a los verdaderos precursores conscientes de la marcha progresiva de la humanidad.

Ello es que aquella mañana, con la primera luz diurna; con las primeras devotas que madrugaron a oír las misas de los Jesuitas; con los primeros barrenderos que, mal despiertos aún, comenzaron a adecentar las calles y expulsar de ellas a canes y galgos errabundos; con las primeras mujerucas de las cercanías, de cesta en ruedo, que despertaron a los vigilantes de consumos para abonarles la *alcabela*[166]; con las primeras criadas o amas hacendosas que salieron a aprovechar la compra de temprano; con los primeros *lulos*[167] que desatracaron para

---

166 *Alcabela*: Impuesto.
167 *Lulos*: Pescador. Galleguismo.

inquietar a la sardina y a la merluza; con las primeras cigarreras que entraron el la Fábrica; con el bureo matinal de una población que cuenta por decenas de millar sus habitantes, que tiene doce o catorce periódicos, seis u ocho fábricas entre grandes y chicas, Audiencia, Capitanía general, Colegiata, Instituto, puerto, movimiento aduanero... y todas las etcéteras que aún pueden añadirse en honra y justo encarecimiento de la gentil capital de Cantabria, se esparció, rodó, creció, dio mil vueltas, adquirió más formas que un Proteo[168] y tuvo más versiones que la *Biblia*, el horrendo y memorable crimen de la Erbeda.

Según unos, se trataba de un marido beodo y brutal que amenazaba y pegaba constantemente a la mujer, y a quien ésta, en un arranque de cólera provocado ya por tanto abuso, hiciera picadillo a hachazos. Según otros, la pasión de un pobre jornalero por la esposa de su cuñado había inducido a matar a éste en la soledad de un pinar. Según los que parecían mejor enterados, había de todo un poco: el marido maltrataba a su mujer, el cuñado la quería, ella se entendía con el cuñado, y entre los dos se tramó la muerte, la cual no se ejecutó en despoblado, sino en la propia morada de los esposos, en ocasión de dormir confiadamente la víctima en el nupcial lecho, teniendo a su lado a una inocente criatura, niña de tres años. Fue esta horrible versión la que prevaleció, la que con los rayos del sol, según ascendía a la mitad del cielo, fue esparciéndose siniestra y categórica por la indignada ciudad; la confirmaron plenamente los periódicos de la mañana, que se cantaron y repartieron entre nueve y nueve y media, y a eso de las once se voceó un extraordinario, especie de hojilla volante muy borrosa, que noticiaba la captura del amante y su ingreso en la cárcel pública.

A buen recaudo los dos criminales, no por eso se calmó la efervescencia de las conversaciones: más bien arreció a la hora del almuerzo. La tarde, en vez de apaciguar los ánimos, los encrespó, por ser precisamente la hora en que se forman en Marineda —y en todas partes, pero especialmente en los pueblos donde por fin algo se trafica y negocia —los corrillos, los grupos de esquina, las tertulias de las tiendas, los *peñascos* de las sociedades, los areópagos de banco de paseo, con otras manifestaciones de la sociabilidad humana. La opinión matutina de un pueblo es siempre democrática: la forman las clases madrugadoras, trabajadoras, pobres, y éstas condenan el *crimen* con menos dureza,

---

168 *Proteo*: Divinidad del mar que conocía el futuro.

como si comprendiesen que es una enfermedad aguda a que están pre-
dispuestos los que ya padecen otras dos, crónicas y siniestras, *miseria* e
ignorancia. La opinión verspertina –que acaba por prevalecer– la con-
densan los burgueses, siempre más severos, más recelosos, de la indulgencia y más celadores del orden moral extremo. Por la tarde, pues,
cuando la marea de discusiones y comentarios fue creciendo y reventando en espuma contra las peñas de las dos sociedades directivas –cada
cual por su estilo y en su terreno–, que se llamaban la *Pecera* y el *Casino
de la Amistad*, fue cuando un redactor de diario marinedino, encargado
de telegrafiar a importante publicación de la corte, pudo fiar al
alambre estas palabras: «Reina verdadera indignación todas clases sociales. Excitados ánimos coméntame detalles horribles».

Nosotros, deseosos de ilustrar como compete la opinión del lector,
nos guardaremos bien de llevarle a la *Pecera*, frívola reunión de *pollos
y gallos*[169] (todavía en Marineda se dice así) desocupados y enemigos
de calentarse los cascos metiéndose en honduras científicas. Para ellos,
el drama de la Erbeda fue un tema de charla profana, humorística y
picante. Para el *Casino de la Amistad*, sobre todo para cierto senado (no
en el sentido etimológico de edad, sino en el simbólico de respetabi-
lidad y cordura), el drama de la Erbeda fue muy otra cosa: dio ocasión
a que se luciesen profundos conocimientos jurídicos y a que se aqui-
latasen y depurasen intricados difíciles puntos de derecho penal.

Como que allí se congregaban, asociados por la comunidad de
gustos y profesiones, Celso Palmares, magistrado de la Sala de lo criminal en la Audiencia marinedina; Carmelo Nozales, fiscal de la
misma; el nunca bien ponderado juriconsulto Arturito Cáñamo, alias
siete patíbulos; don Darío Cortés, delegado de Hacienda, persona muy
ilustrada; el brigadier Cartoné, a quien no faltaba un *tinturilla*[170]; y algunas veces, ¡atención!, el joven abogado Lucio Febrero, sobrino de
un Presidente de sala muy anciano, que había muerto en Madrid.
Lucio Febrero tenía fama de gran talento –de uno de esos talentos
exagerados, peligrosos, revolucionarios, de los cuales se suele hablar
en provincias, y aun fuera de ellas, en el mismo tono que se emplea
para nombrar una caja rellena de fulminato de mercurio... ¡qué
digo!... ¡de panclastista...!

También solían entretejerse en este círculo, de tan competentes

---

169   *Pollos y gallos*: Casados y solteros.
170   *Tinturilla*: Noción superficial de una ciencia.

entidades formado, otras profanísimas, que no conocían ni de vista a Justiniano, pero que (si puede decirse sin irreverencia notoria) toreaban de afición. Mirándolo bien, ¿qué pito tocaba en ciertas cuestiones el mismo brigadier Cartoné? ¿Qué sabía de leyes el director del *Horizonte Galaico*?[171] ¿Qué el bueno de Castro Quintás, enriquecido con la honesta industria de fabricar bujías esteáricas? ¿Qué Ciriaco de la Luna, modelo de honrados propietarios rurales, nata y espejo de detestables poetas? ¿Qué Mauro Pareja, desertor momentáneo de la *Pecera*, solterón incorregible? ¿Qué Primo Cova, el sempiterno guasón? ¿Qué otros tantos como podríamos citar, y forman aquel núcleo —renovado en algunos de sus elementos por la inevitable entrada y salida de militares y empleados, pero bastante fijo, en el fondo, para que se pueda calcular de antemano cuál el género de opinión y forma de discusión prevalecerán en él?

Cuenta el *Casino de la Amistad* entre sus atractivos mayores el de un encristalado vestíbulo, desde el cual la mirada avizor registra muy a su gusto la arteria principal de la población, o sea la calle llamada Mayor por antonomasia, aunque no lo sea en tamaño, sino sólo en importancia y concurrencia. No presume este vestíbulo de compararse a la *Pecera*, que debe precisamente su nombre a los altos cristales que, rodeándola por tres lados, la convierten en una especie de transparente caja; pero en fin, tal cual está, difícil es que a los tertulianos de la *Amistad* se les escape una rata, y el vestíbulo tiene bastante partido; sobre todo desde que cesa el frío y se puede tomar allí café. Los días de marejada de noticierismo, el vestíbulo rebosa, y las sillas se desbordan de sus estrechos límites, pretendiendo invadir hasta el arroyo —porque aceras, dígase la pura verdad, no las posee la calle Mayor...

La tardecita del estreno del crimen, no bajaría de treinta personas el grupo. Era aquello el *grand complet*[172]. Se discutían las versiones, se depuraban, y se iba cristalizando la definitiva, la que ya no se discute. Mauro Pareja[173] —alias *el Abad*—, gran *indiscretista*, tenía noticias de la mejor tinta posible; como que acababa de echar un párrafo con Priego, el juez que había estado en la Erbeda a levantar el cadáver y a instruir diligencias. Pareja pronunciaba *instruir* con cierto retintín, añadiendo que no era su ánimo violar cosa alguna y menos el secreto de un sumario tan tiernecito, impúber[174] por decirlo así; pero que se-

171   Publicación periódica de La Coruña, en la que colaboró la escritora.
172   *Grand complet*: totalmente lleno.
173   Este personaje volverá a aparecer en la novela *Memorias de un solterón*.

guramente, transcurridas las horas reglamentarias, se elevaría a prisión provisional la detención de la esposa y cuñado de *interfecto*, y se dictaría auto de procesamiento contra ambos, porque juntos habían hecho la gracia. Añadía Pareja otra noticia de interés: Priego descansará de su «penoso cometido» en la quinta de don Pelayo Moragas, y Priego creía que Moragas estaba... enamorado, o punto menos, de la reo, según se deshacía en elogios de su aire modesto y simpático, el recato de sus modales y la dulzura de su rostro.

Menos que esto se necesitaba para aguzar la malicia de los oyentes. «¿Pero Moragas lo conoce? –Qué apostamos a que le lavaba a Moragas la ropa más sucia –Claro, de la Erbeda los dos... –Un idilio...». Todas estas chanzonetas[175], agridulces en los más, y sólo en algunos amargas, cesaron por encanto al ver perfilarse sobre el fondo de la venerable botica con que propicia la calle Mayor, la figura a un mismo tiempo atildada y suelta, la cabeza canosa y el cuerpo juvenil y cenceño de don Pelayo. Venía más que nunca perfilado y peripuesto, de gabán gris y chaleco blanco, de terso y fino piqué[176]; el sombrero, algo ladeado y encajado sin descuido, los guantes prietos, en los labios la sonrisa, departiendo con una señora cliente suya, la marquesa de Veniales, a quien acababa de encontrarse sin duda. Cuando iban llegando cerca del *Casino*, se despidió la señora para entrar en una tienda, y Moragas, serio ya, como hombre que al quedarse solo recobra una preocupación, siguió caminando, fijos los ojos en las baldosas. Entonces Cartoné, que era campechano, le ceceó: «Moragas, sí, amigo Moragas...».

Moragas entraba rara vez en el *Casino*, ni en la *Pecera*, ni en ninguno de los círculos o Sociedades de Marineda. No le sobraba el tiempo; su existencia estaba llena como un huevo, y apenas concebía el pugilato de ociosidad que congregaba, a la misma hora y en torno de la misma presa, todos los días, a las mismas personas. Sin embargo, se apresuró a acceder a la indicación de Cartoné, y aceptó, en defecto de una taza de café, que entre horas le encalabrinaría los nervios, un sorbete, que se trajo del café más próximo, pues no tenía botillería el Casino. Y principiaron a llover sobre Moragas preguntas y bromas. «Aquí se trata de detenerle a usted como complicado en el crimen de la Erbeda... ¿No fue su lavandera de usted la que mató al marido? A ver, que declare el testigo don Pelayo Moragas...».

---

174 *Impúber*: Que no ha alcanzado la pubertad.
175 *Chanzoneta*: Copla o composición en verso, ligera y festiva.
176 *Piqué*: Tela de alogodón con diversos tipos de labor.

—¡Alto! –dijo Moragas festivamente–. Ni aun como testigo me pueden a mí meter en ese berenjenal[177]. Esta mañana, cuando leí los periódicos, pensaba para mis adentros: ¿No es raro que, viviendo ella en el mismo lugar donde tengo mi huertecillo, no conozca a esa mujer? Puede que sea de las pocas de allí que yo no haya visto, ni mirado. Y no es mal parecida...

—¡Hola!

—¡Vamos!

—¿Conque guapa ella?

—Guapa... no. Lo que tiene es un aire de compostura, un buen modo... que gustan y sorprenden, por lo mismo que contrastan con el hecho que se le atribuye... Y digo que se le atribuye, porque en realidad, por ahora, nada se ha concretado.

—Hombre, pónganos usted en el secreto... Sus noticias son autorizadas... Ha conferenciado usted ayer con Priego...

—¡Conferenciar!... –Y Moragas se rió, descabezando por medio de la boca del barquillo la pirámide del sorbete–. Si es que estaba yo en la galería..., y como Priego pasaba cansado y fastidiado de la tarea, entró a refrescar con un tanque de cerveza alemana... Ni él mismo sabía gran cosa. Eran los primeros instantes...

—¡Respetemos el secreto del armario! –dijo Primo Cova.

—Ustedes lo meten a barato –observó con melancolía el magistrado don Celso Palmares, sacudiendo una cabeza amarillenta, pálida, color de legajo viejo, asaz entristecida, por el tono telerañoso del cabello ralo–, pero nosotros... nosotros, a cargar con la cruz. Esperaba yo que en esta Audiencia no se ofrecería nunca un caso así...

—Lo que es de ésta... interrumpió Carmelo Nozales, el fiscal–, me da espina de que el señor don Celso no podrá mantenerse fiel a su propósito de jubilarse sin haber firmado una sentencia de muerte...

La fisonomía del magistrado se enlobregueció más aún, y sus cejas se fruncieron, como indicando gran desagrado en la conversación. Mauro Pareja comprendió que ésta era muy indiscreta, y la torció, llevándola al terreno de la actualidad.

—Lo cierto es que los crímenes de este calibre no se ven todos los días, si se confirma la versión última... que parece la verdadera...

—¿Qué versión? –preguntó Lucio Febrero, el cual llegaba a aquel

---

177 *Berenjenal*: Meterse en un enredo o dificultad.

mismo instante y se incrustaba en el círculo, sin tomarse ni el trabajo de dar las buenas tardes.

Su llegada produjo impresión. Las cabezas se volvieron hacia él; los ojos buscaron sus ojos.

—¿Así está usted? —exclamó Moragas—. ¿Tanta afición a la criminología, tanto resolver autores franceses, italianos y rusos, y desdeña usted la parte experimental? Porque, para usted, el estudio de un crimen es como para mí el de un caso patológico... mal que le pese al amigo Cáñamo, que a cada cosa que usted hace o dice toma el cielo con las manos.

¿Yo?... —murmuró el juriconsulto aludido, con una sonrisa que quería parecer almíbar y era rejalgar[178] muy cargadito de arsénico—. No; si a mí el señor Febrero ya me lleva convencido. Tales argumentos me va presentando, que me rindo: no hay diferencia alguna entre el criminal y el hombre de bien, y a los reos los debe sentenciar el tribunal... a comerse una libra de yemas.

Lucio Febrero —mozo de buen talle y gallarda figura, digno sobrino carnal de aquel hermoso anciano que conocimos en *Morriña*— se sonrió con indulgencia irónica, mirando serenamente a Arturito Cáñamo, el cual, por su parte, evitaba la mirada del joven abogado, a quien de muerte aborrecía. Ha de saberse que Cáñamo, acabado de establecer en Marineda, con propósito de barrer —calculaba para sus adentros— los *demás* bufetes importantes, y persuadido de que para conseguirlo necesitaba filosofar de palabras y en letras de molde, Arturito Cáñamo, digo, era un implacable penalista, y ya tenía escritos dos folletos abogando por la pena capital —por lo cual los marinedinos, que no carecen de travesura, le habían puesto el apodo de *Siete patíbulos*, y, bien que con menos éxito, el de *Una horca en cada esquina*, así como el fiscal Nozales le llamaban *Grocio* y *Pufendorf*, por su afición a citar a estos dos tratadistas siempre juntos, como si fuesen uno solo.[179] Al parecer en Marineda Lucio Febrero, con su aureola de brillantes estudios, con el prestigio de su figura y de su dicción enérgica, y con la arrolladora fuerza de sus ideas «disolventes», Cáñamo presintió, venteó en él al rival, al que podía cerrarle para

---

178 *Rejalgar*: Mineral constituido por sulfuro de arsénico.

179 **Hugo Grocio** (1583-1645) y **Samuel Pufendorf** (1632-1694) fueron los primeros teóricos del Derecho Natural modernos. Estos filósofos demostraron que el precepto de la recta razón nos indica que una acción es moralmente mala o no, en virtud de su conveniencia o inconveniencia con la naturaleza racional y social, y que por ello, Dios como autor de la naturaleza lo prohibe o lo ordena.

siempre el camino de la fama y de la gloria. A la verdad, Febrero siempre advertía que no pensaba fijarse en Marineda, sino que residía allí temporalmente, para evacuar ciertos negocios de intereses relacionados con la testamentaría de su madre; pero ¿no sería hábil disimulo? ¿No llevaría el maquiavélico[180] fin de ir insinuándose con el público y minándole a él, a Cáñamo, el terreno donde principiaba a sentar el pie? ¿No tenía Cáñamo en Febrero el enemigo natural que acosa a cada ser? Y aunque así no fuese, ¿cabía la menor duda de que Febrero había de eclipsar y deslucir a Cáñamo, y era el innovador, el nihilista, el anarquista de derecho penal, que con sus insensatas pero fascinadoras teorías había de arruinar las esperanzas de Cáñamo... y el edificio social por contera?[181]

Los ojos de los *Siete patíbulos* vagaban por la mesa, huyendo de franca, risueña y desdeñosa ojeada de Febrero: sin embargo, continuó, exagerando su sonrisa empapada en hiel:

—Señores, lo dicho: el señor Febrero ha llevado el convencimiento a mi ánimo. Ya me tienen ustedes convertido..., a la blasfemia, al ateísmo jurídico, al materialismo, al darwinismo desenfrenado y radical.[182] Nada: discípulo me hago del señor Febrero; hay que amoldarse a los tiempos y dejarse ir por la corriente. Aquí me tienen ustedes dispuesto a ser protector y defensor de todo asesino... ¡Digo asesino! ¡Si no los hay! El señor Febrero me los identifica con el hombre intachable... Para él tanto monta el que estrangula a la madre que le dio el ser y el que cuida y vela amoroso...

Volvió Febrero a mirar a Cáñamo fijamente, ya con más desprecio que chunga, y buscando en el bolsillo de la petaca, respondió alzando los hombros al ataque de su adversario. Era Febrero vivo, apasionado, y su temperamento sanguíneo nervioso le impulsaba a la discusión, como impulsan al atleta a la lucha sus músculos de hierro: no obstante, había resuelto —y era hombre que se cumplía las palabras a sí propio —no dejarse conducir al terreno polémico por *Siete patíbulos*. Dos o tres frases sueltas, más o menos contundentes o festivas..., con eso sobraba. A Cáñamo este sistema le llevaba el frenesí.

—La verdad —aseveró Palmares— que las teorías del amigo Fe-

---

180   Se refiere a la doctrina política de Maquiavelo; la justificación del engaño como arma política. Se usa como sinónimo de astucia.

181   *Contera*: Como final.

182   La obra de Darwin no fue bien acogida en los ámbitos conservadores; levantando una fuerte polémica. A nadie se le escapó que éste no era una excepción en la naturaleza, y que, según la teoría propuesta por Darwin, los seres humanos también deberían ser el fruto de la selección natural y no el resultado de una creación divina.

brero son... fuertecillas, fuertecillas. Echan por tierra la administración de justicia.

—Si se aplicasen al ejército –observó Cartoné– me lo tenían ustedes disuelto en una semana. Sembraría en las filas la indisciplina y
la insubordinación... Repito que no había ejército posible.

—Ni administración pública –arguyó el delegado de hacienda–.
Tenemos que penar severamente los atentados contra la propiedad,
sea pública o privada. El concepto del delito es la base de la responsabilidad administrativa. Sin embargo, me parece que ustedes, al
pinchar al amigo Febrero (que ya nos deja por cosa perdida y renuncia
a defenderse), le atribuyen teorías que él no profesa, o al menos in-
terpretan las que profesa de un modo muy violento, extremándolas y
dándoles un alcance que no tienen. ¿Me equivoco Febrerito?

—Usted lo ha dicho, señor Delegado –respondió Febrero sacando
la primer chupada de un pitillo y enarcando las cejas, movimiento que
trazaba dos o tres arrugas sobre su tersa frente, bien calzada de negro
pelo.

—Pues claro está (apoyó Moragas, gran admirador y simpatizador
de Febrero). El que oiga a Cáñamo, pensará que Lucio se empeña en
convertir a la sociedad en presidio suelto, y que va a fundar premios
para el que saque los hígados a su suegra y se meriende una chuleta
de niño recién nacido... Lo que hace Febrero es estudiar esas cuestiones desde el punto de vista científico y nada más.

¡Ah!... –vociferó Arturito, cuyos ojos y párpados y abultados, que
Primo Cova comparaba a dos huevos duros, se inyectaron de sangre y
bilis–. ¡Ah!, pues ahí está precisamente el error, ¡el error funestísimo
y de espantosas consecuencias! El punto de vista en que hemos de co-
locarnos para estudiar cuestiones tan transcendentales, no ha de ser
científico, sino moral, moraal, moraaaal... Es decir, que ese arduo, ar-
duísimo problema, pertenece de derecho a la esfera de las ciencias morales y políticas... No, señores: no es con el criterio de la materia inerte
y ciega, del fatalismo y del determinismo absurdos, de Epicureo y
Busnér[183], de la piedra que cae, ni con el escalpelo del anatómico en la
mano, como han de decirse ciertas cosas... Sólo que, en estos días
aciagos, los partidarios de la evolución y la selección, el atavismo y la
transmisión hereditaria, los ciegos esclavos de la filogenia y la em-

---

183 **Epicureo** (S. IV a.C.) defendió una doctrina basada en la búsqueda del placer, la cual
     debería ser dirigida por la prudencia. El epicureísmo es una doctrina de un paganismo
     laico y mediterráneo y en este ámbito ganó gran número de seguidores que consideraron
     esta filosofía como verdadera, y que solucionaba todos los problemas.

briogenia[184], se obstinan, menoscabando nuestra dignidad, arrastrándola por el lodo, en borrarnos el carácter de racionales, y en equipararnos al orangután, o sea al mono antropomorfo, como ellos dicen...

Al oír esta erudita parrafada. Palmares, el magistrado, se puso aún más tétrico, lo mismo que si ya se viese orangután hecho y derecho, o le estuviesen enseñando por un cristal la jeta de los antropomorfos de que descendía; Moragas, con disimulo y por debajo de la mesa, hizo burlescamente el ademán del que da cuerda a un reloj, y Pareja, asestándole un codazo a Cartoné, dijo alto:

—A ver, a ver qué contesta Febrero. Me parece que el discurso no tiene vuelta. ¿Será usted capaz de pulverizar a Cáñamo?

—Bien seguro está Cáñamo de que yo le pulverice –respondió el joven letrado determinándole a hablar y tirando el cigarrillo–. ¿Cómo quieren ustedes que uno se atreva a discutir con persona de conocimientos tan vastos? La mitad de las cosas que acaba de nombrar Arturo, yo no sé lo que son, ni si se comen con cuchara. De manera...

—De manera que si usted toma a guasa estas cuestiones, entonces... exclamó con ira Cáñamo.

—Eso no, ¡vive Dios! –replicó Febrero, a cuya tara trigueña subió una llamada de sangre, y cuyos ojos brillaron–. ¡Eso no! Tan por lo serio las tomó... que no las discuto con usted.

—Señor mío, esa apreciación... sobre todo entendida al pie de la letra...

—Señor mío, es usted muy dueño de entenderla al pie de lo que le plazca... y de continuar ilustrándonos...

—¡Quiá! –respondió verdoso de despecho *Siete patíbulos* –; si quien nos ha de ilustrar es usted. De usted aprenderemos aquella peregrina y curiosa noticia, de que el crimen empieza en el reino vegetal... ¿Qué ustedes no lo sabían? Pues señor Palmares, señor Nozales, el mejor día tendrán ustedes que juzgar y condenar a cadena perpetua a algún puñado de alfalfa o algún pimiento... porque según el señor de Febrero... (¿a que no se atreve ahora a repetir la excentricidad?) hay plantas delincuentes, plantas ladronas, y plantas asesinas... asesinas, pero no crean ustedes que así de cualquier modo, ¡sino con premeditación, alevosía, ensañamiento... todas las agravantes!

—Y diría la verdad el que lo dijese –advirtió Moragas recordando

---

184   La filogenia es la parte de la biología que estudia la evolución de las especies de forma global, en contraposición a la ontogenia, que estudia la evolución del individuo. El desarrollo de conocimientos en el campo de la genética ha permitido estudiar las diferencias y similitudes en las cadenas de ADN de las diferentes especies.

algo que había leído en su *Revue de Psychiatrie*. Son las *plantas insectívoras*... Ya lo creo que asesinan...

Las carcajadas del grupo no dejaron a Moragas explicar el fenómeno. Arturito había ganado mucho terreno al convencer a su adversario de sostener tan extravagante tesis. Febrero hacía señas a Moragas de que callase, pero Moragas insistió:

—Según eso, ¿se reirán ustedes de la criminalidad en las bestias? Pues las hay, y penalidad también. ¿No se acuerdan de que, en la *Biblia*, la ley de Moisés condena a muerte al buey que cause la de un hombre?[185] ¿No hemos leído hace poco en los diarios que habían procesado a un loro, no recuerdo por cual desaguisado análogo?

—Si, todo eso es muy lógico –silbó Arturito, encarándose con Moragas–. No admitamos que son criminales las berenjenas, y criminales los grillos..., ¡con tal que no lo sea el hombre! Ustedes quieren suprimir la noción del crimen; y al suprimir la noción del crimen, la de la responsabilidad; la del libre albedrío, a tierra la del castigo; y con el castigo, la de la vindicta pública, o sea la conciencia social, y otra noción más altísima, si cabe: la noción de...

—Eche usted nociones –interrumpió Febrero –y así que acabe, ¡hágame el favor de permitir que me cuenten la última versión del crimen! Supe ayer que se ha cometido un parricidio en la Erbeda; pero dicen ustedes que hay nuevos datos, y yo, entretenido con unos libros que me llegaron por correo, no he cogido un periódico local esta mañana.

---

185   Referencia bíblica (Ex 21,28). «Si un buey acornea a un hombre o a una mujer, y se sigue la muerte, el buey será apedreado y su carne no se comerá; pero el dueño del buey no será castigado».

IX

Pues hay detalles que espeluznan –contestó Nozales–. De una ferocidad digna de salvajes, inconcebible, repulsiva.

—¿Está usted ya informado? –preguntó con socarronería Primo Cova.

—Como si estuviese –replicó no sin impaciencia el Fiscal–. Ni prejuzgo nada, ni los señores (señaló a Palmares), ni yo, ni persona alguna, han de formar su opinión por lo que hoy se platique, sino por la luz que arroje el sumario; pero admitamos provisionalmente que sea verdad lo que dice la mayor parte de la prensa... y reconozcan que el crimen es de los de patente... Al anochecer se recoge a su hogar un trabajador honrado, un infeliz carretero, y cena pacíficamente en compañía de su esposa y de una inocente criatura... Se acuesta en el lecho conyugal, a reposar las fatigas del día... Apenas la inicua de la mujer le ve dormido, y dormida también a la criatura en la misma cama, ¡qué horror!, sale y se va en busca del querindango, que es por cierto el mismo cuñado de la futura víctima... Y vienen; y ella le entrega al amante el cuchillo, y pone debajo de la cabeza del marido un barreño, y descuelga el candil, y alumbra, y lo sangran como a un cerdo, allí mismo, allí donde dormía su hija, la niña inocente, que ni siquiera abre los ojos... Y luego desocupan en el río de sangre recogida en el barreño, y visten el cadáver, y el cuñado lo atraviesa en un burro y lo deja en un pinar, no sin triturarle la cabeza a hachazos, para que se crea que fue muerto allí, en riña o sabe Dios como... ¡Todo para gozar a sus anchas de una pasión impura y brutal!

El grupo escuchaba con interés tan artístico relato. Al terminar la narración don Carmelo, exclamó Cartoné, que juraba como los galanes de las comedias viejas:

—¡Por vida!... ¡Voto a sanes!

Y Moragas intervino con vivacidad:

Señor Nozales, no sirve... Aquí no estamos dramatizando una acusación, a lo Meléndez Valdés[186]... El honrado carretero era un borrachón muy holgazán y muy bárbaro, que le daba a su mujer cada paliza... Esa noche gustaba una *curditis* que no se podía tener; sólo así se explica que se dejase matar sin el menor conato de defensa. Y en cuanto a que fue por gozar de una impura pasión..., dicen que ya la gozaban sin necesidad de matarlo, y que él estaba perfectamente al cabo de la calle... Así pues, algo ahí..., algún misterio, algún enigma psicológico, o fisiológico, o las dos cosas, y a ustedes, señores míos, toca esclarecerlo.

—Ya he dicho que no prejuzgo... advirtió Nozales mordiéndose los labios.

—No prejuzga usted... pero acusa...

—Nada..., a estos señores ¿sabe usted lo que hay que decirles, para que estén contentos? –intervino *Siete patíbulos*–. Pues hay que decirles que todo delincuente se encuentra en estado de clemencia, y que sólo por eso cometió el crimen. Yo tengo un sobrinito que pega a sus hermanas; y cuando su madre le riñe, ¿acierten por dónde sale el chiquillo? Dice que no lo pudo remediar: que le subió por el estómago una cosa, una cosa..., y que, al llegar a la mano, se le convirtió en bofetada... Estos de la *impulsión irresistible* son como el rapaz..., y si aquel lo curamos a fuerza de azotes, a éstos...

—¿Nos daría usted una azotaina? –interrogó Febrero mirando a Cáñamo con soberana insolencia festiva. Ya me lo sospechaba yo, señor Cáñamo. Ya suponía que, por gusto de usted, restableceríamos en todo su esplendor el trato de cuerda, las pesas, el potro, las cuñas, las seis azumbres de agua echadas por un embudo, con otros modos finos de preguntar que gastaban nuestros insignes abuelos. Y también pondríamos en vigor la mutilación de manos y de pies, la perforación de la lengua con hierro candente, las pencas[187], las mujeres untadas de miel emplumadas, los hombres hechos cuartos y la marca roja en la espaldas... Toda la penalidad infamatoria y torturadora, de la cual conservan ustedes con tanto celo lo poco que resta... Y ¡ay del que toque a estos restos! ... ¿verdad señor de Cáñamo? Eso es el *Sancta Sanctorum*.

---

186   **José Antonio Meléndez Valdés** (1754-1817). Poeta neoclásico y magistrado. Pardo Bazán se centró para esta novela en su faceta de magistrado, reflejada en sus *Discursos forenses* (1821).

187   *Pencas*: Látigo de cuero que usaban los verdugos.

La fisonomía verdosa de Cáñamo se contrajo, y sus acentuados pómulos palidecieron de enojo: su voz era temblona y furiosa al contestar:

—Ya... ya... ya sé que ahí va a parar todo..., que ese es el objetivo de las supuestas reformas, y el fin a que tienden todas esas infames teorías. ¡Se quiere establecer la irresponsabilidad, para, a su sombra, echar por tierra lo único que sustenta este edificio minado por todas partes, atacando a la sociedad en sus mismos cimientos! ¡Se quiere alcanzar con la piqueta de la base, el centro misterioso en que descansan la paz, el orden, la justicia, la concertada marcha de todo el organismo social! ¡Se quiere..., horror causa el decirlo..., tocar a la *piedra angular*, abolir la última piedra!...

Al nombrar la última pena, se armó en el grupo una especie de motín: cada cual quería emitir su opinión, objetar, afirmar, negar, discurrir. Pero sobre la marea de tantas opiniones como iban a ilustrar el asunto, sobresalió la voz de Primo Cova, que chillaba en agudo falsete:

—No le toquen ustedes este punto a Cáñamo... ¡La pena de muerte! Pues si esa es su parte sensible.... ¿No lo sabían? Ha escrito sobre el asunto en todos los diarios de la región, de la corte y de América, y se calcula que el total de los artículos que lleva publicados podrá pesar así como unos treinta quintales... Las empresas funerarias se han asociado para regalarle una corona de abalorio negro... Ha ilustrado la materia con profundísimas investigaciones; se ha metido en el bolsillo a Beccaria, a Filangieri y a Silvela: Sólo nos ha dejado una duda, una incertidumbre borrosa...[188] ¡No ha podido decirnos categóricamente cómo se conjuga la primera persona del presente de indicativo *abolir*! ¡No acaba de resolver si ha de decirse yo *abuelo* o yo *abolo*! Ya desesperado, optó por la solución mixta y escribió esta copla... ¡Verán que copla!

«Mi abuela quiere que *abuela*
Yo la pena capital:
¡Yo no soy bolo, y no *abolo*
La garantía social!»

Grandes carcajadas corearon la impertinente gracia de Primo Cova. La conversación perdió su carácter de seriedad, borrándose el sombrío tinte que le comunicara el relato del crimen, y se enzarzó, entre chanza y epigramas, alentadas por el visible enojo del amoscado

---

188 **Cesare Beccaria** (1738-1794) sostenía la abolición de la pena de muerte, la cual ni impide los crímenes ni tiene un eficaz efecto disuasorio; por ello se interesó en la prevención de los delitos, que según él se conseguía más por la certeza de la pena que por su severidad.

Arturito, una contienda puramente gramatical, en que todos echaron
su cuarto de espaldas sobre si debe decirse *abuelo* o *abolo*, causando
indignación y ardientes protestas al parecer de don Darío Cortés,
quien afirmaba que no se dice de un modo ni de otro, sino *yo abulo*,
y alegaba autoridades y razones serias. Es increíble el fuego con que
sostuvieron tan mezquina disputa. Olvidadas quedaron las cuestiones
que habían propiciado a agitarse, el grado de responsabilidad de los
criminales y la conveniencia de la última pena; y aquel grupo –relativamente consciente, ilustrado, grave –más encrespado de pronto que
el mar en día de tormenta, rompió en frases agrias y batalladoras,
cruzó apuestas, voceó hasta echar abajo el Casino y tener que adver-
tirles el mozo que no gritasen, «que se oía mucho desde fuera». Finalmente, varios campeones «se jugaron la cabeza», por una des-
inencia de mala muerte, como aquellos griegos de Bizancio que se
mataban por el modo de persignarse, ¡mientras cada vez más próximo
retumbaba el casco de caballo del invasor!

Tampoco de esto quiso disputar Febrero. Imitando su ejemplo
Moragas (que en otra ocasión no dejaría de alborotar, lo mismo que
cada quisque), al poco rato salieron juntos abogado y médico, y sin
ponerse de acuerdo, sin decirse palabra, apenas doblaron la esquina
que conduce al paseo de Terraplén, enlazaron los brazos como personas dispuestas a platicar largamente, a lo cual les convidaba la serenidad del anochecer y la molicie de la atmósfera, ablandada por la
primavera y entonada de vez en cuando por un hálito salitroso venido
del mar. Ya bogaba en el cielo el ligerísimo esquife[189] de la luna nueva,
y el lucero destellaba, como una mirada fija y amorosa de la cual
parece que va a desprenderse el llanto.

Ninguno de los dos hombres –que sin estar unidos por antigua ni
por fuerte amistad, lo estaban en aquel punto por la afinidad de sus
corrientes de pensamiento y de sentimiento– pronunció palabra hasta
verse fuera de la zona de arbolado tupido, recortado y simétrico que
forma el lucido y amplio paseo del Terraplén. Y es que por allí no
había solamente árboles, sino también seres humanos, paseantes
ociosos. Traspasada la última hilera de plátanos y acacias, se encontraron en el Malecón, siempre solitario, y que tiene por horizonte las
aguas, entonces apacibles y suavemente rizadas, de la bahía. Moragas

---

189 *Esquife*: Bote de desembarco.

fue el primero en estallar (Febrero era, aunque vehemente, más concentrado y tenía ya el hábito de reprimirse que adquieren a la larga los verdaderos innovadores).

—¿Ha visto usted? ¡Que caterva! ¡Valiente areópago! Así es que yo pongo el pie nunca ahí...

—Yo sí suelo ir –respondió Febrero–. Les dejo hablar, les oigo..., y aprendo, aunque parezca mentira. Y eso que ya delante de mí se recatan ellos bastante. No sé de dónde han sacado que me río de lo que dicen. Lo que no hago es tomar parte en estas disputas. Eso no; por nada del mundo. Siendo, como soy, un hombre que se cree nacido para la propaganda oral, siempre que recayese en un auditorio escogido, capaz de recibir la idea con cierta nitidez, y de devolverla y comunicarla, mas sin alterarla mucho. Arrojarla ahí, en el *Casino de la Amistad*, o en cualquier Casino, para que la ensucien, la desfiguren y la pisoteen..., eso sí que no lo haré yo... Sería profanarla en balde. No crea usted que no me ha costado aprender a reprimirme, a sonreír y a callar, cuando oigo todo género de atrocidades y de absurdos; a no perder jamás la sangre fría; a esquivar los ataques de los necios malignos, como ese Cáñamo, que siempre me andan buscando las cosquillas para poder decir que me refutan, y a imponerme por mi propia calma y retraimiento, que tarde o temprano, hacen efecto en la muchedumbre. Así es que... me reprimo y me reprimiré, y a mí no me han de meter en ninguna danza ridícula. Ya ve usted lo que ha sido la conversación de hoy; una serie de incoherencias y de extravagancias, y al final una de esas cuestiones gramaticales tan bizantinas y tan empalagosas..., de la cual saciarán todos lo que el negro del sermón. No: no hay más propaganda que la del periódico (sin aceptar tampoco la polémica periodística, a no ser con gente bien educada y de mucho fuste, y claro que me refiero a periódicos de Madrid), la del libro, y la acción parcial sobre la conciencia de algunas personas ilustradas, serias, debidamente preparadas, y que crean en Dios y en el progreso humano..., como cree usted.

—A pies juntillas –aseveró Moragas, deteniéndose un instante y mirando a la bahía, espectáculo cuya magia le parecía mayor en aquel instante–. De lo primero que se me figura que no dudo jamás: de lo segundo, sólo me entran hormigueos y escozores al verme entre mucha gente como la de hoy... Cáñamo, sobre todo, es un tipo... Asusta pensar que ese hombre aspira a la magistratura... ¿Usted cree que no sería capaz de restablecer el tormento? ¡Como pudiese!

—¿Y qué tendría de extraño? Los tiempos del tormento están muy próximos; son de ayer..., ¡qué digo!, de hoy; esos procedimientos se emplean aún en muchos sitios, y si sacamos bien la cuenta, resulta que hay todavía más humanidad que admite el tormento, que humanidad que lo rechaza. El mundo no tiene hoy por hoy sino una cascarilla de civilización que puede levantarse como un alfiler, apareciendo debajo la barbarie primitiva. No hay que impacientarse: resignarse, tener cuajo... y hacer lo que se pueda, que unas veces me parece poco y otras muchísimo... según el humor de que me encuentro y el punto de vista en que me coloco.

Hablando así, habían cruzado la parte de barga[190] del malecón que costea el paseo, y se acercaban al punto donde asombran y obscurecen la superficie de bahía muchas embarcaciones chicas, vacías, con el velamen arriado, cruzados los remos sobre la borda, inmóviles. Un fuerte y penetrante olor de yodo y algas subía del agua, y allá a lo lejos, los faroles del barrio de la Olmeda trazaban sobre la superficie deshechos rizos de luz. Sin darse cuenta de ello, nuestros paseantes tomaron la dirección del muelle de madera o Espolón, que les tentaba, por ser en él a aquellas horas la soledad no ya tan relativa, sino absoluta. Adelantaron por el tablado cimbrador[191], siempre misteriosamente estremecido por la acción de las olas, aun en días de completa bonanza, como era aquel. Y se internaron, se internaron, cual si al avanzar por el camino que, señalando la dirección del Océano, no conducía sino a una luz roja, adelantasen por el fatigoso y desierto *Via Crucis*[192] del consabido progreso. A uno y otro lado no tenía sino mar; la tablazón mal junta les dejaba ver bajo sus pies de agua, agua sombría; a lo lejos distinguían la enorme mole de una fragata alemana, que había entrado en puerto haría cosa de hora y media, y al extremo del Espolón larguísimo, el mástil de la draga, que se erguía hacia el cielo, como afirmando lo que Moragas acababa de reconocer tan explícitamente: Dios y el progreso humano.

Ya en la punta del Espolón, se detuvieron los dos interlocutores, y convidados por la apacible temperatura, se sentaron en una gruesa

---

190   *Barga*: La parte más pendiente.
191   *Cimbrador*: Que presenta movimiento en vaivén.
192   *Via Crucis*: Alusión al camino de la cruz de Cristo, a lo duro de la situación.

viga, con el rostro vuelto hacia la extensión del mar, del cual venía ese aire tónico y esa frescura estimulante que parecen disponer el alma a la lucha y al peligro. La sábana de agua, limitada hacia la derecha por gracioso anfiteatro de redondeadas montañas, se extendía sin término a la izquierda, y a pesar de su completa serenidad, no cesaba un instante de exhalar en quejido que recuerda el sordo rumor de una multitud humana, o el bramido del viento al engolfarse en las selvas.

Moragas se volvió hacia Febrero, y en voz baja (aunque allí nadie pudiese oírles) le susurró:

—Para mí el crimen es... una dolencia, y el criminal, un enfermo. Y esa dolencia puede combatirse, y muchas veces curarse. Castigarse... ¿por qué? ¿Castiga usted al que tiene un cáncer, al que sufre de una úlcera?

Ahí empezamos a diferir —respondió Febrero—. Usted es, por lo que veo, correccionista. Yo... o voy más allá... o me quedo más acá... No sé. Creo que hay un tipo humano que, por su organización, está dispuesto a ser criminal. No piense usted que supongo que este hombre nace como un ser extraño, como una anomalía de la especie. Al contrario: es la humanidad la que en su origen fue criminal toda: cuanto más atrás vaya usted, ayudado por los escasos datos científicos que ya poseemos, más verá al hombre de las épocas primitivas ejerciendo como cosa corriente el homicidio, el robo, la violación, el canibalismo... Los actos que más espantan hoy. Aún quedan en el globo ejemplares de lo que pudieron ser las colectividades primitivas, y son los salvajes de ciertas razas. ¿Qué hacen los señores supervivientes de la edad de piedra? Comerse los unos a los otros, entregarse libremente al instinto más bestial... Y lo que en los salvajes permanece de forma colectiva, en los países que llamamos civilizados se presenta como caso aislado... o como se dice en lenguaje científico, un caso de *atavismo*, no porque en toda familia de criminal haya ascendientes criminales, sino por ser el criminal toda la ascendencia del hombre... Esto que le voy indicando a usted, y que Cáñamo llamaría *teorías infames*, no es sino una aplicación, al estudio de la antropología, de dos profundos dogmas cristianos: el de la *caída* o *pecado original*, y el de la *redención*...[193] Por eso a la obra redentora —aunque en mínima parte —podemos cooperar todos, grandes y chicos...

---

193   Se contrapone aquí el pecado original, como consecuencia de la caída del hombre (Adán y Eva) con la redención de la humanidad llevada a cabo por Cristo.

—Así lo he creído siempre –interrumpió con entusiasma alegría Moragas–. En mi esfera, lo he practicado mucho... siquiera para compensar las ocasiones en que todos tenemos algo de humanidad primitiva... que son, por mi parte, las sexuales... ¡A sangre fría, lo reconozco humildemente!...

Febrero sonrió de la sinceridad con que se expresaba el Doctor, muy notado, en sus tiempos, de afición a faldas.

—Ya ve usted –prosiguió Febrero– que pensando yo así, no hay calumnia más risible que la de acusarme de defensor y amigo de los criminales... Al oír y leer ciertas críticas que se hacen de los que queremos plantear el estudio y conocimiento racional del crimen, parece que nuestro propósito es santificar el grillete y elevar a los asesinos a la categoría de mártires. Yo estoy a cien leguas de ese sentimentalismo... ¡Pero métaselo usted en la cabeza a Cáñamo y a comparsa!

—Algo de eso me pasa a mí –interrumpió Moragas–. Si no considero precisamente mártires a los criminales, confieso que tengo para ellos una indulgencia, una piedad especial...

¡Ah! –exclamó el joven abogado–. Lo sé: no tenía usted que decírmelo. Ustedes, los que creen en el arrepentimiento, en la corrección y en la enmienda, proceden impulsados por el sentimiento; empapados en ciertas ideas profundamente cristianas, son ustedes *redentoristas*: para ustedes carece de valor el fenómeno de la reincidencia, que tanto nos da en qué pensar a nosotros. Pues mire usted: la sabiduría popular les desmiente a ustedes: «El lobo dejará los dientes, pero no las mientes. Quien malas mañas ha, tarde o nunca las perderá. Genio y figura, hasta la sepultura[194]...». ¡El sentimiento! No importa que usted sea todo un hombre de ciencia, ni que en los asuntos de profesión esté habituado a aplicar plenamente el método experimental y positivo... En esto del estudio del crimen, procede usted también del sentimiento; pero al sentimiento malo, inconfesable, indigno, del rencor, el miedo y la venganza. El criminal, para él, es un enemigo personal; el verdugo, un aliado y un defensor; el patíbulo, la *piedra angular*. ¿Quién lo duda? Cáñamo se inspira en la primitiva ley de la humanidad, que fue la del talión: ojo por ojo y diente por diente[195]. Y así como todavía viven entre nosotros ejemplares de humanidad primitiva, todavía ese espíritu de venganza personal subsiste en los

---

194   Refrán que sirvió a Juan Valera para el título de su obra *Genio y figura* (1897).
195   Ley que exige castigar la ofensa con el mismo daño. Este principio se inspiró en la ley hebraica, la frase «ojo por ojo, diente por diente» (Lev 24, 17-22).

códigos. El origen de la idea de justicia es egoísta; empieza por el sentimiento de la propia defensa; en cuanto al concepto puro, desinteresado moral, de justicia... ese todavía está en estado de lo que los alemanes llaman *werden*. ¡La Humanidad es una persona colectiva que, con los siglos, va mejorándose y arreglándose... y tal vez acabe por llegar a ser la gran persona!...¡Vea usted por donde yo también resulto *correccionista*... pero no del *individuo*, sino de la *especie*!

—¿De modo que usted... no condena en absoluto la pena capital, que a mí me parece una ignomia de la sociedad? –preguntó alarmado el Doctor.

—No la condeno en absoluto; no por cierto –confirmó el abogado con cierta solemnidad–. Lo que proscribo sin rebozo y a boca llena, es la pena de muerte como *represalia* y el concepto de la *vindicta pública*. Eso me parece tan odioso y tan repugnante, que... le voy a confesar a usted mi debilidad: a pesar del interés que debieran inspirarme esa clase de estudios, y la obligación que en cierto modo me he impuesto de practicarlos, los días anteriores, cuando principian a anunciarla los periódicos, me entra un desasosiego, una especie de cuartana de león, y tan perturbado me pongo, que tengo que marcharme al campo. Es una ridiculez, y yo desearía curarme de ella, porque realmente... me conviene, nos conviene a los innovadores, en ese terreno, y en todos, mucha sangre fría; la impasibilidad con que ustedes los médicos amputan a un médico o registran un tejido... Sí, créalo usted; el enemigo que principalmente necesitamos combatir es el sentimiento, los entes metafísicos que obstruyen el camino de la razón... Necesitamos ser un témpano... ¡un témpano que piensa!

—Yo creo, amigo Lucio –objetó Moragas–, que en eso no la acierta usted. Para todo hace falta ímpetu, calor y entusiasmo. La razón abruma, pero sólo mueve la voluntad. La generación joven actual es fría, es demasiado morigerada[196], ve demasiado los inconvenientes de la propaganda, el ridículo, la calumnia, las contradicciones de todo género que sufren los que prueban a batir en algún terreno las cataratas del pensar. Los casi viejos –porque yo estoy mucho más cerca de los cincuenta que de los cuarenta– somos los únicos que conservamos el fuego sagrado. Aquí me tiene usted a mí, que lo que necesito es esforzarme en contener cierto quijotismo, eso que usted llama *ren-*

---

196 *Morigerada*: Moderada. Bien criada, de buenas costumbres.

dentorismo, que me brota a cada instante, y que si no lo tuviese a raya, ¡qué sé yo! ¡Pues eso, eso, y no el hielo perenne de la reflexión, es lo que necesita para cooperar a la obra... para poner el granito de arena...! Carecen ustedes de pasión...

—Puede ser... No crea usted que no se me ha ocurrido... asintió Febrero—. Nuestra aspiración es puramente científica. Queremos suprimir esas concepciones morales que nos estorban. Queremos sustituir al estudio abstracto de la entidad crimen, el estudio concreto del cuerpo *criminal*. Decimos como ustedes que no conocemos enfermedades, sino enfermos... Fuera el ontologismo... Al que el vulgo llama *hombre culpable*, nosotros le llamamos únicamente *hombre peligroso*... Borramos la idea de castigo, y la reemplazamos con la de *método curativo*... Cuando eliminemos, nuestra acción será análoga a la que ustedes cuando aplican una sangría suelta al hidrófobo.[197] Y si vemos medio de evitar esa sangría, crea usted que la evitaremos.

—¡Eso espero! –respondió Moragas calurosamente–. ¡Busquen ustedes, indaguen el modo –que debe de haberlo –para borrar de la frente de nuestra época ese horror grotesco que se llama el cadalso, y para suprimir ese enigma social que se llama el verdugo!

Al decir esto, Moragas creía oír, en el clapoteo del agua contra los pies derechos y pilotes que sostenían el Espolón, la voz ronca de Juan Rojo y los ahogados gemidos de Telmo.

—Bien sabe usted que el cadalso no está en olor de santidad para nosotros –respondió el joven letrado–. Tenemos mil razones para despreciar, literalmente despreciar, ese aparato de la justicia, tal cual hoy se ejerce. Observe usted el movimiento de las conciencias: estúdielo usted y note que uno de los pocos sentimientos medievales que persisten y hasta aumentan, es el *odio al verdugo*. El verdugo es hoy más paria que en la Edad Media. Existe, indeterminada, pero enérgica, la convicción de que no es más que un *asesino pagado por la sociedad*. Y vamos... racionalizando... ¿qué más da quitar la vida diciendo «fallamos que debemos condenar y condenamos...», que dando vuelta a una palanca? Pues el caso es que para el magistrado, respeto, y para el verdugo, reprobación. Note usted que en algunas naciones muy adelantadas, verbigracia los Estados Unidos, se aspira sólo a quitar el verdugo, conservando la última pena. O se lincha –lo cual revela un

---

197 *Hidrófobo*: Rabioso.

estado anárquico, pero franco y juvenil, en que todos juzgan y eje-
cutan– o se mata por la electricidad[198], en que el verdugo no existe.
De todos modos, a mí no me horripila mucho más un verdugo auténtico, que esos sustentáculos de garrote, como Cáñamo...

—Según eso, ¿no recelaría usted entrar en relación con el oficial
público –preguntó Moragas esperanzado– estudiarle, conocerle?...

—No lo recelaré en otro círculo más amplio. Aquí no, porque...
mi reino no es de Marineda[199]. Por lo demás, creo que el estudio del
verdugo, que está por hacer, completaría el de los criminales. Todo
verdugo es necesariamente un *caso*, una anomalía regresiva, una
monstruosidad psicológica. Su situación es muchísimo más extraña
que la del criminal. Pero aquí... ¡qué diablos! Vale más no ver a semejante alimaña. A quienes veremos, y nos reuniremos para verla, si
usted quiere, es a la parricida de la Erbeda y a su compañero; no
ahora, mientras dura el alboroto y la vocinglería de los primeros instantes, sino después, cuando haya sido fallada la causa; en fin, en
alguno de los periodos en que el público olvida al criminal en la cárcel.
¿Dice usted que esa mujer tiene aspecto dulce?

—Lo tiene –afirmó Moragas–. Tanto lo tiene, que se quedará
usted asombrado si la ve. Yo no puedo olvidar su aspecto. Necesito
hacer un esfuerzo sobre mí mismo, para no eregirme en protector
suyo. Amigo Febrero: dichoso usted para quien los objetos sensibles
toman forma de ecuación o de algoritmo. Aquí me tiene usted con
medio siglo encima, con bastantes desengaños... y capaz todavía, por
haber visto pasar a una mujer joven, modesta, atada y entre civiles...
de ponerme completamente en ridículo.

—¡Pues cuidadito! –advirtió Lucio–. ¡Mire usted que eso quieren
los Cáñamos!

---

198   Se refiere aquí a la silla eléctrica.
199   Referencia bíblica «Mi Reino no es de este mundo» (Jn 18,36).

X

Despedido de Febrero, Moragas subió a su casa cinco minutos, volviendo a bajar transformado: sin levita, sin guantes, embozado en la capa, un tanto ladeado el honguillo. Se diría que acudía a alguna clandestina cita, o a algún conventículo de conspiradores. Todo menos aturdir entonces los barrios con el estrépito de su berlina. Iba con ese andar cauteloso y furtivo que se llama *paso de lobo*, y pronto salvó el *Páramo de Solares* se metió, campo de Belona arriba, por la calle de Peñascal, que había de conducirle a la del Faro.

Ya allí, seguro de que nadie le seguía ni le observaba, tendió la vista en derredor, y registró el lugar, asaz significativo y melancólico. Los sitios que un hombre habita y las mansiones que elige, dicen siempre al observador algo de su espíritu y de su alma. No en balde eligiera Rojo por residencia aquel rancho, precisamente la última casa del pueblo, más allá de la cual... sólo se alzaban las tapias blancas y frías del Camposanto. Aquel hombre tenía que ser vecino de la muerte, y vivir así, en el rancho sombrío con puertas y ventanas bermejas, parecido a sucio paño sobre el cual se extendiesen grandes placas de sangre. No en vano tampoco los cinco ranchos que enlazaban el de Rojo con las demás casas de la población se encontraban siempre deshabitados; sin duda nadie había querido ocupar aquellas barracas siniestras, contaminadas por la inmediata vecindad del hombre ignominia. No en vano tampoco, la campiña de los arrabales, que hasta allí ostentara notas simpáticas, de índole labriega –un pajar o *meda*[200] de paja de maíz, un carro desuncido, algún arbolillo en que las yemas comenzaban a desabrochar, algún patatal próximo a dar flor– se revestía, en torno del infame rancho, de tan hosca aridez, rompiendo en breñas negras y calvas o desarrollándose en terrenos baldíos y arenosos. Y por último, no en vano servía de fondo al rancho y al cementerio, el mar; pero no aquel mar de bahía suave, arrullador, ru-

---

200   *Meda*: Montón de cereal que se aprieta alrededor de un palo para su conservación.

moroso, que en la punta del Espolón había coreado con armonioso acento un diálogo de pensadores, sino el amplio, libre, y estruendoso Cantábrico, que con tumbo ya ronco, ya sonoro, ya quejumbroso y lúgubre, ya airado y furibundo, azota la escollera, muere retorciéndose el playal, escala los cantiles que guarnecen el pequeño promontorio del Faro, y los corona de nevado diluvio de espuma bravía, tan pronto batida como deshecha.

—El sitio lo expresa todo –pensaba Moragas. Este hombre, oprobio de la sociedad, no podía vivir sino aquí, en una especie de cubil de fiera. Mas en buena ley y justicia, si así vive este hombre, Cáñamo y los que piensan como él debían agruparse en un barrio especial: el barrio donde radicasen la Audiencia, la Cárcel, el Penal, el campo de la Horca y la misma casa de Rojo. Ellos, los que han creado a este indefinible ser, no cumplían con menos que levantarle el entredicho y hacer respetar en él lo que entienden por justicia... Si, pues váyanles con eso... Capaces serían, por no acerarse a él, de dejar pudrirse al muchacho, víctima del estado social de su padre.

Calculando así, y olvidando que la víspera tampoco él quería asistir al chico (lo cual demuestra que Moragas había andado mucho camino en venticuatro horas), se determinó a efectuar lo que llamaba allá en sus adentros *bajada a los infiernos*, y volviéndose y girando las pupilas, observó si alguien podía verle entrar en el rancho. Cerciorado de que no había por allí fisgones, apoyó la mano en el pestillo... y este movimiento hizo renacer la aversión y repugnancia de la víspera, algo que podía llamarse un espanto frío, de esos que no van acompañados de ningún temor positivo y real. Venció esta impresión; venció también la que le produjo ver en el zaguán, arrimada a la pared, una escalera, que le recordaba la que en otros tiempos llevaban en el sombrero los verdugos, como símbolo de la horca; y lo mismo que en cierta ocasión se había arrojado a un charco fétido para sacar a un niño que se ahogaba, se arrojó al interior de la sórdida vivienda.

La *Marinera* no andaba por allí: sólo el padre velaba a la cabecera de Telmo. No cruzaron palabra en los primeros instantes el Doctor y Rojo. Éste se puso en pie, y aquel aplicó la mano a cabeza entrajada, y luego el termómetro a la axila del paciente. Cuando lo sacó, sacudió y consultó a la luz, vio que había cuarenta grados de devoradora calentura.

—¿Has comido?

—Ni chispa, señor. Naranjadas.

—¿Le ha dado usted una antipirina?[201]

—Sí señor. Todo lo que usted mandó. Por la mañana estuvo despejadito, aunque se quejaba mucho. Se ha recargado a la tarde.

—Pues mañana o esta noche, cuando se despeje, caldo de sustancia. Tal vez la fiebre esté sostenida por la debilidad.

—Debe de ser eso, porque delira; es decir, ahora está amodorrado, y de repente se pone a charlar y dice cosas... tremendas.

—¿Cosas tremendas? –preguntó Moragas dejando la capa en una silla, porque se disponía a reconocer debidamente las lesiones del niño–. ¿Y qué cosas tremendas son esas que dice su hijo de usted?

—Siempre está con que es valiente y con que puede con todos... y que le tiren más piedras, que por eso no se rinde... Todo se le vuelve «me mataréis, me mataréis, pero no diréis que quedó vencido... Soy el general Haches y el general Erres... No tengo ejército, pero basto yo; yo defiendo el castillo... Vengan piedras...». Sospecho, señor don Pelayo que a esta criatura le han jurado una partida atroz los chiquillos del Instituto: puede decirse que lo han reservado a pedradas.

—Si es así, efectivamente es tremendo... aunque natural y explicable.

No contestó Rojo gruñó sordamente, y volvió a instalarse, de pie, a la cabecera del herido. Moragas, entretanto, alzaba suavemente el apósito para reconocer el estado de las lesiones en la cabeza, y levantando la sábana, se informaba del dislocado pie. Deseoso, más que reconocer y estudiar aquellas lastimaduras físicas, de echar la sonda en otros dolores, se volvió a Rojo:

—Supongo que usted se fijará bien en lo que hay que hacerle al niño, y seguirá todas mis instrucciones... Porque usted debe de querer mucho a esta criatura.

Rojo se encogió de hombros.

—No tiene uno otra cosa –respondió opacamente.

Cumplido el deber profesional, minuciosamente examinado el enfermo, dadas las instrucciones de palabra y por escrito, Moragas podía retirarse, pero consta de seguro que en vez de hacerlo, tomó una silla y se colocó en ella como quien no tiene urgencia. La víspera por la

---

201 *Antipirina*: Medicamento que rebaja la fiebre.

mañana desmentiría él con tedio y enojo al que pronosticase que había de tomar asiento en semejante mansión. Haciéndose el distraído y acariciándose maquinalmente las patillas, clavó en Rojo sus pupilas grises, llenas de luz, preguntó como al descuido:

—¿No tuvo usted más hijos nunca?

—Sí señor... otro murió de pequeño... de sarampión... Era una chiquilla.

—¡Feliz ella! –comentó Moragas en tono expresivo–. Crea usted –prosiguió con la misma solemnidad–, que si me llama usted a asistir a esa criatura, y veo que su vida pende de una dosis de cualquier medicamento o de una sajadura de bisturí... yo, que por salvar a un niño soy capaz de echarme un horno ardiendo... creo que me meto las manos en los bolsillos, y dejo morir sin escrúpulo a la hija de usted.

Rojo ni protestó, ni mostró que le sublevasen tan duras palabras. Su mirada, esquiva y errante recorría las junturas del piso, y sus labios, color de violeta, se agitaban como si quisiesen dar salida a las cláusulas mal formadas y truncados razonamientos. Al cabo balbuceó:

—Tiene usted... tiene usted muchísima razón. El mayor favor que usted le podía hacer al... al angelito, era... dejarla morir. Ella sí que está bien. ¡Dichosa de ella!

Al oír Moragas estas expresiones, se alegró el espíritu, le pareció que tomaba buen sesgo el interrogatorio que proyectaba.

—Según eso –preguntó –usted comprende perfectamente cuál es la posición, y cuál la de sus hijos, originada por la de usted.

—¿No lo he de comprender?

—Pero... –insistió el Doctor–, ¿lo comprende usted por completo? ¿Se da usted cuenta clara y exacta del destino que les está reservado a ese pobre rapaz que delira en esa cama? ¿Puede usted formarse bien la idea de su presente y de su porvenir, de los odios y las humillaciones que le deja usted por infamante herencia, de lo que es hoy y de lo que será mañana? ¿Se hace usted cargo de que este niño, si fuese capaz de calcular, como calculamos los viejos, debiera, en vez de pedir a Dios que le conserve su padre, pedir que se lo quite?

Ninguna respuesta dio al pronto Rojo a estas resueltas palabras, con que el Doctor entraba en materia, cortando intrépidamente por lo sano. Sólo su azoramiento pudo descubrir que el Doctor había puesto el dedo en lo más enconado de la llaga. Al fin rompió en ininterrumpidas frases.

—Demasiado se hace uno cargo de todo... No es uno ninguna persona que ni vea ni entienda... Y es mejor que uno ni hable ni se acuerde de eso, porque cuando no tienen remedio las cosas...

—¡Al contrario! –interrumpió Moragas con energía–. ¡Hay que acordarse de eso...; hay que hablar de eso, y mucho! Puesto que se ha encontrado usted con Moragas, no ha de poder decirse que el encuentro fue inútil y vano. Usted ha venido a consultar conmigo una enfermedad del cuerpo..., y aunque tiene usted enfermedad, y muy seria, lo de menos en usted es ese padecimiento... De lo que usted está enfermo es de la conciencia, y ha contagiado usted a ese inocente, que por culpa de usted se halla fuera de la ley y camino del presidio. ¿No le hace a usted reflexionar el hecho que usted mismo se refiere, de que para apedrear a su hijo de usted se hayan asociado todos los alumnos del Instituto? ¿No ve ahí claro el porvenir de este chiquillo? Para apedrearlo le destina usted, y apedreado será toda su vida. ¿Por qué no lo estrangula usted..., usted que tiene por oficio estrangular?

Con tal vehemencia pronunció Moragas estas palabras, arrastrado por el impulso, que Rojo se puso, más que pálido, lívido, sintiendo como latigazos de alambre en el alma; y no sin alguna aspereza, contestó:

A otra cosa me podrá ganar cualquiera, pero no a querer a mi hijo, y por mí sería rey de España. Si no lo es, no tengo yo la culpa. Una cosa es hablar y otra pasar por los casos de la vida de un hombre. Con mis manos no he de matar al hijo; ahora si Dios se lo lleva; él saldrá ganando también.

Estas últimas palabras fueron acompañadas de una especie de gemido ronco, y Juan Rojo, olvidando ya toda etiqueta social, se derrumbó en un escaño, escondió entre las manos la cabeza, y dio señales de aflicción o más bien de hosco dolor.

Moragas se levantó. Cada vez era más vivo su deseo de saber la historia de Rojo. Sabida ésta, bien se podía calcular y comprender si Rojo era o no *redimible*. Empezaba a sentir Moragas la generosa fiebre, el ansia de *bajar a los infiernos* para sacar de ellos un alma..., y algo también de gustillo de mostrarle a Febrero que en todo fango, en la ciénaga más inmunda y vil, hay una perla que a fuerza de bondad y de abnegación se encuentra, si se busca bien. Se acercó a Rojo y le tocó en un hombro, estremeciéndose Rojo no se movió.

—No sirve apurarse ni descorazonarse. Ya le he dicho a usted que nuestro encuentro ha de haber sido para bien. Algo ha de hacer por ese niño, que valga más que aplicarle unas vendas y reducirle una dislocación...

Rojo se puso en pie. Su cara inexpresiva, angulosa, oscura, se iluminó todo lo que podía iluminarse... con una luz sorda, esbozando una especie de sonrisa, operación a que no estaban habituados sus labios; y como si, para salvarse de morir ahogado, quisiese cogerse a una columna, tendió los brazos hacia el cuerpo de Moragas –quien, redentorista y todo, se echó atrás prontamente–. Lo que no hizo Rojo fue hablar. ¿Para qué? Su actitud bastaba.

—A ver –ordenó Moragas, comprendiendo que ya tenía a su disposición y arbitrio a aquel hombre–. Se sintió usted otra vez... así..., lejos de la cama, porque no molestamos al enfermo... ¿Cómo se llama?... ¿Cómo se llama su hijo de usted?

—Telmo, señor.

—Pues para no incomodar a Telmo, póngase usted ahí..., cerca de la ventana..., así...Yo también traigo mi silla... bien... Ahora va a contar toda su historia, punto por punto..., y como llegó usted a tomar... un oficio tan cochino y vil..., yo ya sé que lo que dicen las mujeres de la plaza; ayer me lo espetó la borrachona de la *Jarreta*; mire usted que princesa para despreciar a nadie... Ahora, usted, que tiene otra instrucción y otros conocimientos..., creí, la verdad, que no diese pábulo a esas aprensiones. Cansado estoy..., ¡sí!, ¡muy cansado!, de oír a cada paso «infamia, infamia, vileza, vileza...». Infamia, ¿por qué? ¿Qué hago yo para que todos me canten el sonsonete de la vileza e infamia? –prosiguió Rojo, con la lengua ya expedita y el habla caldeada por la indignación hasta casi adquirir el temple de la elocuencia–. ¿Robo yo el pan de nadie? ¿Soy algún criminal? ¿Soy un falsario? ¿Falto, en tanto así, a la ley? ¡Nadie más que yo la respeta... y la cumple! ¡A ver, señor Moragas, si usted con su buen talento me aclara este enigma!

Moragas oía reprimiéndose. Si al ver a Rojo humillado sentía

cierta compasión, cuando Rojo se crecía y se revolvía contra la sociedad, a seguir su impulso, le hubiese escupido y abofeteado. El silencio de Moragas infundió ánimos a Rojo, que prosiguió:

—Sí, señor: ¡yo soy tan hombre de bien, o más o menos como cualquiera de los que me vuelven la espalda y me tratan lo mismo que a
un perro! Nadie me podrá probar que yo haya cometido el delito más
leve. ¡Delitos! ¡Crímenes! Por mí deja de haberlos: si no es por mí...,
a paseo a la justicia. No soy un funcionario cualquiera... soy el
primero, el más indispensable. A veces paso por la calle Mayor, y están
muy tiesos y muy fonchos los señores de la Audiencia, el Fiscal, el
mismo señor Presidente... Les saluda uno, y ni contestan: vuelven la
cara, y hacen que no le ven a uno... ¡Qué risa me da!... ¡Cómo me río
por dentro! (Rojo se rió convulsivamente.) ¡Que ellos sentencien... y
que yo no cumpla... y verá usted en qué para todo eso de la justicia!
¡Figúrese usted que yo me cuadro... y que *otro como yo* se cuadra...
que nos declaramos en huelga los *oficiales públicos*..., y verá usted a los
magistrados con la obligación de cumplir ellos mismos lo que sen-
tenciaron! ¡A los magistrados!... Y qué, ¿no soy yo tan magistrado
como ellos? ¡Soy el magistrado último... el que falla sin casación[202] posible!... La justicia, sin mí... ¡valiente paparrucha! ¡La justicia... soy
yo! (gritó dándose con el puño en el pecho).

No creyó Moragas oportuno emprender la refutación de estos des-
esperados sofismas, al menos por entonces. Las palabras y argumentos
de Rojo le aumentaban el deseo de saber su historia, y de remontarse
hasta los turbios orígenes de aquella existencia humana. Le pareció
mejor dejar pasar el arranque de acibarada soberbia del hombre
maldito, contestando sólo irónicamente:

—Todo esto será muy verdad, y a usted le sobrará la razón y usted
será el magistrado supremo, y sin, embargo, acaba usted de decirme
no hace tres minutos que se alegraba de haber perdido en tierna edad
a una niñita, y que, si se muriese Telmo, él saldría ganando y usted
también.

—Eso es otra cosa... –afirmó Rojo–. Si me va usted por este lado...
Preocupaciones y tonterías es lo que me rodea, y yo bien me las paso
por cualquier parte, siempre que no tropiezan en el niño... Por mí...,
estoy contentísimo, y no me trueco por nadie –afirmó con alarde que

---

202 *Casación*: Anulación de una sentencia.

desmentían sus temblorosos labios–. ¡Pero los hijos... duelen, duelen muchísimo! Más de cuatro cavilaciones y de cuatro noches sin pegar ojo.. son por ellos, por ellos. Uno puede con todo... y si le solivianta lo de las infamias y de las vilezas, es porque eso le tizna la frente al niño..., ¡que está inocente como los mismos ángeles del cielo!

Moragas acercó más su silla a la de Rojo; sonrió, se mordió la punta del sedoso mostacho, limpió con el blanco pañuelo los quevedos[203] de oro, se los caló, estiró los puños tersos y limpios de la camisa, y guiñando un tanto los párpados, como el que quiere reconcentrar la fuerza visual, preguntó a Rojo:

—Diga usted, ¿usted ha estudiado en sus mocedades? ¿Ha seguido usted alguna carrera?

Y Rojo, como el que dice la cosa más natural del mundo, respondió:

—Sí, señor... yo estudié para cura.

---

203 *Quevedos*: Lentes de forma circular.

XI

E l rostro de Moragas, que por su excesiva movilidad y flexibi-lidad parecía a veces de goma elástica, se dilató de sorpresa, y a renglón seguido, por extraña inmixtión[204]del elemento hu-morístico en aquella conversación tan fúnebre y acerba disparó el Doctor la mayor y más franca carcajada que habían oído jamás las pa-redes de la barraca de Rojo.

—¿Conque para cura? Bien... ¡De primera! Si usted me lo dice, capaz hubiese sido yo de adivinarlo. ¡Para cura!, pues ahora, si no tiene usted inconveniente... sírvase decirme cómo ha pegado el gran brinco, desde el hisopo hasta...

Un ademán expresivo completó la frase. Rojo, dócilmente, con ese tonillo enfático que la clase social más inferior adopta para narrar los sucesos de su propia vida, respondió:

—Estudié hasta los dos años de latín en el Seminario de Badajoz. Y me entraba bien el estudio...

—¿Es usted extremeño?

—No señor. Nací en Galicia. Mi padre era de aquí, y mi madre portuguesa. Pero la carrera de mi padre, que era militar y de alta gra-duación, nos hizo viajar por toda España. En Badajoz nacieron al-gunos de mis hermanos... porque tuve once; y esos quedamos huér-fanos, y cada uno tiró por su lado, a vivir como pudo.

—¿De modo que sentía usted vocación al estado eclesiástico?

—Si, señor... o por lo menos creía sentirla entonces. A esa edad casi no se sabe uno lo que le conviene...¡psch! ¡Si lo supiera cuando es más viejo! En el seminario estaban contentos de mí. Pero el señor Obispo –que medio me tenía ofrecida una capellanía –luego se negó a dármela... y yo no vi esperanzas de salir adelante con la profesión.

—¿Qué hizo usted?

—Me dediqué a seguir la carrera de maestro normal... Tan pronto

---

204 *Inmixtión:* Mezcla en el interior

como la hube terminado, un amigo mío me tomó de pasante para un colegio que dirigía. El colegio iba sosteniéndose... así... aleteando, a trompicones. Lo malo es, que de allí a poco quebró... y cáteme usted otra vez en la calle.

—¡Mal sino!

—Entonces caí soldado.

—¿Y qué tal? ¿cogió usted el chopo?[205]

—¡Que remedio! Como no pintase en la pared los cuartos para redimirme... Y puedo decir a boca llena que quedaron mis jefes satisfechos de mi porte. No recibí una represión, porque obedecí como una máquina. Los jefes son los jefes, y ellos a mandar y nosotros a callar. Pues yo..., ¡vamos!..., como sabía algo más que mis compañeros..., y obedecía igual que un recluta..., fui ascendiendo..., primero a cabo..., a sargento después... Y así que cumplí mi tiempo, conseguí ir a Lugo, a *regentar* una escuela.

—Veo que tenía usted vocación de maestro –observó Moragas.

—No me disgustaba la profesión... –aseveró Rojo–; sólo que andaba traspasado de necesidad... ¡He pasado mucha miseria entonces... y después! Lo peor fue que me enamoré de una gallega...

La frase bien sencilla y con ribetes cómicos, fue pronunciada en tono tan singular, que Moragas no sonrió. Le pareció como si en la auscultación moral que practicaba, de repente se hubiese presentado un sonido especial, delator del verdadero asiento de la dolencia. «Aquí está el mal», le decía su instinto médico, aplicado entonces a la patología del espíritu. «Aquí tienes la clave. Hasta ahora no supiste lo que traías entre manos: la enfermedad se te aparecía embozada, sorda, latente, rebelde a toda investigación. Ya cogiste el hilo... ¡Tira del cabo, que ya sacarás el ovillo de esta alma...!».

—¿Dice usted que se enamoró de una gallega? (preguntó en alta voz). Pero... eso... ¿qué? ¡Se habría usted enamorado de tantísimas mujeres! Al cabo era usted joven...

No señor. Yo no me enamoré de muchas mujeres... Siempre fui de buena conducta, que nadie pudo poner tacha en mis costumbres. Como si toda la vida tuviese cincuenta años... Ya ve: salí del Seminario, y... lo mismo que si no saliera. Nunca me tentaron las rapazas ni los vicios que veía en otros.

---

205   *Chopo*: Arma de fuego

—Pero, en fin (interrumpió Moragas), esa vez se enamoró usted de veras.

—Tan de veras, que me casé señor.

—¡Ah! –exclamó expresivamente Moragas.

—Y como usted conoce..., la situación del hombre casado se diferencia muchísimo de la del soltero. Yo hasta entonces no había tenido ansia por la mañana: íbamos saliendo de día, y lo que es para mí solo, pelado... con una taza de caldo había de bastarme y sobrarme. Pero llegaron la mujer y los niños... y vi el mundo de otra manera. Con mi escuela no tenía ni para arrimar el puchero a la lumbre. No se pagaba; a cada paso choques con el Ayuntamiento, por si cobro o si no cobro, y si me adeudan o no se me adeudan mensualidades... Aquello no era vivir, señor de Moragas, y crea usted que mil veces le faltaba a uno el ánimo para todo... para todo absolutamente. Me acordé entonces de que yo conocía bastante a don Nicolás María Rivero, que tenía la sartén por el mango... Me fui a Madrid, y le vi a él, y también a otro pez muy gordo, de esta tierra, que me acuerdo que me dijo... asimismo como yo se lo digo a usted: «Vuélvase a Lugo... Antes de que esté usted allá, se habrá largado el huésped». ¡Y el huésped era el rey Amadeo! Fue verdad[206]. No llegara yo a los Nogales..., y proclamada la República. Aquel señor no se olvidó de mí, me envió a Orense, con un destino...

—¿Destino? ¿Qué destino?

—En la policía –respondió Rojo en voz más baja y sorda que de ordinario.

—¿De orden público? ¿Mangas verdes?

—No señor... Aquella fue otra policía, que existía entonces, y ahora se me figura que tal vez no la habrá... Como la Guardia Civil se reconcentraba en los pueblos por las trifulcas, el campo quedaba entregado a las facciosas... En Orense y Lugo, sobre todo, las aldeas estaban tan mal, que de un día a otro se recelaba un levantamiento. A mí me colocaron a las órdenes del gobernador de Orense, que por cierto era muy exaltado en ideas. Yo salía a registrar las casas de los curas carlistas, y antes de que saliese, aquel señor, encerrándose conmigo en el despacho, me decía: «Vaya usted Rojo, registre, allane, prenda, entre a saco, haga barbaridades... Firme en esos carcundas[207]

---

206 **Amadeo de Saboya** (1845-1890) fue rey de España entre 1870 y 1873. Su reinado de poco más de dos años, estuvo marcado por la inestabilidad política. Los seis gabinetes que se sucedieron durante este periodo no fueron capaces de solucionar la crisis, agravada por el conflicto independentista en Cuba y la Guerra Carlista.

207 *Carcundas*: Palabra despreciativa para «carlista».

de puñales, que esos son los demonios, esos son las fieras que nos traen a mal traer...». Pero yo...

—¿Usted se opuso? –preguntó Moragas, buscando un rayo de esperanza y luz–.

—¿Usted se negó?

—¡Ya se ve que me negué, mientras no tuve un papel, una orden por escrito, bien clara y terminante! Lo que se ordena de palabra, en el aire se rubrica. Allá va el mandato... y el hombre que lo cumple, cuando está más satisfecho, se encuentra ahogado y comprometido. La ley tiene que estar escrita, y en no estando escrita, ya no es ley. Así es que yo... ¡vamos sin alabarme!, no me apoqué, ni por voces que me daba el Gobernador, y entonces hablaremos y se hará lo que vuestra señoría disponga. Yo no me meto a allanar una morada sin que me suelten un papel. Papel en mano, que se me ponga delante el mundo. Y el Gobernador no tuvo más remedio que aflojar el papelito... Con él hice yo cosas... tremendas.

—¿Lo declara usted mismo? –interrumpió con severidad Moragas.

—¡No señor...! Cuando digo tremendas... es un modo de hablar, porque yo no hice más ni menos de lo que me mandaron; en nada extramilité. Como usted comprenderá, mi obligación era cumplir las instrucciones, obedecer a rajatabla, no meterme en más honduras.

—Eso es lo que repruebo (articuló Moragas frunciendo el entrecejo severamente, gesto que trazaba, sobre su frente de goma, pensativas arrugas). ¿Cree usted que si me escriben ahora en un papelito «comprenderás tal atrocidad» y voy y la cometo, estoy libre de culpa?

Rojo titubeó, no encontrando argumentos contra Moragas.

—Pues señor –articuló lentamente–. Yo creo, con perdón de usted, que en respetando la autoridad y obedeciendo a las leyes establecidas, nadie dilinque, nadie falta. Y la prueba es que no se me exigió miaja de responsabilidad por semejantes hechos. Yo era mandado, y con obedecer me salvaba. No faltó quien me dijese en aquel entonces: «Verás, verás. Ahora este revoltijo se lo lleva la trampa, y los vidrios rotos los pagas tú». Y yo, con mi papel en el bolsillo y la firma del Gobernador más clara que las estrellas, de todos me reía. Bien quisieron echarme al presidio... ¡pero narices!

—¿Y qué hizo usted –preguntó Moragas, cada vez más interesado–, al llevarse la trampa aquello y se le acabara a usted el oficio de allanar casas de curas? ¿Se dedicó usted al... de ahora?

—Entonces –contestó el hombre sombríamente, recapacitando para recordar el nuevo peldaño de la escala social que rodara–, entonces... me metí a comisionado de apremios.

—¡Magnífico –dijo entonces Moragas, riendo sarcásticamente–. Muy bien pensado y muy en carácter! La Revolución perseguía con el hierro y el fuego las ideas; la Restauración fue muy práctica, y organizó la persecución de los bolsillos... Reclutó una jauría de sabuesos... ¡y a cazar!

—Pero señor –objetó Rojo–, las contribuciones hay que cobrarlas, y lo que es por su fino gusto no las pagaría nadie.

—Cuando son excesivas y brutales –respondió colérico Moragas–, cuando pesan tanto que revientan al contribuyente... usted suponga un Estado bien recogido, donde haya abundancia y economía, y crea usted que ese Estado no necesita comisionados de apremios. En fin, el caso es que usted...

—Señor... yo tenía entonces esa niña, que este rapaz nació después... Y era preciso mantenerlos...

—Esa ya es una razón de mejor ley –contestó don Pelayo.

—Pero yo no sería comisionado de apremios si fuese una mala acción –declaró Juan Rojo con curioso alarde de dignidad, que casi desconcertó a Moragas–. Yo ni en esa ni en las demás acciones de vida he faltado, porque sé muy bien qué es delito y qué no es delito, y podría ahora someter a un juez todos mis actos, seguro de que no tendría por qué avergonzarme. Yo soy honrado a carta cabal; yo, si encuentro en la calle millones, los devuelvo a su dueño; yo respeto como el que más lo que debe respetarse; pero era cuestión de dar de comer a mi familia... y serví al Estado, lo mismo que lo servía, pongo por caso, el Delegado de Hacienda...

El argumento debió de impresionar a don Pelayo, que o no supo o no quiso replicar por entonces palabra. Callaba también Rojo, y reinaba en el pobre camarachón embarazoso silencio. De pronto se le ocurrió al Doctor una pregunta, que produjo en su interlocutor sacudida muy honda.

—Y... con su mujer..., ¿se llevaba usted bien?

Rojo tembló súbita y visiblemente, y respondió, siempre temblando, en voz apenas perceptible:

—Muy bien... No teníamos una palabra más alta que la otra.

—He dado en lo vivo... pensó Moragas—. Aquí está la brecha; aquí encontramos los tejidos no gangrenados por la putrefacción del *legalismo*. Bien, Por ahí el bisturí; por ahí el «termo-cauterio»[208]... Y en voz alta:

—Su mujer de usted..., ¿vive?

—Sí, señor —contestó lacónicamente la casi extinguida voz.

—Y Moragas no se atrevió a decir más, porque le imponía el temblor de Rojo, a la vez que su instinto de médico seguía diciéndole: «Esa es la carne viva. Registra sin miedo». Completó la fórmula interrogadora con una mirada circular, que expresaba algo parecido a lo que sigue: «Y si vive su mujer de usted, ¿cómo es que no se encuentra a la cabecera del niño, o aseando esta leonera un poco?».

Rojo callaba. Un suspiro entrecortado salió de su pecho. Luego dio dos o tres palmaditas en la rodilla del pantalón, y murmuró:

—Mi perdición fue venirme de Orense a Marineda. Si yo no vengo aquí... Aquí me engañaron. Porque yo fui engañado, señor de Moragas. El atender a consejos... ¡Y lo harían con buena intención probablemente! Como me veían lleno de necesidad... Me persuadieron, me dijeron: «No seas bobo. Esto es una ganga, una chiripa». Yo les respondía (tan cierto como ahora está usted ahí, sentado en un banco): «¡Pero si *no voy a saber*!.. ¡Pero si *voy a hacer la plancha*»![209]... Y me contestaban, asimismo como le digo a usted... Aquí no habrá que trabajar nunca. Los veinte años se pasan sin que se ejecute a un gato... Y te embolsas treinta y siete duritos cada mes, por estarte cruzando de brazos, paseando por las calles... ¡Treinta y siete duritos!. Ya ve usted que la cosa es para tentar a cualquiera...

—¿Y... quiénes le decían esto?

—Los amigos...

Moragas sonrió.

—Y su mujer de usted, ¿qué opinaba?

Rojo, al nombre de su mujer, contrajo de nuevo la fisonomía. Al fin pronunció, acelerando las palabras y como el que se disculpa:

---

208 *Termocauterio*: Cauterio que se mantiene candente por la electricidad.
209 *Voy a hacer la plancha*: Voy a hacer el ridículo.

—Aquella decía que de ningún modo; que ella no se había casado para eso... Pero al mismo tiempo, la verdad: el dinero le tenía que saber bien; porque ya usted ve, criando y aficionada a las comodidades y muy amiga de la casita llena y de la rica ropa blanca...

Estas palabras salieron quebradas como sollozos. Se diría que Rojo se dirigía a su propia mujer y discutía con ella. Moragas empezaba a comprender toda la historia de aquel hombre. Estaba viendo a la mujer, delicada, hacendosa, refinada cuanto es posible dentro de su clase, y no refinada en lo material tan sólo, puesto que retrocedía ante la infamia, aunque esa infamia reportase holgura, ropas limpias y descanso.

—De todos modos –prosiguió Rojo como deseoso de cambiar de giro de sus explicaciones–, fue mi perdición, señor, que la tenía Dios determinada allí. ¿A qué no quiere usted creer que había lo menos seis o siete aspirantes a la plaza, que ya presentaran sus solicitudes, y con las grandes aldabas, con grandes empeños de todas clases, mientras yo no me metí ni una triste cuña? A la verdad, no sabía yo mismo lo que deseaba... Por el aquel de que me estaban pinchando y hurgando para que pidiese... escribí mi solicitud, diciendo que había sido sargento y añadiendo mis certificaciones, y la presenté así, sin más ni más... ¡Mire usted lo que es el destino de las personas! A los ocho días, decretada a mi favor, y los de las recomendaciones, a la luna de Valencia.

—Y..., preguntó Moragas, como quien echa la sonda en un paraje de gran profundidad–, y usted... en la guerra... o... en otras circunstancias... ¿había tenido ya... ocasión de... de herir... o matar a alguno?

—¿De herir? ¿De matar? –contestó Rojo con indefinible expresión de extrañeza y protesta–. ¿De matar? ¿De herir? En los cincuenta y cinco años que llevo de vida, *no me acuerdo de haber hecho daño a nadie con mis manos*. No entré en acción formal nunca. Si los jefes me mandasen disparar contra el enemigo, dispararía, ¡qué remedio! Pero el caso no llegó. A mi cargo corrió un año entero de instrucción de quintos, y ninguno puede quejarse de que yo le haya cascado un revés siquiera.

—Pues entonces... ¿cómo pensaba usted arreglárselas con... el oficio que iba a tomar?

—¿No le digo –replicó Rojo dolorosamente–, que fue una cosa que vino así? Yo calculaba: vamos viviendo y cobrando, que ocasión habrá de pensar lo que conviene, cuando lleguen las apuradas. Podía suceder que no llegasen nunca; podía uno morirse sin que llegasen... y no servía de nada el consumirse antes de tiempo... Por lo pronto, cobraba mi sueldecito; vivíamos, entretanto, quizás sin saltarse otra colocación; y... calma y aguardar. Sólo que vino la gorda, como pasa siempre en este mundo, cuando menos se esperaba... y me encontré atado de pies y manos... con la *obligación delante*...

—Inconcebible parece –exclamó Moragas– que pudiese usted resolverse a...

—¿Y qué quería usted que hiciese? No me había de resistir a la ley. ¿No conoce usted, don Pelayo, que eso es imposible? ¡Ay qué bien se habla! El que manda manda, y los que estamos debajo obedecemos.

—Pero usted decir que no... ¡y veríamos quién!

—Me obligarían...

—¿Cómo?

—Me llamarían al despacho del jefe de la ronda secreta... y... allí...

Rojo hizo el ademán de juntar los dos pulgares por su cara externa, y el gesto del que sufre un dolor cruel. Moragas mostró expresivo asombro.

—¡Tormento! –exclamó espantado, recordando las afirmaciones de Lucio Febrero y comprendiendo la verdad que encerraban.

Rojo sólo contestó con una inclinación de cabeza, clavando la quijada[210] en el pecho. Moragas apretó los puños y soltó un terno[211] a media voz. Se dominó al cabo de algunos segundos el filántropo, y dejando caer sobre Rojo una mirada mitad compasiva, mitad irónica, preguntó:

—¿De modo que... por fin... tuvo usted que ... *trabajar*? ¿Y cómo se las compuso? Porque usted *no sabía*...

—*No sabía*... ¡Ya se ve que no! Y temía... vamos... un fracaso, no fuera a alborotarse el público, y a silbarnos o apedrearnos... Pero salí del apuro, porque el hijo del *oficial público* que había en Marineda antes que yo, vino a verme y me dijo: «No se aflija, Rojo, que yo le ayudaré. Saldrá bien el compromiso. ¡Palabra de honor! Yo no he trabajado nunca; pero no necesito: ya sé como se hace, y hasta parece que

---

210 *Quijada*: Mandíbula.
211 *Terno*: Taco, mala palabra.

me lleva afición hacerlo. Si tuviese como usted los méritos del servicio militar, para mí y no para usted sería la plaza. Ahora ya la tiene usted, y por muchos años la disfrute. Pero no pase cuidado, que hemos de quedar *con honra*. Yo subiré con usted al tablado haciendo de ayudante, por si hubiese la menor dificultad; yo le prepararé los chismes, que han de estar como la propia seda, y yo le explicaré allí la habilidad...». «Este es el oficio del aguador, que se aprende el primer viaje». Y así fue. Tan bien lo hizo, que le regalé tres duros. Fuera de dar vuelta a la cigüeña..., puede decirse que aquel lo despachó el muchacho.

Moragas se contenía. A seguir su impulso repentino haría alguna barbaridad muy gorda. Pero bajo el movimiento de indignación había un sentimiento persistente de conmiseración indefinible. El alma abyecta y entumecida de Rojo era su presa. El apóstol laico no quería renunciar a la romántica obra de misericordia.

—Y ¿cuántas veces volvió usted a... trabajar? –preguntó conteniéndose.

—Cinco.

XII

Una fúnebre pausa siguió a la respuesta de Rojo. Moragas se quedó helado. Aquella cifra le confundía como puede confundir un sofístico raciocinio. El hombre que tenía delante había ejecutado *cinco veces* el movimiento de brazo que manda a otro hombre a la eternidad.

Así que don Pelayo dominó el estupor, preguntó de un modo incisivo:

—Y diga usted... ¿Y la primera vez... al menos... no tuvo usted... algún hormigueo en la conciencia? ¿O se quedó usted perfectamente tranquilo?

—La primera vez –respondió la tenebrosa voz de Rojo–, los ocho días después, o tal vez quince... soñaba de noche... con *él*...

¡Ah! ¡De noche! ¿Le veía usted?

—*Le* veía.

Nueva pausa y silencio más atroz.

—¿Y después? –insistió Moragas.

—Después... Por eso a veces un hombre... Sólo el que pasa por ciertas cosas... Si no fuese que apenas podía dormir, no bebería yo ni media copa de caña en mi vida.

—¿Empezó usted entonces a beber caña?

Rojo guardó silencio. Aquella confesión salía de jirones, sangrienta, magullada, como la intermitente queja que arranca el paroxismo del dolor; y Moragas, acostumbrado a ver y curar tantas heridas, comprendía que lo más grave, lo más hondo, lo más amargo de todo no acababa de ascender a la superficie. No podía Moragas adivinar qué clase de cadáver dormía en el fondo, pero lo presentía, allá, muy abajo, en los últimos senos de un pozo de ignominia, vergüenza y desesperación humana. Su instinto infalible seguía gritándole: «Por aquí, por aquí... están las últimas telas del corazón, de ese corazón que lo mismo les late a los filósofos que a los jueces, a los criminales que a los verdugos; la porción augusta que existe en este miserable lo mismo que en ti...».

—Y preguntó expresiva y lentamente, clavando los ojos en su interlocutor pensando con la mirada, por decirlo así, sobre su espíritu—. Y... su mujer de usted.... ¿qué decía de esos malos sueños con reos agarrotados? ¿No soñaba también ella?

—Ésas son cosas que no importan nada —declaró torvamente Rojo—. De eso más vale no hablar. Estamos gastando aquí conversaciones que no vienen al caso... y ahora... sería bueno atender al chiquillo:

«Tu caerás —pensó Moragas—. No te me escapas. Ya sé por donde te duele. ¡La fibra universal! Ésa es la que responde siempre. Amor, paternidad... Habría que ser fabricado de bronce para no resollar por ahí... Y me parece que tu resuellas, y fuertecito... Pues si resuellas... por ahí te atacaremos. Del concepto limitado de *marido* y *padre*, puedo hacerte pasar al general del hombre. Me costará trabajillo sacar a flote la *humanidad*; pero por lo mismo... Yo te trabajaré. ¡Ah, si el Padre Incieso y el Padre Fervorín sintiesen esos pujos redentores que siento yo! Lo que me indigna es el contrasentido de que los tales Padres serán capaces de absolver tranquilamente al verdugo, a la media hora de haber agarrotado a su prójimo... ¡Y en cambio le negarían la absolución si le diese por sostener que la misa puede o debe decirse en castellano!»

Hecho este aparte, un tanto candoroso y sin medula, el filántropo miró otra vez a Rojo, fija y hondamente. Dos imágenes se enlazaban en su fantasía: la de la presunta parricida de la Erbeda y la del ser maldito a quien quería redimir. Vio a la mujer estrangulada por el hombre, con permiso de las leyes... «No será —calculó para sí—. Este individuo no volverá a quitar la vida a nadie. Moraguitas, o eres un bolonio[212], o de esta vez has concluido con el verdugo de Marineda».

El propósito le infundió singular admiración y hasta alegría. Aquella sí que era hazaña bonita, verdadera redención. ¡Salvar una existencia y dignificar un alma!

—Oiga usted... —pronunció con irresistible fuerza—. Usted es un hombre a quien todos desprecian. ¿Está usted convencido de ello?

---

212 *Bolonio*: Tonto.

—Pero es una injusticia grandísima.

—No lo es. Sin embargo, quiero concederle a usted lo que fuese. Escúcheme con atención. Esa injusticia, ¿la paga o no la paga su hijo de usted? ¿Por qué le tenemos ahí en esa cama, destrozado a pedradas el cuerpo?

—¡Porque hay gente muy bárbara en el mundo!

—Veo –exclamó Moragas con energía– que no quiere usted avenirse a la razón. Veo que desea usted que su hijo continúe en la misma situación social. Pues ¡buenas noches! Busque usted médico.

Rojo emitió un quejido enorme, de súplica y protesta, tendiendo las manos como para detener a Moragas.

—Precisamente –añadió el doctor, que a pesar de haberse despedido no se movía de la silla– estaba yo dispuesto a tomarme interés por el muchacho, y a servirle de algo para resolver el problema de su educación y de su porvenir.

No respondió Rojo con palabras, pero repitió el ademán de postrarse ante el Doctor. Éste se desvió, poniéndose en pie y mostrando intenciones de retirarse.

—Hablemos claro –dijo parándose en mitad del camarachón–. A ver si usted me entiende. ¡Puedo ser útil a su hijo y servirle... de mucho! ¿Qué educación le da usted? Apostemos que ninguna.

—¿Y qué culpa tengo yo, señor? ¡De todos lados le echan! En las escuelas privadas no le quieren. En las del Ayuntamiento, el fantasmón del Alcalde me dice que no tiene cabida, porque es hijo de padre acomodado. Si va al Instituto, le acabarán de matar a pedradas. Intento ponerle a que aprenda un oficio, y el dueño de la fábrica de dorados le admite un día, y al día siguiente le planta en la calle, porque los aprendices se le declaran en huelga. ¿Es injusticia o no? ¡Mi hijo es tan bueno como ellos! ¡A lo mejor ellos tendrán padres ladrones!

¡Que los tengan! –objetó Moragas–. ¡Lo peor es ser hijo de usted! Y si no lo confiesa usted ahora mismo... no vuele a verme el pelo en toda su vida.

Rojo exhaló un grito sofocado, un grito que no se oía casi, un grito que lloraba.

—Pues bueno... lo confieso, sí señor, ... confesado... El demonio lo hace... ¡Ser hijo mío es lo peor del mundo!

—Y un hijo de usted no tiene más camino que sucederle en el cargo...

—¡Eso no! ¡Primero le ahogo... con manos... sin instrumentos!

Al pronunciar estas palabras fue Rojo, corriendo a batir contra la pared de tablas del mísero rancho, ocultando el rostro en el rincón. Moragas se llegó a él, y casi a su oído murmuró, tuteándole por repentina inspiración de su retórica de apóstol:

—Yo puedo salvar a tu hijo y hacerle hombre como los demás...; yo puedo darle oficio honrado y hasta instrucción y carrera superior, si sirve para el caso...

Rojo se volvió, y mirando al médico cara a cara, exclamó:

—¡Pues gana usted el cielo; porque obra de caridad como ella!...

—No..., no gano cielo ninguno... porque no lo haré de balde.

El padre se quedó callado, sin adivinar en qué moneda le iban a exigir el pago de la buena obra.

—¿Estás dispuesto a pagar? –insistió Moragas.

Rojo miró a la cama donde reposaba Telmo, y sin vacilar, respondió con firmeza sobrehumana:

—Si, señor. Pagaré.

El doctor guardó silencio, como si quisiese dejar que grabase en el ambiente la promesa de Rojo. Pasados unos instantes, repitió:

—¿Pagarás?

—Está dicho... ¡y basta! Usted haga que mi hijo deje de ser aborrecido de todos y que no se vea en el caso de tomar mi oficio, y yo...

—Veremos –advirtió Moragas–. No me fío todavía. Temo añadió, mezclando tratamientos –que si yo le digo a usted «haz esto haz lo otro», usted me salga con que la ley... y con que la obligación...

No señor. Juan Rojo hará lo que usted le mande. ¿Ha oído? Lo que usted le mande. Soy un hombre de bien; a nadie causé daño sino por orden superior; pero como usted tiene tantos enemigos... ¡si hace falta dar un susto!...

—¡Bárbaro! –respondió Moragas–. No hago caso de este rasgo de estupidez... Ya sabrás lo que exijo de ti... y si te queda un adarme de sentido moral, me obedecerás con pleno convencimiento de que llevo razón... Y si has de obedecerme, empieza ya. Dime al punto por qué no vives con tu mujer.

—Pero a usted ¡qué le importa eso! –gimió Rojo–. Yo no quiero saber de ella... Se marchó...

—¿Con otro?

—Bueno; ¿y si fuese con otro?... ¡Dios la perdone! Yo bien perdonada la tengo... ¡Que Dios mire por ella, porque yo lo único que sé es que es madre de mi hijo... y.... abur!

—Ya no pregunto más... Dijo Moragas, sintiendo una emoción tan dramática que le pareció ridícula–. Perdonar siempre, es la ley verdadera, ¡y no esas que acabas tú! ¡Yo también haré que perdonen a tu hijo!... Adiós, que volveré... Hasta mañana... ¿Entiendes? ¡Hasta mañana!

XIII

Y no pudo volver Moragas a la mañana siguiente, porque Nené amaneció enferma. Empezó por fiebrecilla catarral, y siguió por una de esas calenturas que en pocos días agotan la naturaleza de una criatura pequeña, como viva corriente de aire que activa la combustión del delgado cirio. Se marchitaron las mejillas de Nené; leve capa vidriosa cubrió sus dulces pupilas negras; sus manitas enflaquecieron, descubriendo los tiernos huesecillos bajo la piel flácida. El Doctor lo olvidó todo; se encerró con la criatura; no revolvió los libros, porque comprendía los orígenes del mal, pero se abrazó con él cuerpo a cuerpo, y a fuerza de reconstituyentes y de cuidados exquisitos, empezó Nené a manifestar una sombra de mejoría. Y la mejoría se fue graduando, y se iniciaron los antojitos de golosinas y de juguetes... Moragas entrevió la posibilidad de llevarse a su niña a la Erbeda, y allí restaurarla por completo en fuerzas, en alegría, en vitalidad. «Tenemos Nené», le decían sus estudios y le repetía la esperanza. Un día salió disparado a comprar un juguete nuevo, norte-americano, unas enormes mariposas mecánicas que volaban solas; y al soltarlas en la habitación de la convaleciente, y oír que se reía de los aletazos que pegaban contra la pared los pintorreados mariposones, se acordó por vez primera, con vago remordimiento del hijo de Juan Rojo.

Como toda persona impresionable, Moragas solía caer de la cumbre del entusiasmo al fondo del desaliento. En el camarachón del verdugo le había parecido empresa fácil de rehabilitar el chico, sacándole de la atmósfera de ignominia donde vegetaba. Se hallaba dispuesto entonces a vencer preocupaciones y antipatías, violentar las puertas de escuelas y talleres, salir fiador, y realizar en un solo día la salvación de Rojo y la de Telmo. Rojo no mataría más: Telmo sería obrero o estudiante... Y ahora, a un mes de distancia, el plan se le figuraba impracticable y absurdo. Advertía la ligadura de la voluntad, el hielo que cohibe la acción y sólo veía las dificultades y hasta el lado comprometido y semigrotesco de su proyectada empresa. «¿No hay por ahí otros muchachos a los que proteger? He ido a fijarme en ese, precisamente en ese... ¡Moraguitas! ¿Dónde metes tú, en Marineda, al hijo del verdugo? Todo el mundo torcerá el gesto apenas le nombres...».

Pararon estas fluctuaciones en aplazar y ganar tiempo. Se dio a sí propio la excusa de que nada se puede emprender durante el verano, y el verano iba aproximándose ya. «En estos meses todo se paraliza. Época de vacaciones... La gente se larga al campo... Yo también quisiera darme una vueltecilla... ¡Los colores que echará Nené en la Erbeda! Y para iniciar la campaña redentora... mejor a principios de invierno». Contribuyó a apagar las ardorosas resoluciones de Moragas el hallarse Telmo ya curado de sus descalabraduras. El niño, sano y bueno y correteando por la calle del Faro, le parecía menos digno de compasión. Hasta sintió Moragas, por egoísmo del cariño a su hija, cierta hostilidad contra Telmo, tan robusto y vigoroso, más despejado, más resuelto, más parcial que nunca, y crecido dos pulgadas lo menos. «La salud de este bigardo[213] la quisiera yo para Nené...». Al punto, reaccionando su generoso carácter, Moragas quedó descontento de sí mismo, en un estado de ánimo especial, comparable al sufrimiento. Sentía como si llevase atravesada una barra de metal frío y duro, cuyo peso gravitaba sobre su alma y la deprimía. «Más tranquilidad es no ver el ideal ni de cien leguas que verlo y no alcanzarlo», pensó el médico. Siempre que el recuerdo de Juan Rojo cruzaba su memoria, sentía don Pelayo la impresión de humillante impotencia que causa el deudor el aspecto del acreedor –de acreedor mudo, que espera sin reclamar el préstamo–. El estado moral de don Pelayo lo conocen y padecen todos cuantos hombres, sin llegar a justos, perfectos ni santos, pueden llamarse buenos, sensibles y altruistas. El santo no sufre: cumple sin temor: su voluntad es de una pieza. El bueno... cumple o no cumple, pero siempre le sangra la herida de la piedad.

Lo que más obligaba a Moragas a no olvidarse de Rojo, eran las conversaciones relativas al crimen de la Erbeda. Ni en el campo ni en la ciudad se hablaba de otra cosa. Según lo vaticinado por Priego, el tal crimen había tenido gran resonancia, hasta en la prensa en

213 *Bigardo*: Fuerte y robusto.

Madrid, donde se consagraron los extensos telegramas y largos artículos, alguno tomado de los diarios de Marineda. Se esperaba la vista pública como se espera un acontecimiento: se sabía que asistirían a ella Paco Rumores, un hijo de Marineda, admitido como noticiero en el diario de mayor circulación de España; que don Carmelo Nozales preparaba un informe brillantísimo, preludio de su traslado a la Audiencia de la corte, y que, no obstante su resistencia y repugnancia a exhibirse en Marineda como letrado, Lucio Febrero había tenido que encargarse de defender a la parricida.

Moragas resolvió asistir al juicio oral. Pero a última hora se lo impidió la hija de la marquesa de Veniales, casada hacía siete meses con un ingeniero, y tan enemiga de perder el tiempo, que al cumplirse ese plazo mínimo, aumentaba la especie humana con una criatura. Fue el lance apretado y peligroso, y Moragas no pudo apartarse del potro de tormento donde gemía la prematura madre. A la misma hora en que entraba en el mundo una niña sietemesina, los jurados y la Audiencia sentenciaban a salir de él a una mujer y un hombre; los reos de la Erbeda, sentenciados a garrote vil, «como era de esperar», que dijo Cáñamo.

Unánime estuvo la prensa aquella noche y la mañana siguiente, poniendo en las nubes el informe de Nozales, y revelando descontento y extrañeza ante la defensa de Febrero. Fiel a los moldes clásicos de la oratoria forense, *Grocio* y *Pufendorf* pronunció una especie de invocación a las furias del derecho penal, esmaltando su oración de vengadores apóstrofes. Para el objeto le sirvió de mucho a Nozales el ligero baño literario que poseía, y la acusación de Batilo[214] contra los dos asesinos del Castillo le hizo el caldo gordo, sin que por nadie fuera notada la coincidencia de ideas y frases, que pudiera parecer resultado de coincidencia de crimen. Lo mismo que Meléndez Valdés en 1821, Nozales habló del desenfreno, perversión y abandono brutal de las costumbres, de la funesta disolución de los lazos sociales, de la inmoralidad que por doquiera cunde y se propaga con la rapidez de la peste, del olvido de todos los deberes, y presentó como rasgo característico de la época al hacer escarnio del nudo conyugal; habló de la consternación de la patria ante tan horrendo atentado, perseguido con las mayores penas desde la antigüedad remota hasta la época presente;

---

214   *Batilo*: Seudónimo de Meléndez Valdés.

citó una ley del Fuero Juzgo y otra del título de los *omecillos* en las Partidas[215]; y terminó con el parrafeo efectista de cajón en estos informes, encareciendo a los jueces la trascendencia del veredicto y la importancia de aquella misión que la sociedad les confía, la necesidad de reprimir inexorablemente el crimen y de inspirarse, no en una compasión reñida con la ley, sino en el recuerdo de la víctima «que ya no puede hablar y desde otras regiones contempla a la sociedad y a los jueces». La concurrencia, pendiente de los labios de Nozales, prestó también afanosa atención a Lucio Febrero; sólo que, hacia el segundo tercio de la perorata del joven letrado, principió a deteriorarse, y al final, confesando que «todo aquello podría ser muy científico», convino en que era raro y sospechoso, y aun funesto a la sociedad, de cuyas manos arrancaba el consabido rayo vengador[216] que Nozales, con artístico ademán, fingiera vibrando sobre las cabezas malditas de los reos. Además, ¿no era un sofisma evidente, una falta de lealtad jurídica, el empeño de demostrar que la parricida, al entregarse a un amante, y al concertar después con él la muerte del esposo, no obedecía a sugestiones de la lascivia, sino a las de un terror profundo, de esos que extravían y ciegan, al terror de que el amante la acogotase, y luego al terror de que el marido, cumpliendo amenazas tan reiteradas y horribles como verosímiles, la ahogase una noche, entre el silencio de la alcoba conyugal? ¿A qué venía apoyar tesis tan rara con citas de obras de medicina, que demuestran la obcecación y trastorno moral que produce el miedo en el alma humana, y sobre todo en la femenil, donde la educación y la costumbre riegan y cultivan ese sentimiento? ¿Por qué Febrero no citaba obras de Derecho Penal? ¿Por qué no admitía la versión natural y corriente de la bribona que, a fin de dar gusto al cuerpo, toma un galán, y para mejor disfrutar del galán suprime al marido? Nada, está visto que estos juriconsultos de ahora se agarran a un clavo ardiendo con tal de declarar al reo irresponsable... Había que oír a Cáñamo en los pasillos de la Audiencia de Marineda. «Les digo a ustedes que, a este paso, la sociedad se hunde, se desploma... Como que se quita la *piedra angular*, fundamento de todo edificio». Renació la tranquilidad al saberse veredicto del jurado, prueba de que la sociedad no se desplomaba aún. ¡La apuntalaría muy en breve un doble cadalso!

---

215   En el *Código de las Siete Partidas* de Alfonso X, el Sabio se refiere a «homicidio».
216   Alusión mitológica al rayo de Zeus, supremo juez en la mitología griega.

A los dos o tres días de hacerse pública la sentencia, entró en el gabinete de Moragas, Lucio Febrero, y el abogado tendió al médico una mano que ardía.

—¿Sabe usted —dijo arrojándose en el diván— que tengo calentura por las tardes?

Moragas le pulsó. Sí; había elevación de temperatura, pero casi insensible.

—Tal vez sea —dijo— una manifestación palúdica; pero se me figura que lo que tiene usted puede llamarse berrinche.

Lucio no contestó al pronto: dudaba entre callar o espantanarse. Al cabo, poniéndose de pie y con la expansión de quien destapa el alma:

—Me voy de Marineda —exclamó—. Me meteré en la montaña, a cazar, lo que falta del verano, y con eso tal vez me salvo de una hepatitis. ¡Felices ustedes los que no se reprimen, los que dan válvulas a la ira como entusiasmo! ¿Dice usted que poca fiebre? Pues yo pensé tener cuarenta grados y varias décimas.

Moragas se rió, y murmuró, apoyando cariñosamente ambas manos en los hombros del abogado:

—¡Qué a pechos lo ha tomado usted! No lo creí. Es verdad que la causa metió ruido y que Nozales puso toda la carne en el asador.

—Toda la carne... Sí, la carne manida[217]; carne de un siglo. Pero el pensamiento del auditorio contaba justamente la misma fecha que los argumentos de Nozales. ¡Les habló del lenguaje que entendían!...

—Y usted en chino —advirtió Moragas—. Aquella teoría del crimen por miedo sería muy ingeniosa en los *Assises*[218] de París... Lo que es por acá... usted se pasó de listo, señor don Lucio.

—¡De lo que me pasé fue de sincero! —exclamó apesadumbrado el joven defensor—. A veces la verdad es verosímil; yo lo olvidé, quise hacerla brillar en todo su esplendor, y sólo conseguí esperar la sombra. Nozales sí que estuvo acertado. Hay para uso de los tribunales, una especie de aleluyas del hombre malo y bueno que se aplican indistintamente a cualquier criminal: es una máscara clásica, como esas figuras alegóricas de yeso que representan las Virtudes, o las Estaciones del año. ¡La humanidad es tan variada, tan diferente entre sí!... ¡Cada alma es un mundo! Pero Nozales, y los magistrados. ¡Cargue el diablo con ellos!

217 *Manida*: Muy usada.
218 *Assises*: Escaños.

—Vamos, ¿ve usted como nadie es de bronce? —advirtió Moragas—. Se ha tomado usted interés por su defendida... ¿Qué tiene de particular?

—No, Moragas... No es eso —respondió Febrero esforzándose en hablar sin violencia ni cólera—. Ella... me es casi indiferente, y el querido, antipático. Me importan... como concepto. Veo que *ella* va a morir... no por criminal, sino por miedosa. Su crimen es horrible, nauseabundo; tiene circunstancias que espeluznan; conformes; pero si se atendiese a lo interno... ella no debía morir.

—¿Cree usted que deba morir en garrote mujer ninguna? —preguntó Moragas fogosamente.

—Ya sabe usted como pienso en ese asunto... No soy abolicionista... Pero las mujeres, puesto que la ley las considera *menores* para infinidad de casos, y el derecho político las excluye, debieran encontrar ante el derecho penal la protección y la indulgencia que se deben al menor. ¡Y vaya usted con esto a los señores del margen! Esa criminal de la Erbeda, por ejemplo, no hubiese cometido el crimen si no fuese educada bajo el régimen del *terror viril*. Me ha contado su historia. De niña, la pegaba su padre para obligarla a pisar tojo. De muchacha, en las romerías, la sacaban los mozos a bailar a empellones o zorregándola un varazo... ¡galantería *rusticana*!. De casada, su marido no la solfeaba mucho (por eso dijo Nozales, parodiando a Meléndez Valdés, que era hombre de *bondadoso* carácter); pero un día que vino más borracho que otros, la quiso meter en el horno y arrimar lumbre... Sobreviene el querido... y... la conquista un día, por violencia, con amenazas y golpes; establecen el concubinato... el marido los pilla casi *infraganti*, y hace la vista gorda... sin duda por temor al Cirineo[219]..., pero así que este vuelve la espalda, agarra a su mujer de las muñecas, la lleva ante el horno..., la suelta después..., y por frases, por miradas, por intuición, ella comprende que el propósito es firme, que su marido tiene determinado matarla y sólo espera ocasión propicia. Así la va asesinando poco a poco, de susto. Al acostarse le dice siempre: «Cuando menos pienses te despiertas en la eternidad». Y la mujer suprime el sueño, quiere que no la sorprendan, poder resistir, gritar... ¿Comprende usted el estado psíquico que determina el no dormir en muchos meses? Naturalmente confía sus terrores al

---

219   Simón Cireneo fue forzado por los soldados a llevar la cruz de Cristo hasta el Gólgota (Mc 15, 21).

querido, que se alarma también por cuenta propia..., y claro, surge la
idea del crimen... Ahí tiene usted la génesis... ¡Miedo!

—Pues nadie lo ha creído, sépalo usted –advirtió Moragas–. En el
concepto general, el esposo murió porque estorbaba...

—Dejarlo –respondió Febrero suspirando–. ¿Qué más da? Yo me
voy de caza, de pesca, de monte..., de cualquier cosa... Y no iré, ni en-
tenderé, ni me tropezaré con Cáñamo, ni con Nozales, ni con Celso
Palmares, que después de andar diciendo que se moriría sin firmar
una sentencia de muerte, ha firmado ésta... Me libraré del espectáculo
ridículo de la versatilidad de las muchedumbres; no veré a los mismos
que hoy clamaban «vindicta pública», telegrafiar a los Diputados y
Senadores para conseguir es otro absurdo que llaman indulto[220]...

—¿Sentiría usted que indultasen a su defendida?

—Sé que no la indultarán: corren vientos de severidad. Pero el indulto me subleva. O no condenar, o no perdonar a capricho. La clemencia ministerial (ni real es) corre parejas con la justicia histórica...
Ea, adiós, señor don Pelayo; a menos que quiera usted acompañarme
a la Cárcel... Voy a despedirme de esa infeliz, y a darle ánimos, ha-
ciéndola creer mil embustes. ¿Me ayuda usted a mentir? ¿Sí? ¡Cuánto
me alegro!

---

220 *Indulto*: El indulto es una causa de extinción de la responsabilidad penal, que supone el
     perdón de la pena. Emilia Pardo Bazán escribió un cuento titulado «El indulto», donde
     trata el problema en la sociedad española de la época.

XIV

El Doctor no acababa de resolverse. Estaba en uno de esos períodos en que el corazón pide más descanso que lucha. ¡De cuán endeble contextura es la hebra del destino humano! ¡Cuán insignificante puede ser el movimiento psíquico que tal vez decide de una existencia!

Moragas miró a los vidrios de su ventana y notó que hacía un sol radiante, un día de junio espléndido y no caluroso; y por esto y por la simpatía que le inspiraba Lucio, pensó: «pecho al agua»; se puso el sobretodo gris, y bajó las escaleras de muy buen talante.

Se halla enclavada en la Cárcel de Marineda el extremo inferior del Barrio de Arriba; por un lado mira al mar, por otro –donde tiene su principal entrada– a una plazoleta irregular y en declive, entre cuyas baldosas crece la hierba. El aspecto de esta plazoleta es de los que enamoran al artista y desazonan al edil fomentador de reformas urbanas. A la derecha, el gótico caserón de un noble; a la izquierda, la pared de la Audiencia; en primer término callejuelas y calles, y allá en el fondo, azul bahía. Construida en el último tercio del siglo pasado, la Cárcel de Marinera guarda algunas fúnebres memorias de nuestros disturbios políticos: se enseña el calabozo de donde salieron varios liberales para la horca, y ciertos realistas a tripular un barco que en mitad de la bahía se desfondó, arrastrando al abismo su tripulación maniatada.

—¿Sabe usted –pronunció Moragas deteniéndose antes de franquear la puerta– que la Cárcel es angustiosa y triste ya antes de que se ponga en ella el pie? Esas rejas triples, comidas de orín, parecen telarañas urdidas por la coacción y el aburrimiento.

—Pues sepa usted que esta es una de las mejores de España. ¡Hay cada cadáver por ahí! En algunas viven los reos con los pies metidos en el agua... o en cosa peor. Acuérdese usted de lo que charlamos hace

tiempo en el Espolón: la idea de que el acusado es torturable no se ha
extinguido, ni mucho menos. Esta cárcel —añadió Lucio deteniéndose
y agarrando familiarmente al Doctor por la solapa— es un portento de
construcción, al decir de los inteligentes en arquitectura. Ahí le con-
tarán a usted —caso que tenga la paciencia de escucharlo— que si el carcelero deja al suelo en su habitación el manojo de llaves del edificio, se
oye el estrépito desde cualquier celda, y que a su vez el carcelero, desde
su habitación, no pierde ripio de cuanto pasa en las celdas de los presos...
A pesar de tales maravillas de acústica, por las rejas bajas entran botellas y más botellas de aguardiente, y el último día que estuve a ver a
mi defendida, había un preso curándose de dos puñaladas, causadas
en riña después de una juerga... ¡Qué mundo, este mundo penal!... ¡Y
decir que ahí, y no en los folios apolillados, está el Derecho futuro, el
que crearemos! Entre usted, que ya verá tristezas... aunque ahí nadie
se queja ni llora: todos son estoicos[221] desde que pasan ese umbral.

Entraron, y se puso a sus órdenes un empleado solícito, acostumbrado a las visitas de Lucio Febrero, que andaba en la cárcel como por
su casa. Moragas, no familiarizado con el lugar, miraba con desolación
las paredes revestidas de suciedad inveterada, de mugre que parecía
exudación[222] de delito; deletreaba los rótulos trazados sobre ellas con
humo, y resistía a fuer de médico, el tufo indefinible, mezcla de vahos
de rancho insípido y de gente desaseada, que flotaba por los pasillos
y hasta en los patios. Aunque los dos amigos iban derechos al departamento de mujeres, situado en el piso alto, Febrero arrastró a Moragas hacia el patio principal, donde tomaban recreación los hombres.
Los presos, que llevan por sistema fingir indiferencia hacia cuanto
viene de fuera no cambiaron de postura ni interrumpieron sus ocu-
paciones. La mayor parte de ellos, fuerza es decir que en nada se
ocupaba: entregados a la detestable holgazanería carcelaria, se pa-
seaban en grupos por el estrecho recinto, charlando, canturreando a
media voz, y clavando de soslayo en Febrero miradas frías y hostiles.
Moragas sentía aquellas ojeadas alevosas, que le hincaban como na-
vajillas el rostro. Un preso, en particular, le inspiró tan súbita repugnancia, que de buen grado se iría a él para retarle o abofetearle.
«¡Vaya un pájaro!», murmuró dando con el codo a Febrero. El pájaro
merecía, en efecto, alguna atención, por más que su tipo no ofreciese

221 *Estoicos*: Pertenecientes a la escuela filosófica fundada por el griego Zenón, que pro-
pugnaba la conformidad ante la enfermedad o el dolor.
222 *Exudación*: Acción de manar.

una singularidad propia de Marineda, sino una variedad, común tal vez que todos los establecimientos penales del universo. Era el Adonis[223] del presidio; el que en París se llama *pâle voyou*[224], en Madrid chulapo, y en Cantabria carece de nombre propio, por ser planta exótica: mozo imberbe, de quebrada color, con cierta perfección de formas que en vez de atraer repelía, como repele una lámina obscena. Vestía camiseta sucia, que descubría el arranque del cuello y el resalte de las tetillas; pantalón de paño crema, ceñido como el de los *bailaores*, y botas prietas, nuevecitas, de caña clara. La cabeza la llevaba desnuda, y pegado el cabello a las sienes en reluciente gancho. Andaba con indecoroso meneo de caderas, y en provocativa actitud se aproximó al grupo de Moragas y Febrero, como diciendo: «Mírenme ustedes, aquí está un *mozo crúo*».[225]El celador que acompañaba a los dos amigos empujó con disimulo a Febrero, y llegándose al oído de Moragas, susurró guiñando el ojo: «A ese lo mantiene y lo viste y lo habita de todo una...».

Mas ya solicitaba la atención Moragas otro asunto; acababa de divisar, en el ángulo fronterizo del patio, a dos criaturas, que representarían a lo sumo de nueve a once años.

—¡Vea usted! –exclamó, dirigiéndose a Febrero–. ¡No pensé que también hubiese *micos*![226]

Los chicos, acurrucados en el suelo, se levantaron a la voz del celador, que les dijo imperiosamente: «Aquí». Se acercaron los dos: el mayorcillo, altivo, serio; el menor, risueño, cínico, ostentado en la carita esa expresión picaresca, que acompañado a la inocencia tiene algo de celestial, y que marchita por el vicio encoge el corazón. «A ver, ¿por qué estarán aquí este par de peines?», exclamó el Doctor, alargándoles con disimulo, no sé qué plata menuda. Iba a explicarlo Febrero, pero el celador se adelantó. «El más pequeño es el que escaló una chimenea para abrir la puerta a los ladrones cuando entraron a coger los cálices y las alhajas en San Efrén. El otro..., que parece de once años, pero tiene ya sus doce y medio... es el que en el Campo de Belona dejó seco a un asistente de una puñalada en la ingle». Moragas clavó los ojos en el precoz homicida.

---

223 *Adonis*: Divinidad griega. El joven Adonis fue sumamente hermoso, hasta el punto de que la diosa Afrodita se enamoró de él locamente. Se aplica a las personas de singular belleza.

224 *Pâle Voyou*: Palabra francesa que significa «golfo».

225 *Mozo crúo*: en argot madrileño «mozo desafiante».

226 *Micos*: Niños pequeños.

—¿Es verdad eso? –preguntó con más lástima que enojo–. No alzas del suelo tanto como mi bastón... ¿y ya has matado a un hombre?

Al mismo tiempo consideraba con sorpresa, notando que parecía el muchacho aquel un niño filipino; su cara era terrosa, juanetuda[227], inexpresiva; sus ojos oblicuos, su boca pálida.

—¿Por qué hiciste *eso*? –repitió Moragas con insistencia.

—Porque el asistente pegaba a mi hermano –contestó el chico en ronca voz de pollo que muda para engallar.

Febrero desvió la atención de Moragas señalándole la puerta de una celda baja, a través de la cual asomaba el bulto de un hombre.

—Allí tiene usted al coautor del crimen de la Erbeda; el sentenciado a muerte...

El Doctor se volvió con viveza, pero Lucio le contuvo poniéndole la diestra sobre el brazo.

—Acerquémonos con disimulo... Ese individuo me aborrece desde que defendí a su cuñado, porque cree que yo traté de echarle encima toda la culpabilidad... Si le dirijo la palabra, baja la cabeza, y no me responde... Pero desde aquí le verá usted muy bien.

—¡Qué facha tan siniestra! –exclamó Moragas.

El asesino, recostado en la jamba de la puerta, miraba al patio, y a la luz del sol le hería de lleno. Efectivamente, su cara y su aspecto eran característicos. Moragas reparó en su cabeza deprimida, con pelambrera sombría, semejante a las pelucas de los villanos de la comedia; en su mirar zaíno[228], su siniestra palidez, su cara mal proporcionada, más desarrollada del lado derecho, sus manos grandes y nudosas, su prominente y bestial mandíbula. Bajo la blusa y el pantalón del lienzo se adivinaba un cuerpo vigoroso, y el zapato de lona dibujaba el pie, aplanado y recio de la plebe aldeana. La posición que había adoptado arrimándose a la puerta era algo penosa, por hallarse sujeto con grillos, que le impedían cruzar las piernas.

—Éste sí que nos engaña –murmuró Moragas–. ¡Que pedazo de bruto! ¡Vaya un protagonista para un *crimen pasional*!

—Pues ahí verá usted –contestó Febrero –si la gente fuese observadora, sólo con mirarle a la jeta se reiría de los patéticos apóstrofes de Nozales y de todo aquello del *culpable ardor* y del *fuego criminal*. ¿Ese hombre inspirar pasión? ¡Caballeros! Es un másculo de las

227 *Juanetuda*: De pómulos salientes.
228 *Zaíno*: Traidor.

edades prehistóricas; es el oso de las cavernas... Subamos, y observe usted el contraste entre el Romeo y la Julieta[229], que desde arriba puede contemplarle, si se le antoja... ¡Pero no le contemplará! ¡Si aún alivio puede tener la desgracia, es encontrarse libre de semejante fiera! Y le advierto a usted que cuando preguntan a él jura en tono plañidero que ella le incitó, que ella le perdió...

Subían, mientras Febrero hablaba así, por las escaleras húmedas y pinas, y dejando atrás las cocinas apagadas y solitarias, de ennegrecido y sórdido fogón, llegaban al departamento de las presas. Se oía en el pasillo el aullido fúnebre y prolongado de una loca furiosa, encerrada en celda aparte, en tanto que se expedientaba calmosamente su envío al manicomio. Cuando penetraron en las cámaras destinadas a las mujeres, pudo el doctor creerse metido en un infierno con vistas al paraíso.

Eran pardas y bisuntas las paredes; negra y rebajada la techumbre; carcomido el piso; reducidísimo el espacio para el rebaño de presas que se apiñaba en pie, buscando apoyo en las ruines tarimas –donde sólo convidaba al sueño flaco jergón mal surtido de *poma* o paja de maíz seca –; mefítica[230] la atmósfera, y triplicados los polvorientos barrotes que la retasaban. Mas a través de los hierros, tan próxima que casi metía por ellos jirones de raso turquí, estaba la bahía amplia, majestuosa, rielando[231] bajo el sol, poblada de gentiles minuetas[232], de chalanas[233], de pesados lanchones, y señoreada por un magnífico trasatlántico, el *Puno*, que con las calderas trepidando aún, mal borrado el penacho gris de su alta y fina chimenea, acababa de fondear, y sobre cuya cubierta hormigueaban los pasajeros, aguardando la falúa[234] de sanidad para arrojarse a los columpiadores esquifes... Indiferente, buena sin propósito de serlo –como la naturaleza misma– la bahía enviaba a las reclusas el perpetuo socorro de un aire salobre y vivificante, que en aromáticas bocanadas se introducía burlando las rejas...

El celador advirtió a Moragas que de aquellas hembras –exceptuando la parricida– ninguna estaba allí más que por leves faltas, hurtos, *agarros de moño*, cosa insignificante, que a muchas las permitía

---

229 Se refiere aquí a los dos amantes de Verona, cuya obra fue inmortalizada por Shakespeare.
230 *Mefítica*: Se aplica al aire o gas, que al ser respirado, resulta nocivo para la salud.
231 *Rielando*: Brillar.
232 *Minueta*: Barco pequeño.
233 *Chalanas*: Embarcación pequeña.
234 *Falúa*: Embarcación destinada al transporte de las autoridades de la Marina.

alardear aún de mujeres de bien. Sin embargo, con la misteriosa fraternidad que en la prisión se establece, todas trataban cordialmente a la sentenciada a morir.

Sentada en un rincón, vestida de riguroso luto, la divisó Moragas, avisado por un codazo de Febrero. «La individua», pronunció más con los ojos que con la boca el abogado, y el médico se fue derecho a ella. La reo se levantaba ya por respeto a su defensor, y daba felices días; y al oír por primera vez su voz delgada y tímida, Moragas experimentó la misma impresión aguda e intensa de piedad que había notado al verla cruzar la carretera entre guardias civiles. Acaso fue mayor, más punzante, porque veía a la criminal enflaquecida, encorvada, lo mismo que si sus espaldas soportasen, no en sentido figurado, sino en realidad, el terrible *peso de la ley*. Por su reducida estatura y magrura extrema, parecía un muchacho disfrazado en ropas femeniles: bajo su mantón negro, cruzado a pesar del color de cera, afilado, sumido. Moragas contemplaba aquellas facciones menudas, aquellos ojos enrojecidos por el insomnio, y aquella boca contraída que no presentaba ningún signo característico de sensualidad.

—¿Que tal? ¿Cómo vamos? —preguntó el defensor llegándose a la reo, en tono que quería ser campechano y jovial.

—Así... así... —contestó la mujer penosamente.

—Ahora te han mudado de habitación, ¿eh? Aquí estás mejor —observó Febrero, (la habitación no era mejor ni peor que la otra).

—Psch... Sí, señor... Bien estoy en todas partes —murmuró la presa con apagado acento, recalcando un poco la palabra *bien*.

—¿Y.... de ánimos? Mira, ya sabes que no te permito abatirle —añadió Febrero en tono de médico que ordena al paciente vomitivos u otra medicina repugnante.

—De ánimos... muy mal, señor... —respondió la sentenciada, fijando sus ojos grandes, oscuros y de mirada dura, en el abogado—. Sueño cosas... Ayer... soñé que estaba ya en el cadalso mismo.

—¡Valiente simple! —exclamó Febrero, riendo forzadamente—. Como me vuelvas a soñar bobadas semejantes... ya te he dicho cien veces que el Supremo casará la sentencia, y aunque no la case es igual, porque gestionamos el indulto. Y de todos modos... ¡tonta! ¡Si aún tenemos por delante el verano entero! En tiempo de vacaciones no funcionan los tribunales... Bien sabes que hasta el otoño lo menos no puede *pasar nada*....

La presa no contestó. Bajó los ojos, y un leve estremecimiento agitó su cuerpecillo.

—Mira –añadió el defensor–; para que veas que no te olvido un momento, aquí te traigo a una persona muy respetable y muy influyente, el Doctor Moragas... Puede hacer muchísimo por ti... si... si llegase *el caso*... Verás como... entre todos...

Moragas se aproximó más a la reo, envolviéndola en aquella ojeada penetrante y alentadora que sabía tener a la cabecera del enfermo desahuciado. La mujer a su vez levantó la vista, y el médico alargó la mano y cogió la de la culpable, apoyando la yema del pulgar en la muñeca para apreciar la pulsación. La piel estaba fría y ligeramente sudorosa el pulso retraído, casi insensible.

—Ánimo –profirió a su vez Moragas, pero en tono completamente distinto del de Febrero, con fe, ardor y persuasión comunicativa–. Ánimo. Dé usted gracias a Dios, que hoy es un buen día para usted. ¿A usted qué le parece? ¿Tengo yo cara de mentir o de engañar? Pues yo afirmo que no irá usted al palo.

Por la muñeca que Moragas oprimía se precipitó un arroyuelo vivo y rápido de caliente sangre; se activó el pulso, y la piel adquirió suave temperatura. La mujer fijó en Moragas la humedecida y brillante mirada de sus ojos, exclamando:

—Usted tiene cara de decir la verdad.

—Pues valor y esperanza, y no soñar más con el cadalso.

—¿No me matarán?

—¡No, y no, y no!

No se daba don Pelayo cuenta exacta de lo que decía: no hablaba su razón, sino su voluntad algo que le traía a la boca frases imprudentes de esperanza y consuelo. ¿Cómo podía él impedir que aquella mujer pereciese el patíbulo? ¿Cómo?... Pues no se me antoja que muera. Moraguitas, esta partida hay que ganarla... ¡Vergüenza para ti si no la ganases!...

Cuando médico y abogado, abandonando el recinto de la prisión, salieron a beber con ansia el aire del mar, Febrero se detuvo y dijo al Doctor en tono reflexivo:

—Estoy persuadido de que a la gente del pueblo se le trastea como se quiere, y que podemos hacerles mucho bien, no alumbrando su razón, sino utilizando su credulidad. Deja usted a mi defendida cual yo no la he dejado nunca... Lo mismo que un guante. Esa mujer tiene una particularidad propia de criminales: ya sabe usted la escasez de reacción vascular... y la insensibilidad. No la he visto ponerse colorada ni una vez sola, ni nunca he sorprendido que derramase una lágrima. Pues hoy, al hablarla usted, se ha encendido y se le han humedecido los ojos. Ha hecho usted bien... Le ha perdonado usted lo peor del castigo, que es su *idea* y *temor* ¡Morir! Hemos de morir todos..., y quien sabe si antes que ella. En lo único que le llevamos ventaja, es en ignorar la hora. ¡Cuántos tísicos asistirá usted que a la primer hoja que caiga!... Lo cruel no es matar, sino martirizar lentamente con el miedo: la ley aquí, inspirada en el criterio de Cáñamo, premedita el asesinato y lo realiza con ensañamiento progresivo; cada día que pasa añade una tortura: el insomnio, los sueños espantosos, el despertar temblando, las últimas horas, en que ya se cuenta por segundos... Esa mujer mató, es cierto; pero el muerto pasó, casi sin sufrir, del sueño a la eternidad; y la ley, en represalias, la tiene medio año con el garrote delante de los ojos... Crea usted que esa mujer ya expió su crimen sólo con lo que lleva pensando estos días. En fin, usted le ha proporcionado algún alivio... Hay mentiras benéficas.

Moragas no contestó al pronto. De una fosforera de plata sacó un fósforo para encender el cigarrillo. Afianzó las lentes, acarició las solapas, y de improviso, dando a Febrero un empellón muy expresivo, dijo lentamente:

—Y usted ¿qué diría si no fuesen mentiras?... Vamos ¿qué diría usted?

Febrero sonrió con incredulidad afectuosa, y agarrándose del brazo del Doctor, respondió:

No crea usted que no sé yo los vientos que corren en altas esferas... Aunque interesen ustedes a medio Congreso y a medio Senado, y a *Lagartijo*[235] y al Nuncio..., tiempo perdido. Éstos van al palo..., y yo me largo por no verlo, no oírlo, ni leer un periódico, ni abrir una carta en cuatro meses.

Yo no soy diputado, ni senador, ni torero, ni plenipotenciario...

---

235   *Lagartijo*: Seudónimo de **Rafael Molina** (1841-1900), torero cordobés, famoso por sus estocadas.

–afirmó Moragas, deteniéndose y despidiendo hacia el mar una bo-
canada de humo –; pero... Basta; chico; cada uno se entiende.

—¿Qué preguntó Febrero humorísticamente–, va usted a escalar
la cárcel o a practicar una mina? Déjese usted de eso, Doctor. La vida
de un ser más o menos, créame usted, nada importa. Lo único serio,
y lo único que se debe defender a capa y a espada, son las ideas.
Cuando sucumbe una idea, es cuando procede tocar muerto, llorar,
vestir luto... Lo demás... ¡Psch!

XV

Era de las últimas del verano aquella tarde, y mejor podríamos decir de las primeras de otoño, si bien ha de advertirse que en Cantabria la otoñada vence en paz, en hermosura, en esplendor, al estío. El campo, segado ya presentaba la nota melancólica del rastrojo sobre la tierra algo resquebrajada por la sequía; pero en cambio el follaje de ciertas plantas ociosas, que pueden permitirse el lujo de no morir hasta el invierno, brotaba más lozano y tupido que nunca, y las tapias de las quintas que caen al camino real se ufanaban con una soberbia diadema de rosas, viña virgen, clemátide y bignonia[236].

También el minúsculo jardín del doctor Moragas lucía sus mejores preseas.[237] Había un magnolio que, de puro joven, no echaba flor en todo el año; pero las últimas ráfagas de calor estimularon sin duda sus vírgenes yemas, y un ánfora blanca como la nieve, cerrada aún, pero ya comenzaba a delatarse indiscreta por su fragancia sutil, alboreaba entre las charoladas hojas. Nené, que avizoraba la flor nueva desde días atrás, se deslizó despacio, con paso vacilante, hacia el cenador donde su padre leía un periódico –tan embelesado, por más señas, que ni sintió acercarse a la criatura, ni atendió a los reiterados llamamientos de su vocecita fina como el oro–. Los renglones que absorbían a Moragas eran de un suelto concebido en estos términos, *plus minusve*[238]: «El tribunal Supremo ha desechado el recurso de casación interpuesto contra la sentencia condenatoria de los reos del famoso crimen de la Erbeda, del cual tienen extensa noticia nuestros lectores. Se cree que la prensa y sociedades de Marineda gestionarán vivamente el indulto, para evitar un día de luto a la culta capital de Cantabria».

—¡*Papáaa*! –chilló la voz de la niña algo encaprichada y rabiosa ya–. ¡*Papáaa*! ¿Ta sodo?

—No preciosa... No estoy sordo –respondió el padre, riéndose mal de su grado–. A ver, ¿qué ocurre? ¿No me dejarás leer?

---

236 *Bignonia*: Planta exótica.
237 *Preseas*: Objetos de valor.
238 *Plus minusve*: Latinismo; más o menos.

—*For del buebo abió…. Ámela. Queo for.* ¡*For, for*!²³⁹

—¡Amén! Las vas a coger tu misma de la rama…

El Doctor aupó a la chiquilla, y ésta se agarró la preciosa magnolia semicerrada aún, destrozándola, porque no podían cortarla sus deditos… Por fin, entre hija y padre separaron del árbol la codiciada prenda, y Nené, apenas hubo conseguido apoderarse de ella, salió corriendo cuanto se lo permitían los vestigios de aquella debilidad orgánica mal curada aún, en dirección de la casita. Nené tenía sus planes respecto al aprovechamiento de la primera magnolia del jardín.

Apenas el Doctor se vio libre del tirano, recobró su periódico con diestra febril, y releyó el suelto, cual si no lo hubiese entendido, a pesar de ser tan trivial y claro. Se apretó la barba y arrugó el ceño como quien medita sobre muy arduos problemas; luego se levantó y fue lleno de agitación a pasear por la única y angosta calle de árboles de huerto. El sol jugaba sobre la hierba de los recuadros y prestando a todo un tinte pacífico y alegre. Moragas hablaba solo, lanzando frecuentes exclamaciones, gesticulando, porque para él la reflexión era acción, movimiento y marejada interna imposible de reprimir. «Ahí tienes, Moraguitas, el conflicto que se te viene encima… Anda, hijo, ahora es cuando tienes que apretar las clavijas tú, ¡Valiente derrota la que se te prepara! Ni Waterloo²⁴⁰… Has ofrecido interponerte entre aquella mujer y el garrote… Pero fue como si ofrecieses la luna, ¡infeliz!… La agarrotarán… y tendrás paciencia. No son ahora los tiempos poéticos del *Caballero de Maison Rouge*²⁴¹, que por medios inverosímiles y romancescos sacaba a las cautivas de las mazmorras…». Mientras pensaba así, en los repliegues secretos de la intención y de la voluntad alentaba otra cosa, una singular esperanza, que tenía el ímpetu y la energía del presentimiento, o mejor dicho, del cálculo de probabilidades fundado en datos íntimos, cuyo valor sólo él podía estimar. Sin saber lo que hacía, se recostó en el cenador de viña virgen, y fue arrancando hojas de púrpura, secas, que crujían entre sus dedos…

Por ser tan chico el huerto de Moragas, se oía desde el jardín el

---

239　De nuevo se reproduce aquí el habla de Nené.

240　*Waterloo*: Batalla en la que fue derrotado Napoleón Bonaparte por los británicos y prusianos (1815) y que recibe tal nombre por haberse producido en las inmediaciones de ese lugar.

241　La obra de Alejandro Dumas *El Caballero de Maison Rouge* (1845) se ubica en pleno reinado de terror, y relata las aventuras de un joven llamado Maurice Lindsey, quien se ve involucrado involuntariamente en un plan para liberar a María Antonieta.

ruido del tránsito por la carretera, y Moragas, en medio de la dis-
tracción, entreoía a ratos el susurro de cierto diálogo infantil. ¿Con
quién hablaba Nené? ¿Con algún pordiosero de los que se agazapan
en la cuneta a esperar el paso de los carruajes? No, porque si así fuese,
ya habría venido a reclamar de su padre una mota para socorrer la necesidad... Y la cháchara seguía, se animaba, salpicada de risas y exclamaciones gozosas... ¿Con quién?... Moragas acabó por salir de su
absorción, movido por resortes de curiosidad. Subió la escalera del
jardín, cruzó el comedor, y salió a la puerta de la salita... Se quedó
medio petrificado, como si hubiese visto la famosa jeta clásica de la
Gorgona[242]..., aunque a la verdad no veía sino la cabeza ensortijada,
graciosa, resuelta, de Telmo Rojo, tan próxima a la cabecita blonda
de Nené, que casi se tocaban.

Los dos niños estaban jugando a un juego que consistía en cons-
truir con las piedras o guijos que en montón habían acumulado los
camineros para recebar el firme, nada menos que una fortificación, y
había principiado por confundirla con otro edificio público, ex-
clamado: «¡Casa papá selo!» (es decir, en su idioma, *iglesia*); pero
Telmo, constante en sus malhadadas aficiones bélicas, se tomara el
trabajo de explicar detenidamente a la chiquilla las diferencias capitales que existen entre una iglesia y una fortificación, y el uso especial
a que esta se destina. «Mira, aquí no hay curas, ni santos, ni Virgen
de los Dolores... Esta casa está llena de soldados... que van con fu-
siles, ¿no sabes?; pon, pon, pon...; y luego tocan la corneta...: tararí,
tararí. Y luego el oficial que los manda..., media vuelta a la derecha...
¡arrr! Después vienen los cañones..., que se colocan aquí..., y son para
espatarrar al enemigo...; ¡booum! ¡booum! A cada disparo mueren
un ciento..., o mil..., o muchísimos más. ¡Si vieses que bonito! Y viene
el Capitán General, galopando..., patatrás..., y el Estado Mayor..., patratrís, patatrís...; y el fuerte está en medio del mar..., ¿no sabes?, como
San Roque..., y el barco que entra en bahía lo saluda...».

Nené, a cada palabra de Telmo, soltaba la carcajada y batía palmas,
loca de júbilo. Es indudable que no comprendía toda la profundidad
de la enseñanza de su novísimo amigo, pero sí la soronidad, el brío y
gala de aquello de ¡*patratrís*! Y el ¡*booum*! Con los aterciopelados ojos

---

242 *Gorgona*: Era un despiadado monstruo femenino a la vez que una deidad protectora pro-
      cedente de los conceptos religiosos más antiguos. Nombre que reciben los tres monstruos
      infernales: Esteno, Euríala y Medusa, hijas de Forcis y de Ceto. La única peligrosa era
      Medusa, porque petrificaba con su mirada. Perseo la mató con la ayuda de Atenea.

fijos en el rostro del muchacho; con la cándida boca entreabierta; con las manos trémulas de gozo y los pies danzando, Nené seguía el curso de arquitectura militar, y tomaba a puñados, como podía, el guijo, queriendo contribuir a la pronta terminación del fuerte.

Recobrado ya el doctor de su primera impresión, dio dos pasos, resuelto a agarrar de un brazo al chico y estrellarle contra el montón de piedras... ¡Porque atrevimiento y descaro necesitaba el hijo de Juan Rojo para fraternizar con la niña de Moragas, angelito cándido, conservado entre algodones, capullo que un día había de ser la rosa blanca del jardín social, el misterioso sagrario que se llama *una señorita casadera*! ¡Nené jugando con el hijo de Juan Rojo, con aquella hez de la sociedad, marcada en la frente, lo mismo que por candente hierro, con afrentosas cicatrices de pedradas! ¡Nené y Telmo juntos!... ¡La niña, alegre como hacía tiempo que no estaba; animada, encendidas las mejillas; los bracitos abiertos para abrazar, el rostro tendido al beso único niño que no puede ser besado!

Sentía Moragas nuevamente la cólera de los primeros momentos, la que le moviera a arrojar por la ventana los dos duros, la que le aconsejara retirarse de la barraca de Rojo sin curar las heridas de Telmo, y la que entonces le impulsaba a deshacer al muchacho, despertando en su alma instintos de destrucción tan salvajes, que acaso su misma fuerza lo consumió instantáneamente, como a la astilla la llama impetuosa que brota de su seno... Durante cinco segundos, el Doctor fue capaz, en la intención, de un crimen...y aquel vértigo, en su misma horrible fiebre de ira y de sangre, traía aparejada la reacción, correspondiente a la acción por lo enérgica y súbita... «¿Eres tú el que quieres redimir, hacer milagros, salvar a un ser humano del patíbulo y a otro del envilecimiento? ¿No te has comprometido a que este niño tenga carrera y porvenir, y sea acogido por la sociedad sin que le echen en cara su origen? ¡Pues buen principio vas a dar a tu obra de misericordia si se te ocurre deshacerle a puntapiés, aplastarle contra los guijarros como a un bicho venenoso! Pretendes rehabilitar al muchacho... Empieza por no cerrarle tu casa y no negarle el beso de paz de tu hija».

Mientras pensaba, o más bien, sentía así, imponiéndosele el sentimiento vestido de repentina luz y hermosura, se acercaba Moragas a la puerta y Telmo le veía. Los guijos se le cayeron de las manos; la diestra buscó en la cabeza la boina, y la arrancó con respetuoso apresuramiento; el muchacho se cuadró..., y el médico, serio, resuelto, como si penetrase en una sala de hospital llena de apestados, tendió la mano, la colocó sobre la rizada vendija del chico, y murmuró:

—Me alegro de verte Telmo... Entra, entra, que te damos de merendar.

Pagó al contado la buena acción del Doctor, el ver pintada en el semblante de su protegido una impresión vivísima de felicidad y gratitud, que lo transformaba. Pudo entonces advertir Moragas el carácter fisionómico de Telmo, aquella especie de vanidoso candor, de engreimiento cómico dentro de su edad, pero casi trágico en fuerza del contraste que ofrecía con la habitual situación del chico rechazado y humillado. Los que aceptan la humillación sin protesta, adquieren, o una expresión de resignación sublime –son los menos– o de bajeza siniestra y vengativa –y es lo más común esto último–. Telmo distaba de ambos extremos; se mostraba víctima de una injusticia, y ni la comprendía ni la quería sufrir. El conocía intuitivamente el valor de su alma; se reconocía capaz de grandes proezas... y le admiraba cada día más que, en vez de tratarle como a un perro, no le hubiesen puesto ya al frente de guarnición de Marineda, o no le reservasen el mando de uno de aquellos buques tan hermosos de la escuadra, la *Villa de Madrid* o el acorazado que se construía en el astillero...

Dejando a Nené y a los guijarros, subió las escaleritas, penetró en la sala, y acercándose al médico, dijo con desembarazo, aunque no sin sobresalto interior:

—Me mandó mi padre que viniese aquí. Dice que usted ofreció que yo entraría en una Escuela, y que luego me buscaría colocación, y que me darán trabajo donde quiera, y que aprenderé un buen oficio. Pero yo...

—¿No quieres trabajar? –preguntó Moragas, que ya sonreía, tendido en una mecedora y examinando mejor al chico.

—Sí, señor; pero...

—¿Pero qué? Vamos a ver, di...

—De ser algo –exclamó Telmo resueltamente–. Quiero ser militar.

—Ya caerás soldado.

—No militar toda la vida... Oficial, vamos.

—¡Pues es una friolera! ¿Y para qué quieres ser tu oficial, arra-piezo? —preguntó el Doctor entre bondadoso y grave.

—Para tener soldados, y ganar muchas batallas, y llevar espada y... ensartar por los hígados a quien me insulte.

Moragas calló, reflexionando, y en vez de sublevarse contra se-mejantes propósitos, los encontró simpáticos y bien puestos. En aquel ser que aspiraba con todas las energías de su alma a la rehabilitación, caía a maravilla la aspiración militar, y podía considerarse vocación verdadera. Aún no sabía Moragas si era posible, y ya le pareció ver al muchacho con sus estrellas, sus galones, su teresiana[243] y su espalda al cinto.

—Irás a la Escuela y al Instituto —afirmó con calor—. ¡Y luego Dios dirá! Atiende bien... Vas a llevarle este recado a tu padre... Te tomo en mi casa, conmigo.

—¿Con usted aquí?

La impresión fue tan profunda, tan trastornadora, que bajo el bronceado de la piel curtida por el aire, se vio esparcirse un tinte de palidez. Telmo no sabía lo que le pasaba. Era un júbilo egoísta, in-vencible, soberano, que tenía visos de dolor. En el alma del niño, la proposición de Moragas tomaba forma, no sólo de libertad, de re-dención de la afrenta, sino de mágica traslación, desde el rancho sucio y lúgubre, al oasis de un jardín poblado de flores de magnolia, seme-jantes a la que Nené traía en la mano, y donde jugarían siempre, siempre, a levantar fortificaciones... ¡Qué dicha inesperada, embria-gadora! Perder de vista el barrio del Faro, apartarse del cementerio, dejar la casucha, y... esto no lo definía Telmo... que a definirlo, lo hu-biese rechazado su gran corazón...; pero *allá dentro* era verdad...; ¡no vivir más con su padre, no respirar el hálito maldecido que asfi-xiaba!...

—¿No te quieres tú venir? —preguntó Moragas, advirtiendo también una satisfacción interior originada por motivos muy dife-rentes de los que causaban la de Telmo.

—Yo... querer... —tartamudeó el chico—. Yo... ¿Me quedo esta noche?...

---

243 *Teresiana*: Especie de gorra usada como prenda de uniforme militar por algunos oficiales.

—¿Esta noche?... ¡Vamos, que no tienes tu prisa! —contestó el Doctor, risueño—. Esta noche no podrá ser, mico; porque necesitamos permiso de tu padre. Todo se andará. Mira, estoy pensando que es mejor que no le adelantes nada... No te asustes: se lo diré yo mismo... Llévale el recado siguiente: que no pase cuidado por ti... y que un día de estos, como tendré que visitar en aquel barrio, allá iré... y que me espere... Oye tú Nené. Tira esas piedras y esa tierra, grandísima calamidad, que me pones perdido... Así limpia la Nené... ¿Quieres tú que este niño meriende con nosotros ahora?

Sonrió la criatura de un modo angelical; alargó la enlodada mano como para agarrar a Telmo, y con la cabeza aún más que con la voz de oro dijo tres veces:

—*Quero, quero, quero.*

Y luego, en tono reflexivo, como de quien da solución a un grave problema, añadió esto que repetiremos, con su traducción al pie:

—No le amos uce... (No le damos dulce... porque ése es para mí todo, y más que hubiera). No le amos roco (tampoco se me antoja que él venga a comerse mi rosco). Le amos buebo frito (le damos un huevo frito). *Ete.* (Este; la consabida flor de magnolio, en el estado que supondrá el lector).

XVI

Se ha confirmado en todas sus partes la noticia del diario madrileño. Desechado el recurso de casación, los reos de la Erbeda van a ser puestos en capilla.

Hoy, lo mismo que hace cinco meses, hierve Marineda, y en casas, en casinos, en cafés, en las fuentes y tabernas —que son los casinos y cafés de la plebe— no se habla sino de una mujer y un hombre... Mas ¡cómo ha variado el acento con que los nombres de la pareja se pronuncian! ¡Cuán diversas las palabras que los califican! ¡Qué vuelta tan rápida han dado la veleta de la voluntad! ¡Qué inconciliables los impulsos de antes y los de ahora!

La fermentación más activa es en las redacciones de los diarios. Van y vienen telegramas, abusando de la consabida fórmula de evitar un día de luto a una población cultísima. El primer telegrama lo ha lanzado la prensa liberal, tomando por abogado intercesor al famoso *Santo* cántabro, al gran jurista y antes omnipotente político, paño de lágrimas de toda la gente de su provincia que anda por el mundo a caza de gangas y colocaciones. Y el Santo ha respondido ya, en tono cordial y afectuoso, lamentando no pesar hoy lo que bajo el manto de Sagasta[244], e indicando que, de todas suertes, dispuesto se encuentra a hacer lo posible y lo imposible para contentar a sus conterráneos. Y los marinedinos, al saber la respuesta, refunfuñan quejosos, murmurando que si se tratase de Compostela... ya lo arreglaría todo muy bien el *Santiño querido*[245]. Por su parte, la prensa conservadora y afín acude a don Ángeles Reyes, prohombre del partido, y contricante del *Santo*. «A ver si, por competencia...». Pero el telegrama de Reyes, franco y

---

244 **Práxedes Mateo Sagasta** (1825-1903) fue un político que desde su cargo en el Partido Progresista orquestró una campaña en contra de la monarquía de Isabel II. Sus intentos conspiratorios contra el régimen continuaron desde el exilio, participando en la intentona golpista de los sargentos de artillería del cuartel de San Gil en Madrid. Asumió el marco político establecido y trabajó durante el resto de su vida por reformarlo en un sentido más democrático y progresista. A partir de su partido constitucionalista fue logrando la unidad de los demás líderes liberales y progresistas no republicanos.

245 Se refiere aquí al apóstol Santiago.

decisivo como su carácter, viene a verter un jarro de agua fría sobre las esperanzas de la prensa. «Gestionaré, pero desconfío enteramente éxito». Tal es la respuesta lacónica del hombre para quien ya se está mullendo la poltrona del Ministro de Gracia y Justicia...

No por eso se desalientan los *indultistas*[246]; sólo que su imaginación, abandonando los caminos de la probabilidad racional, busca sendas nuevas, novelescas y raras. Se interesa el Cardenal Arzobispo de Compostela, a fin de que éste dirija un telegrama al Vicario de Cristo, y Su Santidad, en muy patéticas frases, transmita a la Regente la súplica. Funciona el alambre, enviando elocuente excitación al marqués de Torres-Cores, poeta célebre, nacido en Marineda y residente en la corte de España, a fin de que haga milagros con la lira y la voz, suplicando por todas partes misericordia para los infelices reos. Y, sin duda, para animar con el ejemplo a Torres-Cores, el vate local y oportunista Ciriaco de la Luna se siente inspirado, y da a luz nada menos que tres extensas composiciones en tres periódicos distintos, una «Oda a la Clemencia», una «Descripción de los últimos instantes de un reo de muerte», con lema de Víctor Hugo, y una «Deprecación a la reina y a la madre», con lema de Antonio Arnao[247]. Roto el hielo, menudean páginas lacrimosas en los diarios marinedinos; pero flota ya en la atmósfera la convicción de que para los de la Erbeda no se ablandarán ningún corazón magnánimo; de que subirán al palo a su hora, y esa hora está más próxima de lo que las autoridades confiesan: es ya inminente. «Se ha indultado demasiado en estos dos años —dice en confianza Nozales el fiscal—. Conviene en indultos, como en todo, cierto *tira y afloja*, y ahora corresponde el *tira*».

Salía el Doctor Moragas, en las primeras horas de la tarde, de visitar a un enfermo de ictericia, el magistrado don Celso Palmares —aquel que se había propuesto terminar su carrera sin firmar una sentencia de muerte, y sin embargo firmara la de la Erbeda.

Moragas saltó a su berlina, que les estaba esperando, y dio orden al cochero de dirigirse a la oficina telegráfica. Se apeó a la puerta y

---

246 La ley del indulto, del 18 de junio de 1870, con las posteriores reformas, nació de casos de conmutación referidos a la mala praxis de la misma, bien por error de los verdugos, o por fallos del aparato ejecutor. La institución del indulto estaba indisolublemente unida al poder real, significando, junto con la administración de justicia, una de las máximas manifestaciones.

247 **Antonio Arnao** (1828-1889) fue un poeta español, perteneciente a la escuela romántica. Influido por Lamartine, publica *Himnos y quejas* (1851) y *Trovas castellanas* bajo el influjo de Bécquer. Ingresó en la Real Academia Española de la Lengua en 1871.

despidió su coche allí, subiendo aprisa las escaleras y metiéndose por los pasillos tenebrosos, sucios y alfombrados de colillas. Moragas llevaba encargo de Palmares de llamar por telégrafo al hermano del magistrado, residente en Córdoba, pues Palmares se sentía enfermo de verdad, y ansiaba tener a su cabecera alguna persona querida. Y a Moragas le corría prisa desempeñar la comisión, para atender luego a quehaceres muy urgentes, de suma importancia, en el barrio de Belona...

Interceptaba la taquilla la espalda de un hombre, que accionaba entregando al telegrafista la minuta de un parte «urgente, muy urgente». Leyó el telegrafista en alta voz, y Moragas pudo oír: «Subsecretario Gracia Justicia... En nombre caridad le ruego interese Ministro Reina indulto reos Erbeda evitar día nefasto capital dignísima». Dudaba el empleado, al deletrear la firma. «¿Es Arturo Cándamo?» «No, Cáñamo, Cáñamo», repitió el que expedía, con visos de desagrado e impaciencia al ver que no estaban familiarizados allí con su apellido; y como se volviese, pudo cerciorarse Moragas de que el caritativo suplicante del indulto era ni más ni menos que *Siete patíbulos*...

—¿Usted pedirá lo mismo? —exclamó este confianzudamente, saludando al Doctor—. Ese telegrama que trae usted en la mano será para algún pájaro de cuenta de Madrid.

—Nada de eso... —declaró Moragas—. Yo no pido indultos, ni cabezas tampoco. Y usted, ¿qué milagro?, ¡usted el defensor de la última pena...!

—Y eso, ¿qué tiene que ver? —respondió Cáñamo con asombro—. Yo exijo justicia, y al mismo tiempo reconozco los fueros de la piedad. ¿No he de admirar al Monarca, ejerciendo la prerrogativa más hermosa y más sublime? Pero ustedes los positivitas, y materialistas son duros de corazón, carecen de entrañas, y quieren despojar al jefe del Estado de la preciosa facultad de inclinar, con una palabra de conmiseración, la balanza de la ley... ¡ah! ¿Ni aun siendo el jefe del Estado una mujer se conmoverán ustedes al verla suspender con un gesto la caída de la terrible cuchilla? Ahí tiene usted los frutos de la ciencia sin alma... ¿Qué dos pesetas? —añadió, mudando de tono y dirigiéndose al telegrafista—. A ver..., ¿son más de quince palabras? Sí, sí; ya; corriente... Voy por los sellos...

Transmitió Moragas el parte entretanto, y una sonrisa retozó en sus labios, mientras evocaba su memoria, clara y distinta, la imagen de Lucio Febrero, el cual a tales horas subiría cerros y cruzaría arroyos en pos de algún bando de perdices, allá por las breñas del fragoso distrito de Mourante, y olvidaría, paladeando el divino beleño[248] que nos dan a beber la naturaleza y la soledad, que hay en el mundo reos, verdugos, prensa que pida indultos y ministros que los aconsejen o desaconsejen...

«Donde la ciencia acaba, empieza el sentimiento, y en los dominios del sentimiento, es real lo absurdo», pensaba el Doctor cuando envuelto en su capa ascendía a pie de agria cuesta irregular que, en espera de una majestuosa rampa futura, es por hoy único acceso al barrio de Belona. Y una esperanza loca y sin límites, un orgullo delicioso en que flotaba su espíritu como al caer en el eter azul, le incitaron a volverse y mirar, desde la altura, a Marineda tendida a sus pies. Nunca tanto como en aquel instante decisivo y supremo resaltara a sus ojos la semejanza de la linda ciudad con un cuerpo de mujer, bien ceñida por torneado corsé la delgada cintura, y sueltos a partir de ella los pliegues de la faldamenta amplia y rumorosa. Dos conchas llenas de esmeraldas parecían los dos mares, el de la bahía y el del Varadero, que comprimían a derecha e izquierda el esbelto talle de la ciudad; y el nevado caserío, con sus fachadas de miles de cristales, heridas por el poniente, fingía sobre aquel talle primoroso el culebreo de un bordado de lentejuelas destellando a la luz de una tea roja... «Yo te evitaré el espectáculo, Marineda» –murmuró el Doctor galantemente, como si prometiese algo a una dama–. El día del crimen querías la muerte de los culpables, y hoy quieres su vida. Voy a dártela. Y corrió, lo mismo que si tuviese veinte años...

Ante una barraca o garita pintada de almazarrón, de las que se acurrucan a la sombra del cuartel, y desde cierta distancia parecen sarta de corales, adorno del siniestro *Campillo de la Horca*, un corro de gente plebeya rodeaba un cuerpo humano sin duda: un cuerpo humano, lo único sobre lo que se inclina tan muda y piadosa la curiosidad popular. Alguien reconoció a Moragas, aunque iba embozado y a paso tan furtivo y cauteloso; y las voces de «¡Venga, venga aquí, don Pelayo!» detuvieron, mal de su grado, al médico, que pre-

---

248　*Beleño*: Tipo de planta de la familiua de las solanáceas, con propiedades narcóticas.

tendía escurrirse. Llegó y rompiendo por entre la multitud, vio en el suelo a una muchacha pobremente vestida, fea, desmedrada, raquítica, de rostro azulado mejor que pálido: la sostenían dos caritativas mujeres, y ella, con los ojos cerrados y sumidos, entreabierta la boca, hundida la nariz, respiraba congojosamente, o más bien arqueaba; Moragas reconoció desde el primer instante el estertor preagónico. «¡Una desgracia como otra cualquiera, señor de Moragas!», murmuró oficiosamente un agente de la ronda, que andaba por allí, acercándose a don Pelayo. «Es Orosia, la hija del borrachón de *Antiojos*, un zapatero viejo que trabajaba en esa barraca que usted ve; mejor dicho, quien trabajaba era la chica; el padre no hace más que andar empalmando curdas[249]... La hija mayor tuvo ayer por la mañana un vómito de sangre, y (aquí guiñó un ojo el agente) debió de ser de algún golpe *mal dado* que el bruto padre le pegaría en el estómago con la *forma*, porque lo tenía de costumbre... Y dice que esta madrugada la oyeron quejarse mucho las vecinas, porque el padre la hizo venir por fuerza al trabajo, y la infeliz no podía con su alma... Ahora la encontramos así... ¿qué hacemos?».

—Una silla o un colchón para llevarla a su casa –respondió don Pelayo.

—¡A su casa! –objetó una vecina sollozando–. ¡Ay señor! A la mía vendrá... La suya está cerrada; la madre, que es cigarrera, se lleva la llave en el bolsillo, porque tiene miedo de que ese maldito borracho le pegue fuego a todo... Pero traigan mi colchón, que no tenemos más que uno... y allí la pondremos... Tú, Cándido, ve a avisar al cura de la parroquia... ¡Y Dios quiera que alcance!

—No alcanzará –respondió Moragas, que pulsaba a la moribunda–. De todos modos, que vaya... Y a ver si la pudiésemos trasladar... ¡Ese colchón!

Ya lo traían, y Orosia en él sin haber recobrado la conciencia de sí misma, en aquel deliquio de muerte que era preludio de resurrección a vida menos horrible y amarga. Su ropa, desabrochada por los conatos de socorro de las buenas mujeres, y rota a trechos, dejaba de ver algunos fragmentos de mortificada desnudez, y sobre las pobres carnecitas flacas, amoratadas equimosis[250] y huellas, frescas aún, de crueldades brutales. Las comadres se limpiaban los ojos con el pico

---

249 *Curdas*: Borracheras.
250 *Equimosis*: Cardenal, moretón.

del pañuelo de algodón; algunos hombres juraron y profirieron sordas amenazas. El colchón fue levantado en vilo por las cuatro puntas, y la comitiva se puso en marcha, dirigiéndose hacia el domicilio de la compasiva dueña. Mas al llegar allí se vio que don Pelayo acertara de medio a medio. Orosia no necesitaba ya de humano socorro, y en cuanto al espiritual, si Dios no la hubiese perdonado... Dios no sería lo que es *Él*, en grado eminente y sumo.

XVII

A boca de noche entró Moragas una vez más en casa de Juan Rojo. Ya pisaba sin reparo aquel cuchitril[251] siniestro, que entonces se lo pareció doblemente. El reverbero apenas lucía; las camas estaban por hacer, en desorden, y no se veía a nadie en la estancia, hasta que de un rincón salió Rojo apresurado, ofreciendo silla, y tartamudeando de contento al ver al Doctor.

—Yo creía que no venía nunca más, don Pelayo.

—No acostumbro faltar a mi palabra —exclamó Moragas sentándose, y señalando con ademán imperioso al padre de Telmo el otro asiento, único que restaba en el camarachón.

—Sí, señor; ya lo sé demasiado pero no venía... yo... me tomé la libertad... me ha de dispensar... de mandar allá al chiquillo..., pues... Y me trajo por contestación... que usted... ya dispondría... Bien puede conocer, señor don Pelayo, que la cosa urge. El rapaz está perdiendo los mejores años de su vida los que podía aprovechar para hacerse hombre. O en escuela, o en taller, o donde usted vea, hay que meterle... El tiempo vuela... yo falto de este mundo cuando menos se piense... Y es preciso que él quede ya colocado, para que no se le ocurra...

—Ya sé lo que no debe ocurrírsele —advirtió Moragas—. Basta. No necesitamos ni usted ni yo perdernos en más explicaciones. Todo lo tenemos hablado. Le hice a usted la misma promesa, ¿No la recuerda? Vengo a cumplirla. A costa de mi crédito, de mi posición, de mi dinero, de todo lo que soy y valgo, haré de su hijo de usted un hombre digno, admitido por la sociedad, y a quien nadie tendrá que torcer la cara.

—¿será así? —interrogó Juan Rojo estremeciéndose al contacto de tanta ventura, como al de una corriente eléctrica.

—Así será.

Rojo hizo ademanes de enajenado, y Moragas, más ceñudo y grave que nunca, añadió:

---

251   *Cuchitril*: Habitación estrecha y sucia.

—Pero no de balde. Ya sabe usted que exijo en cambio...

—¡Todo lo que usted quiera! ¡Todo! –exclamó Juan, alzando los brazos y manoteando como para tomar el cielo por testigo.

—¿Todo? Ahora veremos...

Se recogió Moragas como luchador que echa atrás los codos para reunir las fuerzas; caló los lentes de oro, se sobó las manos una contra otra, y dijo solemnemente, midiendo sus palabras:

—Dentro de doce horas, mañana por la mañana, serán puestos en capilla los reos de la Erbeda. Pasado mañana, a las siete en punto, hay orden de que sean agarrotados. El indulto, que se gestionó, no vendrá. No quiere el Gobierno que la Reina ejerza su prerrogativa. Le falta a usted, pues día y medio para quitar la vida a dos semejantes. Vida por vida. Exijo la de ellos, en cambio de la que doy, moralmente, a su hijo de usted.

Rojo se quedó inmóvil, con la boca abierta, el semblante medio idiota. Truncadas sílabas brotaron de sus labios.

—Yo... don... si... no sé...

—¡La vida de esos dos reos...! –insistió Moragas.

—Yo..., pero cómo quiere que yo...

—Usted, usted, y sólo usted, puede salvársela –prosiguió el filántropo con energía extraordinaria, hipnotizando a Rojo al flecharle el rayo de acero de sus pupilas–. Usted, y sólo usted. Donde han fracasado las Sociedades, las autoridades, el Cardenal arzobispo, los diputados, el Papa, usted va a vencer, y sin necesidad de tomarse más trabajo que el decir «No». Cuando le llamen a usted para ejercer sus funciones..., usted se niega. Que le exhortan. «No». Que le mandan, que le gritan, que pretenden aturdirle. «No, no». Que le piden a usted explicaciones de su conducta. «No». Que le llevan a usted ante el jefe de policía, que le quieren apretar los dedos pulgares... Sufrir si es preciso, y «no», y más «no», y «requetenó» mil veces. ¡Este caso no llegará!; yo estoy a la mira; ¡yo impediré que se le haga a usted el menor daño... a fe de Moragas! Duerma usted tranquilo y descanse, que no cesará un pelo de su cabeza... Como la negativa de usted ha de ser la misma mañana de la ejecución, tienen que suspenderla por fuerza..., y entonces usted publica en la prensa un comunicado, que yo redactaré, diciendo que no quiso ejercer sus funciones, porque la

conciencia le avisó de que no es lícito en caso alguno matar a un semejante. Y de lo demás yo me encargo, y crea usted que ya no mo-
rirán en garrote los reos.

Juan Rojo permaneció silencioso, como si acabase de desplomarse
el orbe sobre su cabeza. Y orbe era en efecto el que se desplomaba: el
orbe de sus creencias, de sus ideas, de su noción social...

—Pero señor..., murmuró—. Pero, señor..., yo... Vamos, me ha de
permitir que le diga una cosa...y es que... la justicia..., los criminales.

—¡Calle usted! —respondió con voz de trueno Moragas—. ¿Quién
es usted para racionalizar sobre criminales y justicia? ¿Quién? ¡La
justicia! Queda ahora mismo en este barrio, tirado sobre un colchón,
el cadáver de una criatura asesinada..., la hija de Antiojos el zapatero...
¿no le conoce usted? Su padre la asesinó a fuerza de malos tratos, de
barbaridades, de golpes... Ni un día de cárcel le costará al malvado...
¿O cree usted que si todos los crímenes vienen a parar en la vuelta que
da usted al torniquete? Ahorremos palabras, que no estoy para perder
el tiempo, ni para estremecerme en discusiones con usted... ¿Le conviene a usted el trato, sí o no? ¡La redención de su hijo por la vida de
esos reos!

No se incomode, por Dios, señor Moragas... Yo... ¡Yo haré lo que
usted mande! Se acabó... no hay más que decir... Y búsqueme trabajo
para mí también, porque voy a encontrarme sin pan... Basta, lo
dicho... Cueste lo que cueste..., haré lo que usted... ¡Digo que lo haré,
don Pelayo!

—Pues corriente —respondió el médico levantándose, como si quisiera dejar enfriar la resolución de aquel hombre—. Ya está redimido
su hijo de usted..., y usted también, por añadidura. Quedará lavada,
con esa acción, toda la infamia anterior. Telmo, desde hoy, corre de
mi cuenta. Que recoja su ropa... y que se vaya allá cuando guste; hoy
se le prepara habitación en mi casa.

Decía esto Moragas andando hacia la puerta, y dando por consiguiente la espalda a Juan Rojo. Al poner la mano en el pestillo y abrir la
boca para añadir «¡Adiós!», le hizo volverse un sonido ronco, una especie de mugido como el de las olas del mar cuando se engolfan por estrecho canalizo que las comprime y las desmenuza en espumosos jirones.
Volteó rápidamente. El padre de Telmo era quien rugía o se quejaba.

—Se... seño... don Pelayo, no entendámonos... el rapaz. ¿Qué...?

Y adquiriendo de súbito, a impulsos del dolor, habla expedita y aun elocuente, rompió así, colocándose ante Moragas en actitud resuelta, como de ataque:

—No; lo que es eso sí que no lo verá usted ni ningún nacido: ¡llevarse a mi rapaz, quitármelo a mí, que soy su padre, su padre! ¡Apartarlo de mi lado como si yo tuviese el cólera o fuese un malhechor! ¡Porque no lo soy, no señor, sino un hombre de bien, que ha respetado siempre cuanto puede respetarse, y puedo andar por allí con la cabeza muy levantada más que muchos que me hacen ascos! ¡Yo no mancho a mi hijo, y yo no quiero apartarme de él, no quiero! ¡Es mi hijo, no tengo otro, ni tengo sino a él en este cochino mundo!

Moragas midió a Rojo de pies a cabeza con una mirada de hielo que quemaba, de un hielo que arrancaba la piel como un latigazo; casi sin transición pasó de este miedo despreciativo a una reacción efusiva y piadosa; y apelando a tutear a Rojo, como hacía siempre que deseaba influir más decisivamente en su espíritu, murmuró:

—¿Pero no ves, infeliz, que la base del bien que me propongo hacer a tu hijo es precisamente renovarle la atmósfera? A tu lado −¿no lo comprendes? −siempre será ¡*el hijo del verdugo*!; un ser a quien mirarán con asco y con menosprecio los mismos que a fuerza de ruegos le admitan a desempeñar la ocupación más vil y peor retribuida. Tú serás un hombre intachable y la gran persona ¡pero... mira qué diantre!; ¡a tu hijo, los que limpian las alcantarillas no le quieren por compañero! No tratamos sólo de que Telmo encuentre instrucción y trabajo: es preciso que además encuentre honra, que es de lo que andamos escasitos. ¡Ah! Si no fuese por la honra...

Moragas se interrumpió buscando un argumento concluyente y sin vuelta de hoja. Juan permanecía inmóvil, sin articular palabra, aunque era más aparente la fatiga de su respiración siempre difícil. De vez en cuando movía la cabeza de izquierda a derecha, como si exclamase: «No, y no». Y el Doctor, practicó en incisiones profundas, le introdujo el bisturí sin miedo, seguro de acertar.

—¡Es preciso −dijo recargando casa palabra− que ahora te desprendas de tu hijo, para que él no tenga que imitar a los veinte años el ejemplo de su madre, y dejarte solo con tu infamia...!

Certero había sido el corte; certero y penetrante hasta los tuétanos. Rojo tembló, y algo que era embrión de sollozo y lamento de agonía murió en su garganta, a la cual llevó amplias manos, queriendo deshacer el lazo de la corbata, que realmente no le podía oprimir poco ni mucho. Este movimiento instintivo le recordó otro, que el Doctor le prohibía realizar... Pensó en los reos. Si sabían que iban a ser puestos en capilla, ¿percibirían ellos también esta horrible constricción del tragadero, esta sensación de convertirse la saliva en alfileres candentes?

—Tu mujer –continuó Moragas con impasibilidad quirúrgica– se fue porque no podía resistir que la llamasen *la esposa del verdugo*. Prefirió perderse, y hay quien la alaba el gusto créeme a mí. El chico, en cuanto crezca y distinga los colores, no se resignará tampoco... a la mala sombra de ser tu hijo. No verá tierra por donde correr para escapársete. ¡Ah! ¿Te creíste que podías tomar por oficio retorcer pescuezos, y que eso era compatible con el amor, el hogar, la familia y los recreos de la paternidad? ¡Valiente bobo! Menos malo es ser hijo de esos reos que te quieren entregar para que los aprietes el gaznate, que tuyo. A los hijos de los reos no les apedrean. Esos no mataron más que a un semejante, y tú matarás a cien, si te lo mandan, por treinta y siete duros cada mes. Suelta a tu hijo si no quieres que él te huya. ¿A que ya está rabiando por largarse de junto a ti? –añadió el filántropo revolviendo el acero en la herida.

Rojo lanzó un grito de protesta.

—No señor... ¡Eso, me ha de perdonar usted, pero... es lo que se dice, hablar por no callar! Mi rapaz está bien conmigo..., le trato perfectamente..., hasta, en lo que cabe, le mimo... No le he levantado la mano en mi vida... Se cumple un gusto de él primero que uno mío... ¡El muchacho, o es un condenado bribón..., o me tiene que querer!... –Así terminó, gimiendo el padre.

—¿Sí? Pronunció Moragas con cierta ironía, guiñando los ojos y limpiando las lentes –ahora vamos a salir de dudas... Mira, tu chico me parece que entra...

Se oían los pasos de Telmo, y su mano había levantado el pestillo; pero notando que estaba alguien de *visita* en el camaranchón, el muchacho se había quedado perplejo, sin resolver a pasar. Moragas le llamó; y Telmo, al conocer al médico, penetró jovial y petulante.

—¡Hola, buena pieza! ¿De dónde vienes tú a estas horas? —preguntó el Doctor para abrir camino.

—De casa de la *Marinera* —respondió el pilluelo—. Tiene los ojos perdidos; por eso no pudo acercarse aquí hoy. Uno de los chiquillos se queja de la cabeza. Aquello parece un hospital.

—¿Y tú te dedicabas a cuidarles? —insinuó el médico—. Se me figura que eres un corretón, que te pasas la vida fuera de tu casa.

Telmo se encogió de hombros, y el Doctor continuó capciosamente:

Por lo visto no estás aquí en tu centro. Debías hacer más compañía a *papá*. Está feo que vagabundees todo el día.

¡Y... para la falta que hago aquí! —exclamó Telmo—. Los demás niños van al Instituto... A alguna parte se ha de ir...

Diciendo así, el muchacho interrogaba con los ojos al Doctor, como instándole a que recordase el compromiso pendiente.

—Precisamente para que tú... puedas ir al Instituto, y a todos lados... estuve ahora... conferenciando con tu papá. Él conviene en que yo te proporcione medios de estudiar, y de tener carrera, y de seguir la militar, que tanto te gusta. Sólo teme que tus compañeros vuelvan a jugarte una mala pasada, como la del castillo de San Wintila... ¿Crees tú que te la jugarán? Dinos tu parecer...

Telmo miró a su padre y al médico, reflexionó, sintió que el instituto se convertía en luz..., y como quien se resuelve y se echa a nado desde una gran altura, exclamó impetuosamente:

—Estando a la sombra de usted no me la jugarán.. Sí me la juegan hoy en día... es por lo que es.

—¿Quieres tú arrimarte a mi sombra?

—¡Caramba!

En esta contestación puso el muchacho toda la viveza de su espíritu y toda su alma, infantil aún, pero ya iluminada por la humillación, la adversidad y el martirio perpetuo. Era el anhelo del cautivo que pide que le quiten el cepo y la argolla; era el grifo de fiera de egoísmo humano que aspira a la felicidad. Rojo no se movía. Representaba la imagen del estupor, fase culminante de la pena. Pero de improviso, por su fisonomía ruda y sin flexibilidad, se desató la emoción como un torrente. Giraron sus ojos, enseñando lo blanco; apretó los

labios; dilató las fosas nasales; y con ímpetu de ferocidad animal des-
arrollando en su alma la profesión, se abalanzó al niño, con las manos
abiertas y los dedos contraídos, rígidos, deseosos de apretar un pescuezo... Fue instantáneo, porque sus falanges se afloraron en seguida,
y empujando levemente a Telmo hacia el Doctor, dijo en voz que se
oía apenas:

—Lléveselo. Pero ha de ser ahora mismo. ¡Ahora mismo! No
pongo más condición. Esta noche... que no duerma aquí. Yo *obedeceré*.
¡Lléveselo por Dios y por su Madre, señor de Moragas!

—No; reflexione usted bien, Rojo, antes de decidirse –advirtió
Moragas pausadamente–. Tiene usted para pensarlo la noche... el día
de mañana... mucho tiempo. Eso sí: desde que usted se resuelva, que
sea irrevocable... porque aquí no vale desdecirse, y ahora sí y luego no.
Por lo mismo... piénselo, piénselo.

—Pensado está –respondió Rojo con brusca firmeza–. Sólo pido
no tener al chiquillo ni un minuto más aquí. ¡Me parece que, a lo
menos, ese favor...!

Telmo, comprendiendo a medias, miraba a su padre y al filántropo. Éste, compadecido a medias, transigía ya, proponiendo palia-
tivos, queriendo aplacar el dolor de la carne paternal, que palpitaba
bajo el filo del acero.

—Verá usted a su hijo siempre que quiera... y pasado un tiempo,
hasta podrán ustedes reunirse... –murmuró al oído de Rojo–. La voluntaria retirada de usted del oficio, el haberse salvado dos vidas con
sólo decir que *no*, le devolverán el aprecio de las gentes honradas... Si
a usted también le redimo, hombre... Hágase usted cargo... ¡Si no se
hace cargo inmediatamente –porque es usted tozudo –ya se con-
vencerá usted dentro de pocos días...! Ánimo, que Telmo no se
entere... Vale más...

Juan Rojo volvió la cabeza; y acercándose a su hijo, le cogió de la
mano e hizo ademán de impulsarle hacia el Doctor. El cual, admi-
tiendo la dádiva, agarró activa y calurosamente la mano del muchacho.

—Mañana irá la ropa –pronunció Rojo en voz mate, apagada,
pero resuelta–. Lléveselo, señor de Moragas. Va con gusto mío. ¡Anda;
y acuérdate de que ya... no tienes más padre que el señor!

Telmo quiso decir algo; se le apretó el corazón, mitad de alegría, mitad de otra cosa... y sin acción ni resistencia, se dejó conducir por Moragas. Salieron al aire libre: detrás de aquellos blanqueaba la tapia del cementerio: delante tenían la extensión del mar; y, a la derecha, la ciudad, alumbrada por mil luces. El filántropo sonreía: orgullo inefable dilataba su corazón; sus pulmones bebían la brisa salitrosa; sus pasos eran elásticos; iguales; no tropezaba en las piedras; creía volar. Más poderoso que el jefe del Estado, acababa de indultar a dos seres humanos y de regenerar a otros dos. Y como Telmo no le siguiese todo lo aprisa posible, y aun volviese de vez en cuando el rostro atrás, mirando hacia la barraca maldita, el Doctor se inclinó, echó un brazo al cuello del muchacho, y murmuró con ternura:

—Anda hijo mío.

Epílogo

La víspera del día del siniestro amaneció el cielo cubierto de nubes de plomo. Por la tarde adquirieron un tinte cobrizo, y oscilaban y rodaban por el firmamento a manera de olas de un mar de metal derretido y candente. Rizada la bahía por el airecillo terral, adquirió bajo aquel siniestro celaje tonos de estaño, y en vez de las frescas rachas de invierno que soplaban días atrás, cayó sobre el pueblo un bochorno singularísimo; estremecieron la pesada atmósfera bocanadas abrasadoras, y ascendió del suelo ese vaho asfixiante que precede a la ráfaga del solano[252].

Frecuente es en Marineda este aire cálido y terrible, que pesa sobre la naturaleza lo mismo que sobre el espíritu. Se diría que a su hálito letal, la vegetación desfallece, el mar se crispa, la luz se torna lívida y el hombre cae en el marasmo profundo o en insano vértigo. Sorda angustia oprime los pulmones, y nunca con mayor motivo que en las horas tales podría un poeta del dolor decir como el profeta hebreo: «Mi alma miró con tedio a mi vida»[253].

Observaron los marinedinos el estado atmosférico, y aunque no era inusitado, les pareció que tenía, en ocasión semejante, algo de fatídico simbolismo. Un patrón de taller, amenazado de perder la parroquia de la Audiencia, Regencia y Capitanía general si no aceptaba el horrible encargo, comprara a peso de oro la jornada de dos operarios infelices que, custodiados por la policía y entre rechifla[254] y murmullos de la plebe, habían propiciado a levantar el medroso armadijo de cadalso[255]. Hincados los postes, clavada, Dios sabe como, la escalera, aplazaron el resto de la obra sin nombre hasta que la protegiesen las tinieblas nocturnas: temieron que la colocación del palo y del banquillo les valiese alguna pedrada; cuando menos, injurias atroces.

---

252   *Solano*: Viento caliente del Oriente.
253   Es ésta una referencia bíblica (Job 10, 1).
254   *Rechifla*: Burla, risa.
255   *Cadalso*: Tablado que se coloca para ajusticiar a los condenados a muerte.

Al punto mismo que los carpinteros, simulando una retirada, tomaban la espuerta de las herramientas y procuraban embeberse por callejuelas sospechosas, cabizbajos, pálidos de vergüenza y deseosos de encontrar pronto un tabernáculo donde el aguardiente les prestase valor para dar, allá a media noche, cima a su tarea; al punto mismo en que el brigadier Cartoné entraba en la cárcel para llevar un mazo de puros al reo que estaba en la capilla, y a la reo, de parte de la señora brigadiera, un escapulario de la Virgen de la Guardia; al punto mismo en que el reloj de la Audiencia marinedina, o como allí dicen, de Palacio, lanzaba al aire una campanada sola, vibrante, solemne –las cinco y media– un hombre, que andaba pegado a la pared y se recataba, costeó la solitaria plaza donde campea la fachada principal del Palacio susodicho, y, evitando acercarse a los centinelas que custodian la Capitanía General, se coló, por la puerta de la Audiencia, al zaguán sombrío que da acceso a las Salas del Tribunal de Justicia.

El portero, viendo al hombre, hizo un gesto significativo, como quien dice «ya sé a que vienes tú», y descolgando el reverbero con que se alumbraba para leer un periódico, precedió al recién venido, y ambos se internaron en el pasillo que conduce a la Sala de lo criminal.

Antes de entrar en ella, se detuvo el hombre, sobrecogido por la vista del ropero donde cuelgan los letrados sus ropas y birretes.[256] A la dudosa claridad, y en semejante sitio, las flácidas togas, con sus pliegues sepulcrales, parecían negros espectros de ahorcados. El birrete, distante de la toga, deja un claro que semeja el rostro, y el vuelillo representa la mano. Dominando el primer movimiento instintivo, siguió adelante. El portero abrió la sala; aplicó un fósforo a la boquilla de un brazo de gas, y la viva luz azul y dorada relampagueó, iluminando la estancia plenamente.

—¿Es por *aquello*? –silabeó el portero, que era un viejecito catarroso y temblón–. Pues mejor será *que se lo traiga aquí*. Allá no se ve nada, y con tanto trasto, ni se revuelve uno... Vaya, voy por *todo*. Aguarde.

Se quedó solo el hombre en el Templo de la Ley. Sus ojos divagaron con extravío por el recinto, que solitario y mudo adquiría entonces extraña majestad, algo que impondría respeto a la persona menos reflexiva. Vestía las paredes un venerable damasco carmesí: la

---

256 *Birretes*: Gorro de los magistrados.

tela de la etiqueta y de la representación oficial en España, la que tan bien armoniza con las moldaduras doradas y tan rico fondo presta austeras cabezas de clero y la magistratura. De igual tejido eran los sillones, sobre cuyas tallas de oro apagado campeaban la balanza del Temis[257] y la espada vengadora. Idéntico tono de púrpura intensa tenían el forro de la mesa y la tribuna del Fiscal. Bajo el dosel del Presidente, el Rey Alfonso XII, amarillento, injuriado por el pincel de un mal retratista, fijaba en el espectador sus ojos inteligentes y tristes.[258] Las arrogantes armas de España, bordadas con oro, decoraban el respaldo de los bancos, de raído terciopelo granate.

Por efecto sin duda del estado de su alma, el hombre creyó nadar en un charco sangriento. Aquel color vivo que le rodeaba, le infundía deseos de rasgar, de arrancar; impulsos de toro acosado, destructores, feroces, ciegos. «¡Si pudiese hacer pedazos la Sala!», pensó, mientras en su trastornada cabeza retumbaban furiosas voces. Le volvió la razón momentáneamente la entrada del portero, que traía en las manos dos cajas cuadrilongas. Eran los *instrumentos,* que se custodian en la Audiencia, en un cuchitril obscuro, escondidos como si fuesen la prueba de un crimen, hasta que, la víspera de la ejecución, los recoge el verdugo para adaptarlos al palo...

Depositó el portero las cajas sobre la mesa, no sin cierta visible repugnancia, y Juan Rojo, sereno ya en apariencia, serio y poseído de su papel, se aproximó y alzó la tapa, a fin de reconocer el contenido.

Debajo de paños empapados de aceite, reluciente y limpio como si acabase de frotar, apareció uno de los dos garrotes: cabalmente el modificado con arreglo a las indicaciones de Rojo. Tiene este artefacto de muerte, que la produce a la vez por estrangulación y por asfixia, el defecto de que en ocasiones retrocede el eje de hierro donde empalma la cigüeña, y no logrando el torniquete destrozar con la rapidez necesaria las vértebras cervicales y reducir el pescuezo al diámetro de un papel, puede la agonía de la víctima prolongarse un espacio de tiempo en que cabe un infinito de horror. No tanto por esta consideración como por miedo a un frasco y a una grita, Juan Rojo había discurrido sujetar la uña que alianza la palanca o cigüeña de un modo

---

257   *Temis*: Hija de Urano y Gea; consejera de Zeus. Representa el orden del mundo, la ley divina y el equilibrio de las cosas; era la encarnación del orden divino, las leyes y buenas costumbres.

258   **Alfonso XII de Borbón** (1857-1885) fue rey de España entre 1874 y 1885; era hijo de la reina Isabel II de España y su marido, Francisco de Asís de Borbón. Reinó tras la restauración borbónica hasta su muerte prematura a los 27 años, víctima de la tuberculosis.

ingenioso y seguro, y se envanecía de su obra. Aquel perfeccionado garrote fue el primero que registró... Después examinó el segundo, cerciorándose de que giraban bien ambos y cerrando las cajas y envolviéndolas en roto paño de sarga negra, las ocultó bajo la capa, sin decir palabra al portero, que tampoco parecía demasiado locuaz. Viendo que Rojo cargaba con su prendas, tosió el vejete, gargajeó, dio vuelta a la billa del gas, y tomando otra vez su reverbero ahumado, guió silenciosamente hacia la puerta. Hasta que Rojo traspuso el umbral, no le dijo en tono más irónico que amistoso:

—Vaya abur... Tiento en las manos. ¡Y que aproveche!

Rojo ya no podía oírle, ni se oía más que a sí mismo. Después del tenaz y delirante insomnio; después de haber reemplazado el alimento con la bebida, sin conseguir la bienhechora embriaguez; después de un día entero de dar vueltas a las mismas ideas en la angosta caja de su cráneo, dolorida y próxima a estallar, Juan Rojo tropezaba siempre contra una pared de dura roca: la imposibilidad de la desobediencia. «La autoridad manda... ¡Yo no puedo negarme! Soy un funcionario.... ¡Tienen derecho sobre mí!». Recordaba su promesa, cierto; pero ¿qué significa la promesa *libre*, voluntaria, contra el mando superior, la *obligación*? «No, no me puedo negar... ¿Quién soy yo para negarme?». Problema sin solución para Rojo...

Miento... Una solución se le había ocurrido en las horas de solitaria desesperación que pasó sin dormir, viendo la cama de Telmo vacía, y vacío el cuarto, y vacío más que el mundo... Y de día tornó la solución a presentarse, clara, sencilla, consoladora y tremenda... Fue por la tarde, cuando las primeras ráfagas de aire *solano* vinieron, como vahos de caldera infernal, a estremecer el ambiente marinedino. Rojo acababa de atar los picos de un pañolón viejo, un pañolón que había pertenecido a su mujer, y que le serviría de baúl a la ropa de Telmo: Juliana se encargaba de llevarla a la casa del Doctor. La vista de aquellos despojos del naufragio de su vida evocó en Rojo la memoria de las agonías pasadas y presentes. Volvió a ver, como si los tuviese delante, con la lucidez que se adquiere en las horas supremas, a María y a Telmo; pero no a Telmo ya crecido, sin tal cual era en brazos de su madre; vio sus manitas gordezuelas, que salían del mantón de abrigo en que andaba envuelto y buscaban a tientas el seno maternal...

Madre y crío, así apretados, llenos de intimidad, de dulzura comuni-cativa, se reían, se halagaban; pero al acercarse Juan Rojo, se deshacía el grupo: la madre arrojaba a la criatura lejos, y salía huyendo, tan rá-pidamente que más parecía haberse disuelto en humo por el aire...

«Para no desobedecer y al mismo tiempo cumplir la palabra...», volvía a pensar Rojo algunas horas después, al dirigirse hacia un rancho apretando bajo el brazo las dos cajas cuadrilongas. Ya no se veía cuando entró en el camarachón: a tientas –no quiso encender la luz –buscó algo sobre una mesa, y soltando en ella su carga, encontró lo que deseaba: botella y vaso. Se echó al cuerpo un largo sorbo, y le pareció más claro en su perro destino, confirmándose en que ni tenía otra salida, ni otro alivio que esperar. Único medio era aquel que cumplir los deberes que entendía le ligaban a la Ley, a la Justicia social y a la Vindicta pública –entidades hijas de la conciencia, y que, por lo mismo no pueden sobreponerse a su augusta genitriz...

«Otro sorbo... y ánimo». Un estremecimiento, una horripilación recorrió las venas del hombre que tenía por oficio matar. Paladeó el ajenjo de aquel susto, y lo afrontó, y logró que le amargase menos. ¡Bah! Un segundo, un pataleo, menos aún, la convulsión de un cuerpo atado, al hincarse en las vértebras un tornillo... Eso y nada más es la muerte. Se embozó y salió. Tocaban al rosario en la capilla próxima, y Rojo dudó primero, y luego entró en ella despacio, y se arrodilló entre los grupos de mujerucas. La voz gangosa del sacristán se elevó iniciando el rezo, pero Rojo no tomaba parte de él: su garganta no sabía articular sonidos, y lo sentía, porque era creyente y ansiaba rezar entonces. Una vecina le reconoció y le señaló a otra con el dedo, mos-trando desagrado y reprobación. Rojo sintió un hervor de ira. «¡Ni aquí consienten mi compañía, centella! Señálame, señálame, vieja del diablo, que para lo que me has de señalar...».

Volvió a salir, y con paso tranquilo, muy ensimismado, tomó el camino de la Torre. La luz del Faro atraía sus ojos; se le figuraba que desde allí, más bien que en la capilla, alguien le miraba piadosamente. Sin embargo, a los diez pasos retrocedió; entró de nuevo en el rancho, y recogió el envoltorio de las cajas. Llevándolas bien cogidas, em-prendió la ascensión otra vez.

El camino serpeaba, y a través de campos yermos rodeados de peñascales, subía hasta el promontorio, donde la fenicia Torre se yergue imponente, justificando su dictado de centinela de los mares. Se oía cada vez más próximo el tumbo del Océano que rebotaba contra las peñas, y un aire potente, vívido, rudo como la misma costa, azotaba el pelo gris de Rojo. Ya al pie de la alta plataforma, que descansa en la escollera, Rojo se detuvo, y, en vez de subir la escalinata, se metió en los eriales y marismas que conducen al arenal de las Ánimas, el cual tal vez deba su fúnebre nombre a las muchas víctimas que cada invierno, en la pesca del percebe, sucumben en tan temeroso paraje.

Antes de que Rojo sentase el pie en el arenal, le paró, helándole la sangre en las venas, el mugir lúgubre y pavoroso de dos hinchadas y cóncavas olas, que al reventar le salpicaron la espuma... Y no era día de tormenta, ni acaso fuese aquella la marea más viva del equinoccio; pero debe de tener la ensenada de las Ánimas tan especial hechura, que el Océano, al derramar allí, se encuentra preso, herido, sub-yugado, y rebrama, y salta en remolino arrollador, y quiere escalar el cielo...

Juan Rojo se sintió a la vez espantado y ensordecido. El oleaje, con su misteriosa blancura cerca y su inmensidad incolora allá lejos, le aplanó el alma, y como el marino arroja lastre por cima de la borda, lanzó a las rompientes las cajas que oprimía bajo el brazo. Las olas no interrumpieron su clamoreo ronco de ardiente jauría que persigue a la res. El padre de Telmo se volvió de espaldas al mar, y no viéndolo, recobró ánimos; dejó sobre una peña capa y sombrero; sacó un pa-ñuelo del bolsillo; contempló un minuto, intensamente la luz del Faro; luego dobló el pañuelo y se vendó los ojos apretando mucho, de manera que también tapase los oídos, para no escuchar la voz del abismo, que le haría retroceder... Y así, ciego y sordo, anduvo con los brazos extendidos hacia delante, hasta que de pronto se sintió en-vuelto, cogido, arrastrado, y el agua, al inundar sus pulmones, sofocó el grito supremo.

Thank you for acquiring

La piedra angular

from the
Stockcero collection of Spanish and Latin American significant books of the past and present.

This book is one of a large and ever-expanding list of titles Stockcero regards as classics of Spanish and Latin American literature, history, economics, and cultural studies. A series of important books are being brought back into print with modern readers and students in mind, and thus including updated footnotes, prefaces, and bibliographies.

We invite you to look for more complete information on our website, **www.stockcero.com**, where you can view a list of titles currently available. On this website, you may purchase refundable desk copies, view additional information about the books, and even post your reviews. Any comments you wish to make about Stockcero books would be most helpful.

The Stockcero website will also provide access to an increasing number of links to critical articles, libraries, databanks, bibliographies and other materials relating to the texts we are publishing.

By registering on our website, you will allow us to inform you of services and connections that will enhance your reading and teaching of an expanding list of important books.

http://www.stockcero.com/emailregister.php